1 €

HEYNE <

D1855263

Das Buch

Die Welt der Nachkriegsjahre ist eng und spießig. 1960 verschlägt es Wolli Köhler nach Hamburg. Der junge Mann aus dem Nirgendwo sucht nach Abenteuer und Freiheit. Im Lichtermeer von St. Pauli ziehen Nacht für Nacht Huren, Freier, Transvestiten, Schläger und Künstler wie die noch völlig unbekannte Band »The Beatles«, aufgeputscht von Drogen und Alkohol, durch die heruntergekommenen Straßen. Sie alle treibt die Sehnsucht nach einem grenzenlosen Leben. Rocko Schamoni erzählt die frühen Jahre von Wolfgang »Wolli« Köhler als Entwicklungsroman eines Antihelden.

Der Autor

Rocko Schamoni, geboren 1966, ist Autor, Entertainer, Musiker, Schauspieler und Bühnenkünstler. Er lebt in Hamburg. Mit seinen Romanbestsellern wie »Dorfpunks« füllt er Hallen. Lange Jahre betrieb er auf St. Pauli zusammen mit Schorsch Kamerun den legendären Golden Pudel Club. Auf dem Kiez lernte Rocko Wolfgang Köhler kennen, sie waren bis zu Wollis Tod befreundet. In vielen Gesprächen erzählte er aus seinem bewegten Leben.

ROCKO SCHAMONI

GROSSE FREIHEIT

Roman

WILHELM HEYNE VERLAG
MÜNCHEN

Die Originalausgabe GROSSE FREIHEIT erschien erstmals 2019 bei hanserblau/ Carl Hanser Verlag, München.

FSC
www.fsc.org
MIX
Papier aus verantwortungsvollen Quellen
FSC® C014496

Penguin Random House Verlagsgruppe FSC®N001967

Deutsche Taschenbucherstausgabe 03/2021

Printed in Germany
Umschlaggestaltung: Nele Schütz Design, München, unter Verwendung der Gestaltung und des Motivs von © Peter-Andreas Hassiepen, München
Druck und Bindung: GGP Media GmbH, Pößneck
ISBN: 978-3-453-42504-0

www.heyne.de

FÜR WOLLI UND LINDA

DANK Joska Pintschovius und Iris Schoof, Günter Zint und Eva Decker, Ulf Krüger, Gerd Kroske, Peggy Parnass, Chinesen-Babs, Ikke Braun, Jan-Frederik Bandel, Lars Mahnke, Hans Hellner, Carsten Hellberg, Dorle und Lenja Bahlburg – ohne euch hätte ich dieses Buch nicht schreiben können.

HUBERT FICHTE *Können Sie mir sagen, wie Ihre Revolution aussehen soll?*
JEAN GENET *Nein. Denn wenn ich ehrlich bin, liegt mir gar nichts daran, daß eine Revolution stattfindet. Die aktuelle Situation, die augenblicklichen Regime erlauben mir die Revolte. Die Revolution würde mir wahrscheinlich keine individuelle Revolte gestatten. Ich kann dagegen sein. Wenn eine wirkliche Revolution stattfände, könnte ich nicht dagegen sein. Ich würde ein Anhänger dieser Revolution werden. Ein Mann wie ich ist kein Anhänger von irgendwas. Ich bin ein Mann der Revolte. Mein Standpunkt ist sehr egoistisch. Ich möchte, daß die Welt sich nicht verändert, damit ich mir erlauben kann, gegen die Welt zu sein.*

HANDELNDE

Wolfgang »Wolli« Köhler – *Junge aus Waldheim*

Duke – *Kleindealer*

Gunda – *Studentin*

Martina – *Studentin*

Onkel – *Hehler und Kleinkrimineller*

Fiesel – *Obdachloser*

Manfred Weissleder – *Gastronom*

Karl Meier – *Geschäftsführer von Weissleder*

Lianne – *Karls Frau*

Mauli – *Hure und Wollis Geliebte*

Cartacala – *Transvestit*

Chinesen-Babs – *Barbetreiberin*

Hoddel Fascher – *Veranstalter*

Schweine-Hans – *Schläger*

Ochsen-Harry – *Spieler*

Ikke Braun, Astrid Kirchherr, Jürgen Vollmer,
Klaus Voormann – *Gang um die Beatles*

Amtmann Falck – *Leiter des Hamburger Ordnungsamtes*

Hubert, der Bärtige – *Schreiber*

Cäsar – *Künstler*

Reimar Renaissancefürstchen – *Drogenspezialist*

Wilhelm Prinz von Homburg aka Norbert Grupe – *Boxer*

René Durand – *Maître de Plaisir*

Willi Bartels – *Geschäftsmann*

Im Jahre 1650 gewährt Friedrich der Dritte, König von Dänemark und neuer Herr über Altona, einer spärlich bebauten Gegend, die im Niemandsland zwischen den Städten Altona und Hamburg liegt, Religionsfreiheit. Zugleich befreit er die dortigen Einwohner vom Zunftzwang und spricht ihnen das Recht zu, vor Ort jedwede Art von Handwerk ausüben zu dürfen. Die zentrale Straße dieser Gegend erhält daher den Namen »Große Freiheit«. Um diese Straße herum siedeln sich in den kommenden Jahrzehnten immer mehr Menschen an, die in der ansonsten streng protestantischen Stadt Hamburg keine Heimat finden: Angehörige verschiedenster Religionen wie Katholiken, Mennoniten, Calvinisten, Wiedertäufer, Herrnhuter und viele andere teilen sich dieses Areal mit Handwerkern, die frei und nicht nach den Regeln der Zünfte arbeiten wollen. Auch die Betriebe, die aufgrund ihrer Lautstärke oder Geruchsentwicklung außerhalb der Stadtmauern bleiben müssen, finden hier ihre Heimat: Werften, Ölmühlen, Gerbereien, Tranbrennereien, Reepschläger und Seilmacherbetriebe; sogar ein Pesthof, in dem Seuchenkranke und Irre untergebracht sind, wird hier errichtet. Vom regen Treiben dieser nicht bürgerlichen Berufe angezogen, siedeln sich ab dem 18. Jahrhundert immer mehr Schankstuben, Tanzlokale, Speisewirtschaften und Spelunken an. Durch die Ströme der fahrenden Handwerker, der Matrosen und der Schausteller prosperiert die Prostitution.

Zu dieser Zeit wird St. Pauli »Hamburger Berg« genannt, weil es auf den Hügeln vor den Toren der Stadt liegt (Einheimische sagen daher »auf St. Pauli«, nicht »in«). Anfang des 17. Jahrhunderts werden die Hügel abgetragen, um von den Festungswällen ein freies Schussfeld (»Glacis«) zur Abwehr von Angriffen zu haben. Die 1682 erbaute und später zerstörte katholische St.-Pauli-Kirche auf dem Pinnasberg gibt 1833 dem Quartier seinen Namen.

Ende des 19. Jahrhunderts wird Altona, die dänische Stadt, die ihren Namen trägt, weil sie den Hamburgern »All zu nah« erscheint, zur Heimat von über 4000 französischen Emigranten, die vor der französischen Revolution flüchten mussten. Viele von ihnen landen aufgrund ihres katholischen Glaubens in der Großen Freiheit.

In der Großen Freiheit Nummer 11 gibt es ab 1750 ein »königliches Lottohaus«, also den ersten Spielsalon des schnell wachsenden Stadtteils. In jener Nummer 11 eröffnet ein chinesischer Emigrant 1929 das »Varieté Neuchina«, es ist die große Zeit der Ballsäle, und das Publikum strömt in Massen in das exotische Varieté.

Am 13. Mai 1944 wird der gesamten kleinen »Chinatown« in St. Pauli durch die Gestapo ein blutiges Ende gesetzt.

1950 wird in der Nummer 11 das »Klein-Paris« eröffnet, das mit Striptease-Shows eine neue Freizügigkeit auf St. Pauli einführt. In Freierkreisen gilt der Laden als »Bar mit Fickmöglichkeit«.

Im Vorderhaus gibt es über dem Klein-Paris *zwei Stockwerke, die ab 1966 von Wolfgang »Wolli« Köhler, dem außergewöhnlichsten Puffboss in der Geschichte St. Paulis, bewohnt wurden. Dies ist seine Geschichte.*

1950 haut Wolfgang Köhler von zu Hause ab. Morgens um fünf hat er seine Sachen gepackt, ist über die Hauptstraße vor dem Haus gelaufen und hat den Bus nach Chemnitz genommen. Ist vorbeigefahren an Vaters Schlossereibetrieb, nie wieder in diese verdammte graue Garage. Das nervige Geschrei vom Alten, der Kommisston der Gesellen – los, Wolli, hol ma Bier für die Belegschaft, Wolli, wisch das Schmieröl weg, Wolli, Werkstatt fegen, der Kleinste macht den Dreck weg. Schon lange denkt er über diesen Ausbruch nach.

Vorbei an dem Gefängnis, dem riesigen Knast im Herzen Waldheims, dem größten Zuchthaus Sachsens. Da wo andere Städte das Rathaus und den Marktplatz haben, da hat Waldheim den Knast. So, als ob man sein Leben lang darauf hinarbeiten würde, endlich in den Kern der Stadt vorzudringen, in dem man dann für immer bleiben müsse. Aus dieser Stadt kommst du nicht lebend raus, es sei denn, du machst dich rechtzeitig aus dem Staub.

Als das Stadtschild im letzten Dunkel der Nacht hinter ihm zurückbleibt, wird er ruhiger, bald schon geht die Sonne auf.

Wolli schlägt sich durch. Schläft in Chemnitz in einer alten Schrebergartenhütte. Er teilt Zeitungen aus. Kellnert ein paar Tage in einem Café. Bei den Eltern meldet er sich nicht, er will es allein schaffen. Im Erzgebirge schuftet er unter Tage im Wismut-Bergbau der Sowjets. Sie bauen dort Uran ab, die Rohstoffbasis für die sowjetische Atomindustrie. Wolli weiß nicht, was Uran ist, es interessiert ihn auch nicht sonderlich. Da er unter Tage nur die bereits abgebauten Hohlräume mit taubem Gestein verfüllen darf, kommt er nicht in Kontakt mit dem Wunderzeugs, das die Kumpels Pechblende nennen. Großartiges Wort, klingt wie ein Schutz aus Pech. Vor was bloß? Die Dunkelheit unter Tage, die harte und trostlose Arbeit schlagen Wolli schnell aufs Gemüt. Eines Tages packt er sein Bündel zusammen und flüchtet erneut.

Es verschlägt ihn nach Berlin. Mit achtzehn Jahren arbeitet er ein paar Monate beim Secret Service, transportiert Informationen zwischen den Kontrahenten der unterschiedlichen Nationen, ist eigentlich ein besserer Laufbursche, bezeichnet sich selbst aber lieber als »Agent«. Er ist gut im »Dinge organisieren«. Wenn es was zu besorgen gilt – Alkohol, Zigaretten, Schokolade, auch Huren –, fragen ihn die Engländer. Da er stets zuverlässig liefert, hat er schnell einen guten Ruf. Und Pillen besorgt er, welche, die wach, andere, die wieder müde machen. Selber nimmt er sie auch gerne. Am besten geht Pervitin. Das bekommt er leicht. Das gibt es zwar auch in der Apotheke, aber nur auf Rezept. Die Engländer stehen drauf, es ist die »Blitzkrieg-Droge«, dank ihr war die deutsche Wehrmacht in den ersten drei Kriegsjahren so überlegen in ihrem Sturm über Europa. Als das Pervitin ab 1942 nicht mehr an die Front kam, brach die Kraft der Truppen ein. Ein ganzes Heer auf Drogen, auf Speed. Ausgerechnet die Deutschen, dieses angebliche Naturvolk, stark und hart und rein. Nichts als ein Witz.

Wolli versteht sich gut mit den Engländern, sie sind nett zu ihm, sie sehen lässig aus, hören gute Musik und trinken die besten Getränke. Bei ihnen probiert er das erste Mal schottischen Whisky, der gefällt ihm ausnehmend gut. Eines Tages wird er beim »Organisieren« erwischt und muss schnellstmöglich den britischen Sektor verlassen.

Er wechselt in die Ostzone, in die noch junge DDR. Als man ihm einen Job bei der Volkspolizei anbietet, lässt er sich zögernd darauf ein. Mit seinen Eltern hat er ab und zu telefonischen Kontakt, und als er der Mutter von dieser Möglichkeit berichtet, ist sie stolz auf ihn, es gefällt ihr noch besser als die Schlosserei, auch der Vater lobt den Jungen. Einen Polizisten hat es in der Familie noch nicht gegeben.

Lang aber geht das nicht gut. Bei der Polizei ist es wie in der Schlosserei: Druck, Zucht, Ordnung, Unterdrückung, Gehorsam, Hierarchien. Er ist wieder das letzte Glied der Kette. Der Unterste. Der Laufbursche. Derjenige, der stets für die langweiligsten Aufgaben abgestellt wird. Vor allem unerträglich öde Büroarbeit. Bald beginnt er, sich aufzulehnen und die Arbeitsaufträge infrage zu stellen. Er weigert sich, die Kopie einer Kopie abzutippen, nur, damit er etwas zu tun hat. Er gerät mit seinen Vorgesetzten aneinander, sie brummen ihm Strafen auf und drohen damit, ihn einzusperren, wenn er die Befehle nicht ausführt.

Eines Nachts nach Dienstschluss setzt sich Wolli in den Westen ab. Er fährt mit dem Zug Richtung Ruhrpott in der Hoffnung, als Kumpel Arbeit zu finden. Immer noch besser als der scheußliche Polizeidienst.

Bald findet er einen Job im Kohlebergbau, in Marl in der Zeche Auguste Victoria. Marl ist eine mittelgroße Stadt in der Nähe von Recklinghausen, sie hat nicht viel mehr zu bieten als den Bergbau und die chemischen Werke der Hüls GmbH. Kultur, Unterhaltung, geschweige denn Nachtleben sucht man hier vergebens.

Wolli bewohnt eine kleine Wohnung in einer Werkssiedlung. Ab und an ein Feierabendbier mit den Kollegen ist sein einziges Vergnügen. Die Zeit vergeht eintönig, Wochen, Monate, schließlich Jahre, und Wolli fragt sich, warum er diese Arbeit macht, dort unten in der heißen, stickigen Dunkelheit, warum er an diesem langweiligen Ort im Nichts lebt, mit einem Job, der ihm die Kraft raubt, die Kraft für alles, was ein Leben zum Leben macht.

Wolli schreibt sich mit seiner Mutter Briefe. Sie bietet ihm an, nach Waldheim zurückzukehren, er müsse ja nicht unbedingt in der Schlosserei bei Vater arbeiten. Aber er kann und will nicht. Zumindest nicht, solange er nicht einen wirklichen Schritt weitergekommen ist. Er spürt ganz deutlich: Er muss mehr einsetzen, mehr wagen.

In einem Chemiewerk füllt Wolli Farben ab. Doch seine Hoffnung auf Erfüllung, vielleicht auch auf eine Form von Aufstieg vergeht schnell. Er ist nicht qualifiziert genug für die »höheren Dienste«.

Mit der Damenwelt versteht sich Wolli gut, er hat wechselnde Freundinnen, mit denen er zwar meist nicht länger als ein paar Monate zusammen ist, aber er ist ein hingebungsvoller, ja versierter Liebhaber, und die Mädchen geben sich ihm gerne hin. Es ist der einzige Bereich, in dem er sich als von Natur aus talentiert empfindet, es wäre doch ein Traum, damit sein Auskommen zu verdienen, nur wie?

Nach einigen Jahren verlässt Wolli das Chemiewerk und schlägt sich mit Jobs durch, arbeitet als Tankwart, in einer Kfz-Werkstatt und als Hundeführer. Allmählich geht er in Marl regelrecht ein. Wie ihm alles fehlt, Luft, Licht, Musik, Kunst, kurzum: die Freiheit.

Im Frühjahr 1960 schließt sich Wolli einem Wanderzirkus an, als Requisiteur und Junge für alles. Der Zirkus bleibt nirgendwo länger als ein paar Wochen. Diese Ziellosigkeit gefällt ihm, rumkommen und etwas vom Land sehen, Abenteuer erleben und sich frei fühlen. Da er beherzt zupacken kann und sich nicht zu schade ist gerade auch für die härteren und unbeliebteren Jobs im Tross, genießt er schnell das Vertrauen der Schausteller. Nach Wolfsburg und Celle gastiert man in

Lüneburg, baut das Zelt im Mai auf einer Wiese vor der Stadt auf. Wolli kümmert sich um die Fütterung der Tiere. Sie transportieren drei Lamas, fünf Ponys, ein paar Schlangen und zwei kleine Braunbären, die den tristen Käfigalltag phlegmatisch über sich ergehen lassen. Nur wenn Wolli ihnen am Nachmittag das Fleisch vorwirft, das er in den städtischen Schlachtereien abgestaubt hat, erwachen sie für einen Moment zum Leben. Wolli schläft in einem der Anhänger, in denen das Manegengestühl transportiert wird. Ein alter Holzwagen mit nur einem kleinen Fenster am Heck, in den Wolli seine Matratze legt, rundherum verteilt er seine Bücher.

Nachts, wenn es nichts mehr zu tun gibt, wenn er einsam ist, dann liest er. Camus und Kazantzakis, Jean Genet, der schreibt vornehmlich über Verbrecher, Huren, Zuhälter, Schwule, lauter so Gesindel, Marquis de Sade und *Das kommunistische Manifest*. Das hat er schon dreimal gelesen. *Das Kapital* ist ihm zu kompliziert, aber der Kommunismus erscheint ihm grundsätzlich attraktiv. Alle könnten gleich sein. Werden eines Tages gleich sein. Spätestens im Jahr 2000. In den Zeitungen, die er sich morgens aus den Vorgärten fischt, liest er über die Pariser Existenzialisten. Sartre ist überzeugter Kommunist. Seine Geliebte Simone de Beauvoir auch. Angeblich praktizieren sie freie Liebe. Sie imponieren Wolli, weil sie sich für die einfachen Leute einsetzen, für die Entrechteten, die Schwachen, die Randfiguren, die Flüchtlinge, auch die Verbrecher.

Am Nachmittag geht Wolli durch die Stadt mit einem Esel, der ein Schild umgehängt hat: »Helfen Sie unserem Zirkus, die Tiere hungern!« Wolli schämt sich, er mag nicht betteln. Deshalb zieht er sich bei solchen Arbeiten immer besonders gut an. Er bevorzugt einen engen roten Lederblouson, darunter ein schwarzes Hemd mit kleinen gelben Lilien drauf, das er weit aufgeknöpft hat, und ein rotes Tuch um den Hals, die Haare zu einer verwegenen Tolle gekämmt. Dazu trägt er Jeans und spitze, glänzende schwarze Schuhe, alles beste Ware. Die Klamotten hat er sich »besorgt«, auf den Reisen. Und immer eine Kippe im Mund, meistens Reval, manchmal aber auch Roth-Händle. Die Mädchen in der Stadt schauen ihn an, schüchtern, aber er registriert ihre Blicke. Er sieht verdammt gut aus, auch ein wenig gefährlich, wild, fast wie ein echter Star. Wenn Wolli genug Kohle in der Dose hat, kauft er sich erst mal einen Drink. Irgendwas Verwegenes, häufig kreiert er auch eigene Mischungen. Eine Cola mit Persico und dazu 'nen Schuss Genever. Die junge hübsche Bedienung in der Eisdiele mischt ihm den Drink und lächelt ihn verlegen an. Er bietet ihr auch einen an, aber sie lehnt ab.

Im Zirkus gibt's kaum schöne Frauen. Wolli findet die alle nett, doch sie gefallen ihm nicht. Er steht auf Frauen, die ein bisschen was hermachen, die gut angezogen sind und eine schöne Frisur haben. So wie die Frau vom Chef. Sie hat eine tolle Figur und zieht immer scharfe Kleider an. Manchmal schaut sie ihn so komisch an, kalt und durchdringend. Er weiß nicht, ob ihm dieser Blick gefällt.

Einmal kommt sie ins Zelt, als er die Bären füttert. Wortlos geht sie auf ihn zu, umarmt und küsst ihn. Er ist total erstaunt. Sie aber fasst ihm unter das Hemd, schiebt ihre Zunge zwischen seine Lippen, dann öffnet sie seinen Hosenstall und holt sein Gemächt raus. Wolli spürt gleichzeitig Angst und Wildheit. Er schaut sich um, niemand scheint in der Nähe. Die Bären sind hungrig, sie kratzen mit den Tatzen an den Stäben und murren. Die Frau geht auf die Knie nieder und nimmt ihn in den Mund. Wolli gleitet die Forke mit dem Fleisch aus der Hand. Sein Stöhnen vermischt sich mit dem Murren der Bären. Die Frau steht auf, lehnt sich mit dem Rücken zu ihm an ein paar Strohballen und zieht ihr Kleid hoch. Ihr Hintern leuchtet weiß und voll. Wolli reagiert wie ferngelenkt, er stellt sich hinter die Frau und schiebt ihr sein Ding rein. Dann nimmt er sie schnell und hart. Sie gibt keinen Ton von sich, nur einmal ganz kurz atmet sie sehr tief ein, danach gleitet sie von ihm runter und verlässt das Zelt wortlos, ohne ihn anzuschauen. Wolli sieht der Frau konsterniert nach. Er macht es sich selbst, packt sein Ding ein und kümmert sich um die Bären. Warum hat sie ihn gewählt? Und wird sie es wieder wollen? Er ärgert sich darüber, wie sie ihn behandelt hat. Wie kann sie ihn einfach stehen lassen? So benutzt.

Erst zwei Tage später sieht er die Frau wieder. Sie sitzt vor ihrem Wagen, zusammen mit dem Zirkuschef, und trinkt Kaffee.

»Hey, Kleiner, spring mal los und hol mir zwei Packungen Reval, ja, Schätzchen?«

Ihr Mann hebt den Blick von seiner Zeitung und mustert Wolli abschätzig.

»Dann bring mir doch auch gleich welche mit, ja?«

Alles in Wolli sträubt sich.

»Wie heißt du eigentlich, Junge?«, fragt der Direx. Was für eine Heuchelei. Sie hingegen mustert ihn mit ihrem unergründlichen kalten Blick. Dann verlagert sie kaum merklich ihre Position und spreizt ganz leicht die Schenkel. Dem Chef fällt das nicht einmal auf. Im Gesicht seiner Frau liegt ein Lächeln, minimal und spöttisch.

»Hier hast du Geld, Kleiner.«

Sie wirft ihm einen Zehn-Mark-Schein zu, der trudelt zu Boden. Als Wolli sich bückt, sieht er für eine Millisekunde, dass sie keinen Schlüpfer trägt. Er blickt ihren Mann an. Ist das ein Spiel zwischen den beiden? Ohne ein Wort zu sagen, macht sich Wolli auf den Weg zum Zigarettenladen. Innerlich verflucht er die Frau, er mag es nicht, wenn man mit ihm spielt.

Abends nach der Vorstellung zieht er mit ein paar jungen Männern vom Zirkus durch die Stadt. Sie lassen sich treiben und betrinken sich. Man hat Achtung vor ihnen, sie sind lässiger als die anderen jungen Männer hier, schneidiger angezogen, Männer von der Straße.

Vor einem Puff in einer Seitenstraße bleiben sie stehen und schließen Wetten ab, ob sich einer von ihnen reintraut. Wolli war noch nie im Puff. Er betritt mit einem Freund den Laden, stellt sich an die kleine Bar und bestellt Bier. Der Raum ist ziemlich leer, an den Tischen sitzen ein paar Männer und Frauen, scheinbar in Anbahnungsgesprächen. Eine etwas ältere Frau steuert auf Wolli zu, sie muss schon deutlich über dreißig sein, sie mustert ihn.

»Na, mein Freund, was ist, gibst du mir 'nen Drink aus?«

Wolli bestellt ihr einen Sekt, und sie unterhalten sich. Was er so macht, wo er herkommt, wo er hinwill und so weiter. Ihre spröde, etwas abgebrühte Art gefällt ihm. Sie hat ein hartes, aber irgendwie schönes Gesicht und eine sehr weibliche Figur. Wolli stürzt nervös gleich mehrere Biere. Sie hat bald genug vom Reden.

»Und, kommst du mit mir, oder wollen wir hier weiter unsere Zeit verplempern?«

Ist das herablassend gemeint? Normalerweise muss man lange reden, um eine Frau rumzubekommen, mindestens drei Stunden, ist Wollis Erfahrungswert, drei Stunden irgendwas Sinnloses labern und trinken, dann glauben sie einen zu kennen, und man kann sie ins Bett kriegen. Frauen brauchen immer so Rituale, dabei kommt's am Ende doch auf das Gleiche raus. Warum also nicht direkt zur Sache kommen?

»Was kost'n das bei dir?«

»Fünfzig Mark, mein Schatz. Für fünfzig Mark hörst du die Engelchen singen, das versprech ich dir.«

Auf einmal ist sie wieder freundlicher zu ihm. Wolli hat noch hundert Mark in der Tasche, seinen gesamten Wochenlohn. Er nickt ihr zu. Sein Freund lächelt ihn neidisch an. Wolli folgt der Frau, den Flur entlang, dann eine Treppe hoch. Ihr Hintern in dem Lederrock scheint genau vor seinen Augen zu schweben, hin und her und hin und her, Wolli wird ganz benommen von dem Bild und dem Gesteige, hin und her und hin und her, er möchte diesen Hintern sofort berühren. Im dritten Stock öffnet sie eine Zimmertür. Das Zimmer ist winzig klein, rote Wände, die von elektrischen Kerzen schummerig beleuchtet werden, ein Waschbecken, ein kleiner Tisch mit Standspiegel und ein großes Bett, das mit einem roten Seidenlaken bespannt ist. Am Kopfende liegen ein paar Stofftiere. Wolli ist aufgeregt.

»So, bitte leg ab und dann erst mal waschen, die Körpermitte, wenn du verstehst, was ich meine, mein Freund.«

Ihr Ton hat etwas Bürokratisches, als ob sie in einer Behörde arbeitet. Sie deutet auf das Waschbecken. Wolli lässt seine Hosen runter und wäscht sich das Gemächt. Er schämt sich wie ein Schuljunge. Als er sich umdreht, ist die Frau immer noch angezogen.

»Möchtest du denn gerne was sehen?«

»Ja klar, wenn's geht.«

»Gut, dann müsstest du aber noch 'n bisschen was drauflegen.«

Ihr Ton hat so einen Behördensingsang, sie leiert es runter, so als ob sie das schon tausendmal gesagt hat.

»Was?«

»Na ja, für fünfzig Mark kriegst du nur den Grundservice, wenn du Extras willst, musst du rauflegen.«

»Und ausziehen ist ein Extra?«

»Ja, natürlich, was glaubst du denn?«

»Hm, aber ich habe, ehrlich gesagt, nicht viel mehr.«

»Wie viel hast du denn?«

»Siebzig Mark. Is mein ganzer Lohn.«

Sie mustert ihn.

»Gib mal her das Geld. Warst du überhaupt schon mal bei einer Dame?«

Wolli weiß nicht genau, was sie mit Dame meint, also antwortet er nicht, überreicht ihr aber die siebzig Mark. Sie merkt ihm seine Naivität an, vielleicht törnt sie das sogar an, auf jeden Fall lässt sie ihre Kleider fallen und behält nur den BH und die Strapse an. Sie kramt in einer kleinen Schatulle, zieht ihm einen Präser über, legt sich vor ihm aufs Bett und spreizt die Beine.

»Komm, Kleiner ...«

Er legt sich zwischen ihre Beine, und sie nimmt ihn in sich auf, dabei behält sie aber die eine Hand immer an ihrem Schritt. Er bewegt sich vor und zurück, schaut sie an, ihre herbe Schönheit brennt sich durch sein Gehirn direkt in die Lenden, aber neben ihrem Kopf liegen die Stofftiere, bewegt er sich nach vorne, sieht er immer wieder einen Teddy, der genau in seine Richtung blickt. Der verdammte Teddy soll weggucken. Er versucht, bei der Vorwärtsbewegung mit der Hand an den Teddy zu kommen.

»Komm, ahhh, schön, ja, mach es mir richtig ...«

Es wirkt leidenschaftslos und auswendig gelernt, wahrscheinlich will sie, dass er schnell fertig wird. Der Teddy stiert ihn immer noch an, sein Bauch ist aufgeplatzt, das Stroh hängt raus, außerdem schielen die Augen. Wolli kann sich nicht mehr konzentrieren, ihm vergeht die Lust, sein Ding schwillt ab, und als er sich zurückzieht, bleibt der Präser zwischen den Fingern der Frau hängen.

»Na, was ist denn? Schon durch?«

Sie blickt ihn gleichgültig an.

»Ich weiß auch nicht. Ich kann irgendwie nicht.«

Wie jämmerlich wäre das, zuzugeben, dass er wegen dem blöde schielenden Teddy nicht kann? Also zieht er seine Hose hoch und setzt sich auf einen Stuhl neben dem Waschbecken. Das ganze schöne Geld und dann nicht mal zum Schuss kommen!

»Na ja, komm, ist doch nicht so schlimm.«

Ihr Mitgefühl ist das Ehrlichste, was sie in den letzten zwanzig Minuten von sich gegeben hat. Sie fährt ihm mit der Hand durch die Haare.

»Aber vergiss nicht, unten zu bezahlen, das geht ja auch noch auf deine Rechnung, das weißt du ja.«

»Was? Aber ich hab doch nix mehr.«

Sie lacht ihn an.

»Mach mir nichts vor, ich hab's doch eben gesehen, da is noch was.«

Wolli angelt die dreißig Mark aus der Tasche, sie nimmt sie ihm ab.

»Hör mal, Junge, normalerweise reicht das nicht. Aber ich regel das für dich. Und in Zukunft achte drauf, dass du genug Kohle dabeihast, wenn du Spaß haben willst. Kannst jederzeit gerne wiederkommen, Kleiner. Frag nach Gloria.«

Für eine Sekunde denkt Wolli, dass sie den kaputten Stoffteddy bestimmt extra so hingelegt hat, damit es den Männern vergeht und der Scheiß schneller vorbei ist.

Unten und vor dem Laden stehen seine Freunde und trinken Bier. Natürlich wollen alle sofort wissen, wie es war. Wolli erzählt 'ne große Geschichte, wie er es der Frau besorgt hat, und dass sie, obwohl 'ne Professionelle, trotzdem voll geil geworden sei auf ihn und tierisch gekommen sei, lauter so Sachen. Oben im dritten Stock lehnt Gloria aus dem Fenster, raucht und hört sich den ganzen Blödsinn an. Am Ende schnippt sie die Kippe direkt vor Wollis Füße. Er schaut hoch, sie schließt das Fenster.

Tagsüber geht Wolli durch die Geschäfte und bittet um Spenden für den Zirkus. Ein Bäcker erlaubt ihm, sich aus der Tonne mit dem alten Brot zu bedienen. Wolli lädt das Brot in Tüten und holt es nach und nach ab. Im Zirkus loben sie ihn für seinen Riecher. Auch die Frau vom Direx sieht ihn.

»Hey, Kleiner, komm doch mal her.«

Widerwillig dreht Wolli sich um.

»Sag mal, könntest du mir mal helfen? Ich habe da hinten im Versorgungszelt so einen schweren Korb, den kann ich nicht alleine tragen.«

»Aber ich kann nicht, ich muss das restliche Brot aus der Stadt holen.«

Sie tritt einen Schritt zurück und lässt ihren Blick über ihn wandern.

»Wenn ich dich bitte, mir zu helfen, dann sind andere Arbeiten egal, klar?«

Wolli antwortet nicht.

»Ob das klar ist?«

Wolli nickt. Sie geht Richtung Zelt. Er schaut ihr hinterher. Er hasst sie für ihre Überheblichkeit. Aber gleichzeitig ist er scharf auf sie. Eine merkwürdige Melange. Er stellt die Brottüten ab und folgt ihr. In dem Zelt steht ein Korb voller Äpfel auf dem Boden. Soll er ihr wirklich einfach nur helfen?

Sie bückt sich und fummelt an dem Korb rum. Er berührt ihren Hintern mit der Hand, lässt sie darüber wandern, sie hält ein paar Sekunden inne, dann dreht sie sich um und schlägt ihm mit der flachen Hand ins Gesicht.

»Was fällt dir ein, du Schwein?«

Kalt starrt sie ihn an. Er erschrickt, gleichzeitig aber ist er geil und dann nach einigen Sekunden total sauer. Am liebsten würde er zurückschlagen.

»Fass mich nie wieder an, es sei denn, ich fordere dich dazu auf. Hast du das verstanden? Sonst sag ich's meinem Mann. Dann bist du dran.«

Wolli dreht sich um und verlässt wortlos das Zelt. Verdammte Schlange. Ab jetzt wird er ihr aus dem Weg gehen, ihr und ihrem Mann.

Die kommenden Tage regnet es viel, Wolli liegt nach der Arbeit in seinem Wagen und liest bei Kerzenschein. Er liest *Alexis Sorbas* von Kazantzakis, das Buch ist ein Welterfolg und vor Kurzem mit Anthony Quinn in der Hauptrolle verfilmt worden. Den Film möchte Wolli unbedingt sehen, er verehrt Quinn seit Fellinis *La Strada*, seinem Lieblingsfilm, dem schönsten und traurigsten Zirkusfilm, den er kennt. Wolli sieht sich in derselben Rolle wie Sorbas, unerschrocken, wild, kämpferisch und zugleich lustvoll und zärtlich, so soll sein Leben sein, nur Narben auf der Brust, keine am Rücken, und den Frauen in einsamen Nächten zur Seite stehen mit seiner ganzen Liebeskraft, das möchte er. Als er das Buch nach drei Tagen ausgelesen hat, beginnt er gleich wieder von vorne, er muss es auswendig lernen, muss diese Art, die Welt zu sehen, inhalieren, bloß nichts davon vergessen.

Als das Wetter besser wird, geht Wolli abends nach der Vorstellung wieder in die Stadt, er hängt am Luna-Brunnen rum, da treffen sich die jungen Leute. Er lernt einen interessanten Typen kennen, der nennt sich Duke, trägt 'ne schwarze Lederhose und 'ne Sonnenbrille, auch wenn's dunkel wird, hat der immer seine schwarze Sonnenbrille auf. Der Duke spricht mit leicht süddeutschem Akzent und dreht Filme mit einer kleinen 8-Millimeter-Kamera. Und er verkauft Hasch und Pillen. Wolli hat schon zweimal Hasch geraucht, auch Gras, Pilze hat er auch schon mal genommen und 'ne Stunde durchgelacht. Der Duke hat das beste Dope – so nennt er das Zeug – von Lüneburg. Wolli kauft bei ihm starkes Zeugs, angeblich schwarzer Afghane, man braucht nur 'n paar Züge zu nehmen und hebt voll ab, es hält lange an, und teuer ist es auch nicht.

Der Duke kommt aus Hamburg, er fährt ab und zu nach Lüneburg, weil er hier eine Freundin hat, eine von mehreren, sagt er. Er hat einen eigenen Wagen, einen alten Borgward, den hat er schwarz gestrichen, aber ziemlich schlecht, überall schaut die grüne Grundlackierung durch. Manchmal trägt er eine schwarze Baskenmütze, seitlich auf dem Kopf, das sieht verwegen aus. Wolli und der Duke freunden sich an, sie reden viel über Musik, über Jazz und über Skiffle, den finden beide gut. Die Amerikaner spielen Rock 'n' Roll, die Engländer Skiffle. Der wird mit einfachen selbst gebauten Instrumenten gespielt, mit 'nem Waschbrett als Schlagzeug und 'nem Teekistenbass, diese Instrumente kann sich jeder selbst bauen, der Sound ist rau und einfach. Und sie reden über Bücher. Der Duke ist Exi, also eigentlich Existenzialist, aber er sagt nur Exi. Über Kunst reden sie auch, aber da kennt Wolli sich nicht aus. Und von den neuen Regisseuren beim Film kann er beim Duke zumindest mit Fellini punkten.

Der Zirkus will bald weiterziehen, nach Bremerhaven. Was soll man an der Nordsee bloß anfangen? Der Duke bietet Wolli an, ihn mit nach Hamburg zu nehmen, nach St. Pauli, er hätte da 'ne Bude, wo Wolli ein paar Nächte pennen könnte. Das klingt aufregend. Hamburg. St. Pauli. Das glänzt irgendwie geheimnisvoll. Da ist das pralle Leben, sagt der Duke, dagegen ist Lüneburg ein Provinzfriedhof, da kommt man eigentlich nur hin, wenn man sich 'n bisschen erholen will von der ganzen anstrengenden Wildheit auf St. Pauli.

Noch am selben Abend lässt Wolli sich vom Direktor den Restlohn auszahlen. Die Frau des Direx bekommt das mit.

»Aber warum willst du uns denn verlassen, Junge? Das ist keine kluge Entscheidung. Bei uns bist du sicher und hast Kost, Logis und Lohn, was willst du denn mehr?«

Wolli antwortet nicht, schaut sie nur an, so lange, bis sie den Blick abwendet. Ihr Mann schaut ratlos zwischen ihnen hin und her.

»Ich glaube, es ist die richtige Entscheidung, dass du gehst, Kollege, du kannst hier nichts mehr lernen«, raunt er mürrisch.

Wolli steckt das Geld ein, holt die Tasche mit den Büchern aus dem Wagen und verlässt den Zirkus, ohne sich zu verabschieden.

Der Duke wartet am Brunnen im Borgward. Auf der Rückbank sitzen zwei Freundinnen von ihm, Martina und Gunda, auch sie tragen Sonnenbrillen, obwohl es bereits dunkel ist. Wolli setzt sich ebenfalls seine Sonnenbrille auf. Alle rauchen unentwegt bei geschlossenen Scheiben, man kann kaum etwas erkennen, weder im Auto noch draußen. Auch von außen kann keiner in den Wagen reinschauen. Es läuft laute Jazz-Musik aus dem Transistorradio. Wolli hält die Hand an die Seitenscheibe und versucht, etwas von der Gegend zu erkennen. Er kann sehen, dass sie über die Elbe fahren, dann am Freihafen entlang. Sie kommen zu den Landungsbrücken, wo sie kurz aussteigen, um einen Blick auf den Hafen zu werfen.

Aus dem Elbtunnel strömen Hunderte von Hafenarbeitern von ihrer Schicht bei Blohm & Voss nach St. Pauli, Eimsbüttel und Altona in ihre einsamen Wohnungen oder zu ihren Familien. Viele Seeleute sind unterwegs, einige von ihnen schleppen schwere Gegenstände wie afrikanische Masken und ausgestopfte Tiere, die sie an Harry Rosenberg und seinen Hafenbasar verkaufen wollen, um den Erlös anschließend in den Kneipen zu versaufen.

Sie fahren eine lang gezogene Hangstraße hinauf, vor ihnen beginnt es langsam zu strahlen, und der Himmel ist getränkt von dreckigem, verheißungsvollen Licht: St. Liederlich. Wie der Duke sagt. Wie die Paulianer zu ihrem Stadtteil sagen. St. Liederlich. Der Stadtteil der fragwürdigen Existenzen, der Verwerflichen, der Randständigen, der Aussätzigen.

Sie fahren also über eine große Kreuzung am Ende der Hangstraße und biegen ein in die Reeperbahn, oben am

Millerntor. Alles ist hell erleuchtet, wirkt fast herausgeputzt wie zu einem großen Fest, überall Lampen, Leuchtreklamen, strahlende Schaufenster und Kneipenschilder, ein unendliches Lichtermeer. Trotz des Glanzes scheint alles gleichzeitig völlig heruntergekommen, die schmucklosen Fassaden der Häuser, die hier nach dem Krieg schnell und billig hochgezogen wurden, damit das Vergnügen endlich weitergehen kann, dazwischen immer noch bröckelnde Kriegsruinen mit hohlen Fenstern, einige Häuser stehen nur noch zur Hälfte, die Türen und Fenster sind mit Brettern vernagelt, der Bürgersteig ist voller Löcher, die Straße geflickt, überall liegt Müll herum, Betrunkene und Penner kauern in den Hauseingängen, von allen Seiten brandet unentwegt Lärm heran, und eine undefinierbare Geruchsfahne von rauer Menschlichkeit durchzieht das gesamte Viertel. In der Mitte der Reeperbahn fahren eng auf eng die Autos die Straße hinauf und hinab, das ewige Spalier der Voyeure aus den Vorstädten.

St. Liederlich. Wolli fühlt sich sofort zu Hause, mehr als an jedem anderen Ort der Welt.

Sie fahren zum Duke in die Seilerstraße. Eine kleine Wohnung, anderthalb Zimmer, ebenerdig, nach hinten raus nur ein kleines Küchenfenster, sehr dunkel alles, Klo auf dem Gang, im vorderen Zimmer liegen Matratzen auf dem Boden, ein paar Bücher, Filmrollen, ein Projektor, Essensreste. Sie rauchen einen Joint und schauen Schwarz-Weiß-Filme des Duke, die er an die dreckige Wand projiziert. Verwackelte Aufnahmen von irgendwelchen Leuten auf der Straße. Das sollen Kunstfilme sein? Wolli sagt nichts. Hier will er ja erst mal wohnen, also lieber freundlich sein. Dann ein paar Aufnahmen von jungen Frauen, halb bekleidet. Findet Wolli schon interessanter. Sie tanzen herum und scheinen zu singen. Der Film hat keinen Ton. Am Ende erscheint der Duke im Bild. Die Frauen tanzen um ihn herum, dabei fesseln sie ihn. Dann hört der Film auf. Wolli blickt den Duke an.

»Interessantes Ende. Hätte ruhig noch etwas länger gehen können, das Ende meine ich. Den Anfang fand ich nicht so interessant, hab ich zumindest nicht verstanden.«

»Mann, das ist Kunst. Da gibt's nichts zu verstehen. Je größer die Kunst, desto weniger versteht man, das kannst du dir mal als Faustregel merken, Mann. Und bei der richtig großen Kunst, da versteht keiner mehr was. Zum Beispiel Jackson Pollock, was gibt's 'n da zu verstehen, Mann? Das is nur noch die pure Kunst, vollkommen sinnfrei, aber vom Allerfeinsten!«

Wolli kennt keinen Jackson Pollock, deshalb sagt er lieber nichts.

»Also was is, Leute, habt ihr Lust auf 'n Filmdreh?«

Der Duke schaut in die Runde, Gunda und Martina lachen verschämt, sie ahnen, welche Rolle sie spielen sollen. Keiner traut sich richtig, Wolli auch nicht.

»Okay, wenn ihr keine Kunst machen wollt, kann ich euch nicht zwingen, also gehen wir was trinken, gut?«

Von der Seilerstraße zum Hamburger Berg sind es nur ein paar Meter, aber auf dieser kurzen Strecke geht der Motor des Viertels von null auf hundert. Während in der Seilerstraße noch relative Ruhe und Dunkelheit herrschen, ist der Berg grell ausgeleuchtet, laut und wild, die Straße ist voller Menschen, die in Trauben vor den Kneipen stehen, laut redend, singend, einige prügeln sich, ein Paar tanzt auf der Straße einen trunkenen Tango.

Wolli ist erstaunt, mit einem derartigen Feuer hat er nicht gerechnet, aber er lässt sich nichts anmerken, tut so, als ob er hier schon seit Jahren rumhinge. Sie trinken, rauchen und reden mit anderen Flaneuren und versinken ganz langsam im Strudel der Nacht. Erst spät kehren sie heim zum Duke. Und jetzt haben auch die Mädchen Lust, einen Film zu drehen. Sie stolpern in der Wohnung herum und spielen improvisierte Szenen.

Es existiert keine klare Idee, der Duke filmt und gibt wirre Anweisungen:

»Ja, Gunda, streck dich, ja, wunderbar … und jetzt dreh dich und schrei dabei … ja, Mann, wahnsinnig gut … und Martina, du kommst jetzt von der Seite, aber ganz traurig, ganz einsam, mit leerem Blick … oh ja, toll, und Wolli, du willst die beiden verführen, los, Mann, du bist ihnen verfallen, sie sind deine Nymphen und deine Göttinnen, ja, Mann … und langsam nimmst du ihnen die Klamotten ab … ja und dir selber auch … ja, prima, sagenhaft …«

Kurz danach ziehen sich alle aus, auch der Duke, schließlich stört ihn die ratternde Kamera, er schmeißt sie zur Seite. Dabei klappt das Filmfach auf. Dass kein Film in der Kamera ist, fällt keinem der anderen Darsteller auf.

Wolli verbringt Tage bei seinen neuen Freunden. Sie hängen in der Wohnung rum, schlafen, trinken, reden, hören Musik. Wolli schläft mit Martina auf einer Matratze, der Duke mit Gunda. Ab und zu ergeben sich Zärtlichkeiten, manchmal auch Sexualitäten, aber die Paarungen sind eher zufällig. Gunda ist die lebhaftere der beiden, sie redet selbstbewusst und fordernd, Martina ist eher schüchtern und zurückhaltend. Wolli gefällt Martinas stille Art, er spürt dahinter ihre sanfte Kraft. Einmal wacht er frühmorgens auf, und sie liegt vor ihm auf der Matratze mit geschlossenen Augen. Er mustert lange ihre entspannten und schönen Züge. So jung wirkt sie noch, so unverbraucht, ihre Haut ist so fein wie Seidenpapier. Wolli ist gerührt, er würde sie am liebsten berühren, traut sich aber nicht. Er fragt sich, ob er sie liebt, ob er sie lieben könnte, aber er findet keine eindeutige Antwort in sich.

Man lebt von Wollis Restlohn. Als dieser aufgebraucht ist, will der Duke Dope verticken. Wolli begleitet ihn. Auf einem Hinterhof in der Talstraße muss er draußen warten, während der Duke in einer Wohnung verschwindet und bei einem Typen, den er Onkel nennt, Stoff besorgt.

»So, Mann, hab genug Dope für die nächsten Tage und was ganz Neues: Preludin. Das Zeug soll Bombe sein, besser als Pervitin, wenn du das drin hast, musst du nichts mehr essen, Mann, hast aber ohne Ende Kraft! Is auch noch voll billig dazu! Ich klink mal direkt zwei ein, was ist, bist du dabei?«

Natürlich ist Wolli dabei, ihn interessieren alle Stimulanzien, alles, was ihn die Welt aus einem anderen Blickwinkel sehen lässt.

»Der Expeditionscharakter muss unter allen Umständen erhalten bleiben!« ist sein Spruch dazu.

Der Duke reicht Wolli zwei kleine orangefarbene Tabletten, beide spülen sie mit einem Schluck Bier runter.

Der Duke hat seinen Stammplatz zum Verticken in der Schmuckstraße, hinter der Großen Freiheit, in der heruntergekommenen Gegend, wo die Fummeltanten stehen. Sie setzen sich dort auf einen Mauervorsprung und warten. Nach einer halben Stunde fängt das Preludin an zu wirken.

»Hey, Mann, sag mal, spürst du auch schon was?«

»Ja, irgendwie so 'n gutes Gefühl, so 'n Schub nach oben. Und bei dir?«

»Bei mir isses genauso, Mann, alle Müdigkeit weg, bester Laune, allererste Güte, das Pülverchen, alabonneur!«

Ein Typ haut den Duke auf Dope an. Die beiden verschwinden in einem Hauseingang. Als der Duke zurückkommt, reckt er nur den Daumen – top – und geht dann federnden Schrittes vorbei. Wolli springt hinterher.

»Hey, was 'n los, was machst du?«

»Ich hab eben 'nen guten Deal gemacht, Mann, wir brauchen die nächsten beiden Tage nicht mehr zu arbeiten. Komm, wir gehen nach Hause zu den Mädchen und machen uns 'ne gute Zeit.«

In der Wohnung versorgen sie Martina und Gunda auch erst mal mit Preludin. Danach ist die Stimmung bestens, man unterhält sich über alles Mögliche, über Politik, über den verachtenswerten alten Knacker Adenauer, der ist bereits vierundachtzig Jahre alt und seit elf Jahren an der Macht, er will den Kommunismus ausmerzen, sagt er, und sie reden darüber, wann seine Zeit endlich zu Ende geht. Wie man daran mitwirken könne. Dass man sich politisch engagieren müsse gegen ihn. Aber wie? Man redet über den Vietnamkrieg, verachtet die Amerikaner dafür, über Freiheitsideen, den Existenzialismus und die modernen kulturellen Strömungen in Frankreich, das trotz oder gerade wegen des Algerien-Krieges in allem so viel weiter zu sein scheint als Deutschland. Zumindest gibt es dort eine breite Front aus Kriegsgegnern, aus der sich eine neue Subkultur zu bilden scheint. Um seine These zu belegen, schlägt der Duke vor, am Nachmittag ins Kino zu gehen, dort läuft ein ganz neuer französischer Film von einem gewissen Jean-Luc Godard, angeblich ein Revolutionär, der cineastisch völlig neue Maßstäbe setzen soll. Bestenfalls wollen sie sich von diesem Film inspirieren lassen für eigene zu erschaffende Werke.

Vorfreudig und aufgedreht besuchen die Freunde die Nachmittagsvorstellung von *Außer Atem* im Oase-Kino auf der Reeperbahn. Mit offenen Mündern und in die Schenkel verkrallten Fingern sitzen sie nebeneinander und können nicht fassen, was sie dort zu sehen bekommen. So einen Film hat es bisher noch nicht gegeben, die beiden Hauptdarsteller Jean-Paul Belmondo und Jean Seberg sind so jung und schön und unberechenbar und lässig und frei. Die Stimmung im Kino ist aufgeheizt, Aufruhr liegt in der Luft, die Besucher, überwiegend Studenten, rauchen doppelt so viel wie in anderen Filmen, sie konsumieren mehr alkoholische Getränke, und nach Verlassen des Kinos sind alle ein wenig anders als zuvor, haben sich alle Typen in Belmondos verwandelt und die Frauen in Sebergs, sie gehen nach Hause, schneiden und färben sich die Haare, kleiden sich anders, bewegen sich anders, denken anders als zuvor. Auch dem Duke, Wolli, Gunda und Martina geht es so. Sie stehen vor dem Kino.

»Kriminell müsste man werden!«, platzt es aus Wolli heraus. »Volles Risiko gehen. Dem Leben sein Kostbarstes abtrotzen. Da darf man nicht kleinlich sein oder ängstlich oder moralisch, da muss man wild und konsequent sein, da darf es keine Rücksicht auf Verluste geben, auch wenn man selber dabei draufgeht!«

»Das ist doch widersinnig, für die eigene Befreiung draufgehen zu wollen, das finde ich schwachsinnig.«

Gunda findet Belmondos Tod am Ende des Filmes kontraproduktiv und sentimental. Der Duke ist Wollis Meinung.

»Vielleicht muss einer sterben, damit tausend andere nach ihm frei leben können. Und der, der freiwillig stirbt, dem hat man dann die Freiheit zu verdanken, der ist dann für immer ein Held.«

Nun regt Gunda sich richtig auf.

»Aber es geht doch wohl nicht um Heldentum. Ich dachte, wir wollen alle Helden abschaffen. Von denen hatten wir doch schon genug in der Vergangenheit. Ich brauch nie wieder 'nen Helden.«

Martina nickt schweigend, wenn Gunda spricht. Wolli lenkt ein.

»Das finde ich auch. Helden brauchen wir wirklich nicht mehr. Viel eher brauchen wir Antihelden.«

»Was sind denn Antihelden?«

»Na, das genaue Gegenteil von Helden.«

»Aber das sind dann ja auch wieder Helden, oder etwa nicht?«

»Ja, aber keine herkömmlichen. Das sind Helden, die gegen den Strom schwimmen, die gegen die Gesellschaft sind, auf die sich nicht alle einigen können, die nicht familientauglich sind. Vielleicht sogar Helden, die von den meisten gehasst werden. Vor allem von den ganzen Spießern. So wie die beiden aus dem Film eben.«

»Verstehe. Darauf könnten wir uns, glaub ich, einigen.«

In der Wohnung des Duke schneidet Gunda Martina die Haare ab. Danach werden sie wasserstoffblond gefärbt. Martina sieht umwerfend aus mit der neuen Frisur, finden alle. Der Duke verliebt sich richtiggehend in sie, versucht aber, sich das nicht anmerken zu lassen, da er ja eigentlich eher auf Gunda gebucht ist. Was eine Frisur so alles bewirken kann.

In den nächsten Tagen nimmt der Duke Wolli mit zum Verticken. Wolli müsse erst mal richtig ausgebildet werden. Welches Zeug gibt es grade, was ist angesagt, wie streckt man es, was ist ein guter Kurs gegenüber der Konkurrenz, wo sind die besten Plätze, um es loszuwerden, und welchen Kunden kann man vertrauen? Den Einkauf machen sie immer bei Onkel in der Talstraße. Der ist Wolli gegenüber erst mal skeptisch, Wolli muss ihm seine komplette Geschichte erzählen. Seine Karriere bei der Volkspolizei erwähnt er lieber nicht.

Onkel, der nicht viel älter ist als vielleicht dreißig Jahre, ist waschechter St. Paulianer, spindeldürr, sehnig und voller misslungener Tätowierungen. Er sieht ein wenig aus wie ein halb verhungerter Rabe, dem die Federn ausfallen, auf seiner großen Nase turnt eine Nickelbrille, die seine ehedem kleinen Augen als nahezu winzig erscheinen lässt. Er wohnt in einer engen Hinterhofwohnung, in der nie das Licht brennt, auch wenn es draußen bereits Nacht ist. Wenn es zu dunkel ist, um etwas sehen zu können, benutzt er eine große Stabtaschenlampe. Strom aber gibt es, der Plattenspieler funktioniert. Warum das so ist, kriegt Wolli nicht raus. Vielleicht will Onkel Strom sparen. Wenn sie bei ihm sind, setzen sie sich auf den Wohnzimmerboden und messen mit einer Briefwaage den Stoff ab. Der Duke verlangt das gar nicht, aber Onkel besteht darauf. Immer schön korrekt sein. Fast schon penibel. Abgesehen von dem Dope verkauft er auch noch alles Mögliche an Hehlerware, vor allem geklauten Schmuck, Armbänder, Uhren, Ringe. Das Zeug steht kistenweise in der Wohnung, zwischen den alten abgeranzten Möbeln, vor den dreckigen Wänden, selbst in dem winzig kleinen Bad, eigentlich ist die Wohnung ein einziges Hehlerlager. »Geitlinge« nennt Onkel die Ringe. Er spricht einen merkwürdigen St.-Pauli-Dialekt, den Wolli kaum versteht. Jedes Mal, wenn der Duke und Wolli zum Einkauf kommen, will Onkel ihnen Schmuck andrehen, aber die beiden haben weder das Geld dafür, noch stehen sie sonderlich darauf.

Da Wolli sich bald recht gut auf den Drogenhandel versteht, laufen die Geschäfte immer besser. Ihm fällt es nicht schwer, mit Menschen zu reden, sie für sich einnehmen, sie zum Kauf animieren. Häufig schafft er es, den Kunden das Doppelte von dem unterzujubeln, was sie eigentlich kaufen wollten.

»Hör mal, so günstig und in der Qualität kriegst du das wahrscheinlich nie wieder bei mir. Das ist 'ne spezielle Ware, 'ne reine Sommerernte, das heißt, dass die Blütenstände sich mit Hitze vollgesogen haben und das Öl ganz besonders viel hochwertiges THC enthält, du brauchst nur die Hälfte davon zu rauchen und fliegst voll ab – und das alles für einen sensationell günstigen Preis.«

Jedes Mal denkt er sich was Neues aus, aber weil er gutes Zeugs verkauft, glauben ihm die Leute. Und sein Ruf spricht sich herum. Es gibt Leute, die nur von ihm kaufen wollen, nicht vom Duke, nicht von jemand anderem, nur den Stoff von Wolli. Nach einer Woche macht er bereits bessere Umsätze als der Duke, er gibt sich einfach nur Mühe, den Job gut zu machen, mehr nicht. Langsam, aber sicher ist der Duke genervt, beobachtet Wolli sauertöpfisch beim Handeln, was ist das für 'ne Art, sich von einem Älteren erst anlernen zu lassen und ihn dann aus dem Spiel zu drängen? Einmal, als der Duke allein an der Schmuckstraße steht, kommt ein neuer Kunde auf ihn zu.

»Sag mal, ich suche einen gewissen Wolli, weißt du, wo ich den finden kann?«

»Nee, wieso denn, Mann?«

»Ich will Dope kaufen, bei ihm soll es das Beste geben.«

Der Duke hat wirklich genug von dem Hype. Ihm fällt das Foto ein, das er in Wollis Klamottenhaufen entdeckt hat, auf dem Wolli in der Uniform der Volkspolizei zu sehen ist.

»Ich sag dir mal was über diesen Wolli, Mann, der ist 'n Zivibulle, der hier eingeschleust wurde, wenn du bei dem kaufst, sitzt du am nächsten Tag im Knast, Mann.«

»Das kann doch nicht wahr sein.«

»Doch, Mann, so wahr, wie ich hier stehe, ich hab Beweise, glaub mir, mein Freund, es ist zu deinem Besten.«

»Das is ja irre, das hätte ich nicht gedacht, danke dir für den Tipp.«

»Ja, Mann, und dein Zeug kauf lieber bei mir, ich bin hier der Typ am Platz, da kannst du alle fragen.«

Der Kunde ist dankbar und kauft großzügig beim Duke ein. Und die Reaktionen auf die Zivistory lassen nicht lange auf sich warten. Bereits in den nächsten Tagen verbreitet sich das Gerücht, und die ersten Käufer meiden die Schmuckstraße und machen einen großen Bogen um Wolli. Der versteht überhaupt nicht, was los ist, warum die Geschäfte so einbrechen, wieso ihn die Kunden abschätzig betrachten. Aber auch für den Duke geht die Aktion nach hinten los, da die Kunden woanders einkaufen gehen. Schließlich spricht ein Kunde Wolli an, als dieser allein an seinem Platz sitzt.

»Hör mal, Wolli, du weißt schon, was sie über dich sagen, oder?«

»Nein, was meinst du?«

»Na ja, es geht rum, dass du angeblich 'n Zivi sein sollst. Hat der Duke erzählt.«

»Was? Das glaube ich nicht. Das soll der Duke gesagt haben? Niemals, der ist mein Freund.«

»Na ja, ich wollt's dir nur gesagt haben, das ist der Grund, warum hier niemand mehr einkauft. Die gehen jetzt alle zum Spielbudenplatz, da isses sicherer, glauben die.«

Wolli ist konsterniert, er kann und will das nicht glauben. Der Duke hat ihn verraten? Niemals! Er geht irritiert in die Seilerstraße, um den Duke zur Rede zu stellen. Der liegt mit Gunda im Bett. Martina sitzt auf einem Sessel und lackiert sich die Zehennägel schwarz.

»Hör mal, Duke, mir wurde gesteckt, dass du rumerzählst, dass ich 'n Zivibulle wäre, stimmt das etwa?«

»Natürlich stimmt das.«

»Spinnst du? Warum tust du so was?«

»Weil ich in deinen Klamotten ein Foto gesehen habe, Mann. Du in Bullenuniform. Jetzt erklär uns das, bitte.«

Gunda war eben noch ganz schläfrig, schlagartig ist sie hellwach. Sie mustert Wolli fassungslos. Martina schaut skeptisch zwischen beiden Männern hin und her. Gunda fängt sich als Erste.

»Was ist los, Wolli? Stimmt das etwa?«

»Seid ihr wahnsinnig? Ich bin doch kein Bulle. Das ist ein Scherzfoto, das ich auf 'ner Party gemacht habe.«

Wolli kann ja schlecht erzählen, dass er tatsächlich bei der Volkspolizei war. Wie stünde er dann da? Der Duke springt auf und fingert das Foto aus Wollis Klamottenhaufen.

»Erzähl doch keinen Scheiß, Mann. Das ist doch kein Partyfoto! Das ist ein offizielles Foto, das sieht man doch an der Uniform, und wie du dreinschaust, Mann, das war niemals auf 'ner Party!«

Tatsächlich ist es das offizielle Foto, das Wolli zu Beginn seiner Ausbildung bei der Volkspolizei von sich machen lassen musste. Zusammen mit seinen Büchern hat er ein paar Bilder und Andenken überallhin mitgenommen. Er hat ja nicht ahnen können, dass ihm seine Sentimentalität eines Tages zum Verhängnis werden könnte.

»Na gut, euch kann ich es ja sagen: Ich war früher mal für ganz kurze Zeit bei der Volkspolizei, im Osten, hatte aber nur Ärger mit den Ausbildern, die wollten mich ins Militärgefängnis stecken, da bin ich geflüchtet.«

»Dass ich nicht lache. Was für ein Humbug! Denk dir was Besseres aus, Mann!«

Der Duke zieht sich langsam an. Er genießt die Anklägerposition. Wolli ist ihm eh lästig geworden, es wird Zeit, dieses Kuckuckskind über den Nestrand zu werfen. Gunda und

Martina sind irritiert, sie wissen nicht, wem sie trauen können.

»Ich glaube, du verarschst uns alle schon länger, Mann. Tauchst hier auf'm Kiez auf und versuchst, die Geschäfte an dich zu reißen, hier den Dicken zu machen, ha? Wahrscheinlich führst du 'ne heimliche Liste, um uns alle zusammen hochgehen zu lassen, oder was hast du vor?«

Wolli sackt in sich zusammen, aus dieser Zwickmühle kommt er nicht mehr raus.

»Was würde das denn für 'nen Sinn machen, erst die Geschäfte an mich zu reißen, um dann alles hochgehen zu lassen? Das wäre doch völlig sinnlos. Du kannst glauben, was du willst, aber ich bin kein Bulle. Ruf von mir aus meine Mutter an, die wird dir was vorjammern, dass ich keiner geworden bin, die hätte sich das so gewünscht.«

Es ist ruhig im Raum. Wolli packt langsam seine Sachen zusammen, er hat seine Fassung und seinen Stolz wiedergefunden. Er begreift auf einmal, dass er dem Duke zu nah gekommen ist. Dass er zu viel gewagt hat. Er schaut Martina fragend an.

»Was ist? Wem glaubst du?«

Sie schweigt, blickt erst Wolli an und dann betreten auf den Boden. Wolli wirft sich seinen Sack über die Schulter und verlässt die Wohnung, die Tür bleibt hinter ihm offen stehen.

Wolli weiß nicht, wo er sich hinwenden soll, es ist früher Abend, es ist kühl und regnet. Außer seiner kleinen Gang kennt er kaum jemanden, ein paar Fummeltanten aus der Schmuckstraße, ein paar Kunden. Und dann noch Onkel. Er traut sich nicht, bei Onkel aufzutauchen, vielleicht hat der auch schon von Wollis angeblicher Polizeikarriere gehört. Dann fällt ihm das Pik As ein, ein Männerobdachlosenheim in der Neustadt, von dem er gehört hat. Er irrt im Regen Richtung Innenstadt, verlässt die vermüllte Welt von St. Pauli, tapert an Hauswände gedrängt durch Neubaustraßen, fragt immer wieder Passanten, die ihn nach dieser Frage abschätzig mustern, Pik As? Kennen sie alle nicht. Obdachlosenheim? Wollen sie nichts mit zu tun haben. Schließlich findet Wolli es in einer trostlosen Seitenstraße in der Nähe des Gänsemarktes. Ein alter, großer, schmuckloser Bau auf einem Hinterhof, an dessen Front ein Schild angebracht ist, auf dem steht: P. As. Und in kleinen Buchstaben darunter Polizei Asyl der Stadt Hamburg/Neustädter Straße. Wolli betritt eine geräumige Vorhalle, durch die sich eine lange Schlange von Männern zieht, die Obdach in der kalten Regennacht suchen. Hinter einer Absperrung sitzen grau gekleidete Männer über Karteikästen gebeugt, oberhalb von ihnen ein Schild:

KEINER HAT IN AUFEINANDERFOLGENDEN
NÄCHTEN EIN RECHT AUF DIESELBE
SCHLAFSTÄTTE!

Die Männer sortieren Karten mit Personendaten der Insassen des Pik As. Wolli stellt sich in die Schlange und wird nach einer Ewigkeit an den Herrn verwiesen, der die Kiste mit dem Buchstaben K verwaltet.

»Name, Alter, Herkunft, Grund der Antragstellung?«

Während Wolli spricht, blickt der Mann kein einziges Mal auf. Wer vor ihm steht, ist dem Beamten von der Sozialbehörde offenkundig egal. Er greift zum Telefonhörer, wählt eine kurze, vermutlich interne Nummer und gibt sämtliche Informationen von Wolli mit schnarrender Stimme in den Hörer ein. Wie eine Maschine, über die als Tarnung eine welke graue, schlechte Haut gezogen wurde, denkt Wolli. Vermutlich wird gerade gecheckt, ob er zur Fahndung ausgeschrieben ist, er befindet sich ja in einem Polizei-Asyl. Am liebsten würde er seine Daten zurückfordern und wieder gehen, aber dafür ist es zu spät.

»Gut, das hätten wir. Für heute ist es dann ja zu spät für eine angemeldete Schlafstelle, Herr Köhler, aber geh ruhig durch die Gänge und versuch dein Glück. Und morgen dann einfach früher kommen. Nach 16 Uhr ist meist alles weg. Gute Nacht, Herr Köhler.«

Der Beamte blickt Wolli das erste Mal an, sein Lächeln erscheint eher hämisch als teilnahmsvoll. Wolli steckt seinen Ausweis wieder ein, schultert seinen Seesack und läuft zu den Treppen, an denen Schilder stehen: Säle 1 bis 5. Auf den Treppenabsätzen liegen Männer, einige schlafen, andere kauern in einer Art Wartehaltung, einer hat die Hosen heruntergezogen und sitzt in seinem eigenen Durchfall, was ihn aber nicht weiter zu stören scheint. Ein anderer steht vor ihm und schimpft: »Du alte Drecksau, wegsperren sollte man so was wie dich, du bist doch der Untergang, kein Wunder, dass das Vaterland zugrunde geht, hörst du mir überhaupt zu, du Sau?«

Der Sitzende reagiert nicht, vielleicht aus Scham, vielleicht aus Gleichgültigkeit. Wolli geht weiter und kommt in den ersten der fünf Schlafsäle. Ein stechender Geruch nach Schweiß und Urin umfängt ihn, es ist laut, viele Männer unterhalten sich, einige streiten, alle der etwa vierzig Doppelstockbetten scheinen besetzt zu sein, obwohl die Betten weder Matratzen noch Decken oder Kissen haben, es sind einfache Holzflächen. Die meisten Männer haben notdürftig aus ihren Kleidern einen Schlafplatz geformt. Wolli lässt sich weiter durch die Säle treiben, überall das gleiche Bild – voll, stinkend, überhitzt, in einem Wort: infernalisch. Auch auf den Fluren liegen die Männer, einige haben dreckige Flaschen dabei, aus denen sie trinken. Im letzten Saal findet Wolli tatsächlich einen freien Platz unten in einem Doppelstockbett. Der Einlieger scheint nicht erschienen zu sein, also legt Wolli seinen Seesack auf die Liegefläche. Auf dem oberen Bett starrt ein älterer Mann in abgerissener Kleidung mit glasigen Augen Richtung Decke. Die meisten der Liegenden haben ihre wenigen Besitztümer so um sich drapiert, dass keiner sie wegnehmen kann. Auf ihrer Kleidung liegen sie, die Schuhe dienen als Kissen, Wertgegenstände werden in den inneren Kleidungsschichten verstaut. Wie im 19. Jahrhundert, denkt Wolli, wie in den Büchern von Victor Hugo oder Charles Dickens, und das alles gibt's heute noch, in der Innenstadt von Hamburg. Ein junger dürrer, etwas abgerissener Typ kommt auf Wolli zu und lässt sich in die Hocke nieder.

»Du weißt aber schon, dass du unter 'ner Wolke schläfst, oder?«

»Was meinst du?«

»Na, bei dir kann es jederzeit anfangen zu regnen, ist dir das klar?«

»Ich versteh nicht.«

Der Typ, der sich als Fiesel vorstellt, weist auf die Unterseite des Bettes über Wolli, wo sich dicke Tropfen bilden. Wolli ist kurz irritiert, bis er versteht. Aus dem Liegenden über ihm läuft der Urin permanent heraus, deshalb ist das Bett frei. Wolli zieht seinen Seesack schnell wieder von der Pritsche.

»Du kannst jetzt entweder die Wolke auf die untere Pritsche befördern, was anstrengend werden könnte, oder dir einen Platz am Boden nehmen oder wieder nach draußen in den echten Regen gehen. Das sind doch schon mal einige Optionen.«

»Und wie machst du es?«

»Wenn ich keinen Platz oben im Bett habe, nehme ich einen auf dem Boden. Ist doch egal, sind in jedem Fall Holzbretter, auf denen ich dann schlafe. Und wo kommst du her? Erzähl mal.«

Wolli erzählt seine Geschichte in kurzen Worten und ohne das unrühmliche Ende. Dann ist Fiesel dran. Dass er ursprünglich aus Herne kommt. Früh alles abgebrochen und auf Trebe gegangen. Dreimal hätten sie ihn eingefangen und in Erziehungsheime gesteckt. Aber da wurde er immer nur geschlagen. Also weggerannt, jedes Mal, so weit er konnte. Und dann war er zum Glück zu alt, um in Heime gesteckt zu werden. Er hatte auch gute Zeiten. In einer Bienenwachsmanufaktur bei Neumünster hätten sie aus dem Wachs Kerzen geformt, das war schöne Arbeit, und es roch immer gut. Und ein Jahr hatte er an Fischteichen gearbeitet, die Fische gefüttert, die Teiche gesäubert. Nur einmal hatte er betrunken in die Teiche gepullert, aber ausgerechnet da habe ihn der Chef erwischt. Irgendwann ist Fiesel dann nach Hamburg gekommen, aber es ist ziemlich schwierig, Arbeit zu bekommen, sagt er, auch im Hafen, die Jobs werden immer weniger und schlechter bezahlt, die klassischen Packerjobs gibt es zu großen Teilen nicht mehr. Das wird jetzt alles maschinell erledigt, mit Gabelstaplern und Kränen und so was. Und wenn gar nichts mehr geht, dann landet man halt im As.

»Im As kannst du 'n paar Tage bleiben, vielleicht maximal 'ne Woche, aber dann musste wieder raus, denn das As raubt dir die Kraft, verstehste?«

»Wie meinst du das?«

»Du schläfst vielleicht fünf Stunden pro Nacht, dann wachst du auf vom Furzen und Rülpsen und Schnarchen und Streit, oder weil einer versucht, deine Sachen zu klauen. Dazu kommt das Saufen, das raubt dir auch die Kraft, aber hier drinnen musst du saufen, sonst hältst du es nicht aus. Wenn du länger als 'nen Monat hierbleibst, kommst du nicht mehr raus, dann bist du zu schwach, dann bleibst du für immer hier drinnen und verreckst. Das ist schon einigen passiert.«

Wolli und Fiesel setzen sich mit ihren Sachen in eine Ecke des obersten Saales. Wolli will sich eine Zigarette anzünden.

»Nee, nee, hier kannst du nicht rauchen, wenn sie dich dabei erwischen, bist du sofort draußen! Was glaubst du, wie oft das Ding hier schon fast abgefackelt wäre wegen irgendeinem Penner, der mit Kippe eingeratzt ist.«

»Gibt's denn bessere Einrichtungen als die hier?«

»Nee, die anderen sind dann wieder eher so Sozialstationen. Und eigentlich will man das ja auch gar nicht, oder? Eigentlich wollen wir ja frei und selbstbestimmt leben, oder?«

»Klar, das ist das Wichtigste.«

»Also hält man 'n paar Nächte aus, bis das Wetter wieder besser ist, und dann geht man wieder raus, auf Platte. Und hofft, dass man 'nen Job bekommt. Und durch den Job 'ne Wohnung. Und dann Geld. Und dann 'ne Frau. Und dann kommt der Wohlstand. Und dann das Glück. Manche schaffen das. Die meisten nicht. Aber weil das wie beim Lotto ist und keiner weiß, wer der Glückliche ist, der hier rauskommt, machen alle weiter. Denn theoretisch kann es ja jeder schaffen. Nur nicht alle. Das ist das Komische daran, jeder kann es schaffen, nur nicht alle.«

»Klingt logisch.«

»Als wenn das Glück nur in kleinen Dosen auf die Menschen verteilt würde. Einer unter tausend kriegt einen Tropfen Glück. Vielleicht wird dieser Tropfen ja produziert durch das Unglück der anderen. All der Unglücksschweiß der anderen, gepresst aus Angst und Trauer und Schmerz und Einsamkeit, wird konzentriert und ausgekocht, und der Sud wird kondensiert und ergibt dann diesen einen Tropfen Glück, und der wird dann nach dem Zufallsprinzip irgendeinem von uns verabreicht. So, schätze ich, ist das mit dem Glück.«

»Also ich werde hier nicht alt werden, das weiß ich, ich bin hier nur kurz, bis ich wieder Fuß gefasst habe.«

»Das sagen alle.«

»Ja, aber ich bin der eine, bei dem es stimmt.«

»Dann bist du der mit dem Tropfen.«

»Kann sein. Vielleicht bin ich der mit dem Tropfen.«

Wolli und Fiesel unterhalten sich noch eine Weile. Dann breiten sie ihre Sachen aus und legen sich hin. Wolli schläft trotz des Lärms und Gestanks sofort ein.

Die nächsten Tage hört Wolli sich nach Jobs um. Ab und zu erfährt er von einem Packerjob im Hafen für Bananenkisten und Getreidesäcke, viel Geld gibt es dafür nicht. Abends läuft er durch St. Pauli und schaut sich um, fragt in Bars nach, ob ein Kellner gesucht wird oder ein Portier. Das bisschen Geld, das er verdient, gibt er für Getränke und Zigaretten aus.

In einer Bar namens *Klein-Paris* auf der Großen Freiheit Nr. 11 trifft er eines Abends zufällig Onkel wieder. Die Begrüßung ist überraschend normal.

»Hey, Wolli, Mensch, wir haben uns ja länger nicht gesehen, wo bist du abgeblieben?«

Wolli ist erstaunt.

»Onkel, freut mich, dich zu sehen. Ich hatte 'ne kleine Auseinandersetzung mit dem Duke, hast du das nicht mitbekommen?«

»Doch, doch, hab ich gehört von. Aber ich kenn ja den Duke, die alte Ratte. Der hat schon öfter Geschichten in Umlauf gebracht, der is 'n falscher Fuffziger, 'n richtiges Windei, auf Sprüche von dem geb ich erst mal gar nichts.«

»Und ich dachte schon, ich bin für alle Zeiten geächtet in der Szene.«

»Ach was, ich habe ja auch so meine Kontakte, wenn du 'n aktiver Schmiermichel wärst, hätte ich das in kürzester Zeit rausbekommen, du hast dich verarschen lassen, Amigo.«

Onkel gibt Wolli 'nen Drink aus.

»Du, ich kenne zum Beispiel den Besitzer dieser Butze hier. Der heißt Manni Weissleder. Hat in Pauli viele Dinger am Laufen. Und der sucht immer mal wieder 'nen guten Mann für die Bar oder auch als Koberer.«

»Was ist denn ein Koberer?«

»Na, diese Typen, die in der Freiheit überall vor den Läden stehen …«

»Ach, die Portiers meinst du.«

»Ja, auf dem Kiez heißen die Koberer. Oder Porter. Oder auch Greifer. Das *Klein-Paris* ist 'ne Bar mit Fickmöglichkeit, und solche Bars brauchen einen Mann auf der Straße, der die Leute reinlockt, besser: die Männer, weil die sich sonst nicht reintrauen, du musst die animieren und über die Schwelle bringen. Wenn die dann erst mal drinnen sind und die steilen Mütter hier sehen, dann läuft das ganze Ding von selber ab, verstehste?«

»Verstehe, aber keine Ahnung, ob ich das kann.«

Onkel zündet sich eine Zigarette an.

»So wie ich gehört habe, liefen deine Geschäfte doch ganz gut in der Schmuckstraße, und zwar, weil du die Kunden animiert hast, stimmt's, Amigo? Genau dasselbe tut ein Koberer, nur dass er dafür noch ein paar Sprüche auswendig lernen muss, damit das Ding locker und geschmeidig rüberkommt, so aus der Lameng, verstehst du? Da stehst du einfach mal 'n paar Tage bei 'nem Kollegen rum und schaust dir an, wie der das macht. Ich könnte es dir auch zeigen, Amigo. Und dann probierst du´s selber aus. Na, was meinste?«

»Grundsätzlich interessant. Wenn der Weissleder mich nimmt.«

»Kein Problem, Amigo. Ich stell euch vor.«

Onkel verschwindet im hinteren Teil des Ladens und taucht nach ein paar Minuten mit einem mittelalten, vierschrötigen Mann auf, der sehr deutsch aussieht. Seine blonden Haare sind kurz und stachelig geschnitten, sein Blick hat etwas Rohes und Suchendes. Er hält Wolli die Hand hin, Wolli schlägt ein und hält den Druck von Weissleders Hand kaum aus.

»Das ist mein Freund Wolfgang, genannt Wolli, der möchte hier als Koberer arbeiten.«

Weissleder begutachtet Wolli eingehend.

»Soso, was für Qualitäten bringt denn der Kollege so mit?«

»Er hat Talent im Verkauf, muss aber noch ein wenig eingelernt werden, das würde dann ich übernehmen.«

»Na ja, wir brauchen eh grad einen neuen Mann für drei

Tage in der Woche, von Montag bis Mittwoch, warum sollten wir's nicht mit ihm probieren? Kannst du denn bald anfangen?«

Weissleders Blick landet wieder in Wollis Gesicht.

»Klar.«

»Gut, Onkel, du kümmerst dich. Und sag Karl Bescheid, der macht das Finanzielle.«

Weissleder klopft Wolli kurz und kumpelig auf die Schulter und geht dann in den hinteren Teil des Ladens. Onkel lächelt Wolli mit einem Siegerlächeln an.

»Siehste, war doch ganz einfach. Merk dir den Mann, das ist hier der große Hahn, dem gehört die halbe Große Freiheit, zwölf Läden hat der hier.«

»Der hat mir fast die Hand zerdrückt.«

»So isser halt, der Chef. Nimm's ihm nicht übel, er ist 'n korrekter guter Typ, kommt aus einfachen Verhältnissen. Außerdem musst du dich sowieso eher mit Karl, dem Geschäftsführer, rumschlagen, der kommt später noch. So, nun wollen wir uns mal in Position begeben. Zuerst brauchst du 'nen guten Fummel, zum Beispiel 'nen Anzug. Hast du natürlich nicht, oder?«

»Was denn für 'n Anzug?«

»Na, 'ne Uniform, was nach irgendwas aussieht, sodass die Leute vor dir Respekt haben. Komm mal mit, Amigo.«

Im hinteren Teil des Ladens führt eine schmale Treppe in den Keller, von dem eine kleine Küche und mehrere Räume abgehen. In einer dieser Kammern steht ein Schrank mit einem Haufen altem Plunder auf Kleiderbügeln, einige Tänzerinnen-Kostüme mit Mottenlöchern und schließlich eine Uniform. Onkel zieht sie aus dem Schrank, sie besteht aus einem weißen Hemd, einer Smokinghose und einem langen Frack mit rot abgesetztem Revers und Biesen.

»Zieh mal an.«

Wolli gehorcht. Die Uniform ist viel zu weit, augenscheinlich für einen dicken Mann geschneidert. Onkel zieht einen Gürtel aus dem Schrank.

»Los, schön eng schnüren, das sieht schon keiner.«

Auch eine Art Kapitänsmütze liegt dabei, nur Wollis Ohren halten sie auf seinem Kopf, so groß ist sie. Er knüllt ein paar alte Zeitungsseiten zusammen und stopft sie hinein, das hält. Nachdem Onkel eine Zeit lang an ihm rumgezupft hat, mustert er Wolli zufrieden.

»So, jetzt siehst du schon mal nach jemand aus. So kannst du als Greifer anfangen.«

»Wieso eigentlich Greifer?«

»Na ja, manchmal musst du auch zupacken, wenn die Leute alle nur an dir vorbeigehen, dann musst du mal einen anhalten, am Arm packen und zu dir hinziehen, sonst kommt keiner, verstehste?«

»Ich fass doch nicht irgendwelche Fremden auf der Straße an.«

»Doch. Wirst schon sehen, Amigo. Das kommt ganz von selbst.«

Sie gehen nach oben, trinken an der Bar noch ein Bier und stellen sich vor die Tür des *Klein-Paris* in den Menschenstrom.

»Wie du siehst, ziehen die alle hier vorbei, keiner weiß genau, wo er hinwill, alle wollen Sex, keiner weiß, wo es ihn gibt. Das musst *du* den Männern klarmachen, dass *du* ihnen zu ihrem Glück verhelfen kannst, verstehste? Dafür musst du Sprüche bringen und ihre Aufmerksamkeit erringen. Lockere Sprüche, versaut, aber nicht zu versaut, du musst sie 'n bisschen an den Eiern packen, aber eben nicht zu dolle, sonst hau'n die wieder ab, du willst ja das Fett von denen abmelken, da musst du vorsichtig sein, verstehste, Amigo?«

»Ich glaube ja.«

»So, pass auf, ich zeig dir das mal.«

Onkel dreht sich zum Bürgersteig und fängt an, in einem gleichförmigen Singsang auf den Menschenstrom einzureden.

»So, meine Damen und Herren, einmal aufgepasst, heute gibt's hier den besten Sex der Stadt, und zwar fast umsonst, das findst du nicht auf dem Marktplatz von Mogadischu und nicht auf dem Jahrmarkt von Timbuktu, sondern nur hier! Hey, hallo, Herr Geheimrat, ja ... du da ... hallo, heute gibt's hier Damenwahl auf der Herrentoilette, aber hallo, vom Allerfeinsten! Hier werden Sie von unseren Damen in die Oberschenkel gebissen, meine Herren, aber hallo!«

Sofort verlangsamt sich der Strom der Vorbeieilenden, der Sensationsinstinkt der Menschen wird aktiviert, hier gibt es etwas zu bestaunen, zumindest etwas zu lachen, die schmierigen Witze sind genau nach dem Geschmack der angetrunkenen Flaneure.

»So, Freunde, eine Weltsensation: fünfzig chemisch gereinigte Pastorentöchter, das Perverseste, was Sie je sahen, das kriegen Sie nur hier zu sehen, komm' Se rein!«

Eine Gruppe von fünf besoffenen Männern lacht ausgiebig und betritt den Laden.

»Ein Spruch, fünf Kunden, verstehste? Du musst die Leute locker machen, die müssen sich leicht fühlen, dann haben sie auch genug Mut, um reinzukommen. Und dann kann man sie abmelken. Dafür sind drinnen unsere Melkerinnen da. Denn, merke: St. Pauli ist eine riesige Melkmaschine! Los, probier's doch mal.«

Wolli geniert sich ein wenig.

»Ich weiß doch überhaupt nicht, was ich sagen soll. Außerdem kenn ich keine Sprüche. Und erst recht keine schlechten Sprüche so wie deine.«

Onkel lacht lauthals auf.

»Hahaha, schlechte Sprüche sind die halbe Miete. Hier kannst du nicht mit Studentenwitzen punkten, hier musst du Volkshumor bedienen, Amigo! Los, jetzt mach schon!«

Wolli geht einen kleinen Schritt nach vorn.

»Aber hallo, meine Damen und Herren, schauen Sie hier mal rein, hier ist was los, hier können Sie mal was erleben ... meine Damen und Herren ... aber hallo.«

»Los, sag was Versautes!«

Onkel macht Druck von der Seite.

»Irgendwas Versautes, los!«

»Meine Damen und Herren, kommen Sie herein, hier gibt's die geilsten Schweinereien zu sehen, hier läuft die ganz große Sauerei, meine Damen und Herren, das gibt's nicht auf dem Marktplatz von Mogadischu und nicht auf dem Marktplatz von äh ... hereinspaziert, meine Damen und Herren!«

Wolli hat seine Stimme erhoben, und ein paar Leute sind bereits stehen geblieben, auch die Uniform scheint zu wirken. Onkel zischt von der Seite:

»Los, jetzt dranbleiben, jetzt hast du 'n paar Fische an der Angel, zieh sie an Bord!«

»Ja, meine Damen und Herren, hier findet heute das große Sexspektakel statt, der beste Sex der Stadt, und das fast umsonst, auch die Getränkepreise sind heute extra tief, meine Damen und Herren, was will man mehr?«

Tatsächlich betritt ein Pärchen nun den Laden, das Argument mit den Getränkepreisen scheint verfangen zu haben.

»Nicht schlecht, Amigo, das sind deine ersten Kunden, an

die wirst du noch lange denken! Jetzt musst du dir mal 'nen kleinen Sprüchekatalog bereitlegen, ganz einfache Sachen, schreibst du dir am besten auf am Anfang, später kommt das dann alles von selber. Du kannst auch ruhig mal 'n paar härtere Sachen rauslassen, falls dir sonst niemand zuhört, dadurch kriegst du dann die Aufmerksamkeit, verstehste?«

Wolli nickt. Der Strom der Passanten ist wieder ungebremst in Bewegung geraten. Onkel blickt kurz zu Wolli, hebt dann an:

»So, Freunde, jetzt mal aufgepasst, wer hat noch nicht, wer will noch mal, hier könnt ihr gar nicht so schnell wichsen, wie die Damen sich ausziehen! Hey, mein Freund, ja du, nu lass doch mal die Luft aus dem Dudelsack, sonst läufst du noch ganz rot an! Wer genug trinkt, kriegt zwei Damen zum Preis von einer!«

Eine Gruppe von vier Seemännern kann dem »Angebot« nicht widerstehen, dass es nie eingelöst wird, ist eigentlich auch völlig egal. Ein älterer Mann rafft sich auf und ruft: »Das will ich schriftlich, das Angebot, dann komm ich auch rein!«

Onkel reagiert sofort: »Nu ma nicht so engfotzig, du alter Fliegenbefriediger! Hier gibt's nichts schriftlich, wir sind auf St. Pauli, da gilt noch das gute alte Ehrenwort!«

Dabei blinzelt Onkel mit dem rechten Auge sehr eindeutig ins Publikum und hat sofort die Lacher auf seiner Seite. Dem Alten gefällt die Show, auch er betritt den Laden. Onkel dreht sich zu Wolli und legt ihm die Hand auf die Schulter.

»Wenn du den Laden vollmachst, gibt's 'ne Umsatzbeteiligung! Da kann sich der Job echt lohnen. Und deswegen brauchst du gute Sprüche. Oder 'nen anderen guten Trick, wie du sie reinkriegst, verstehste, Amigo?«

»Kann man die nicht mit Alkohol locken?«

»Wenn du ihn selber bezahlst. Weissleder wird dir auf jeden Fall keinen Schnaps zum Ankobern geben, das vergiss mal.«

»Ich kauf 'ne Flasche billigen Fusel, lock damit die Leute in den Laden und krieg dann Umsatzbeteiligung, wie wär's damit?«

»Da gibt's Ärger von den anderen Läden, weil das nicht abgesprochen ist. Die Gesetze von St. Pauli sind ungeschrieben, aber es gibt viele davon, du wirst sie alle noch kennenlernen. Ich würde vorschlagen, wir machen jetzt mal 'nen kleinen Zug durch die Gemeinde, und ich stell dich den anderen vor.«

Onkel zieht mit Wolli durch die Große Freiheit, vor jedem Laden steht ein Porter, alle schreien sie auf den endlosen Mahlstrom von Besuchern und Touristen ein. Onkel stellt Wolli jedem Einzelnen vor, die meisten sind kurz angebunden, aber nett, einer warnt Wolli, dass er bloß keine Sprüche abstauben soll, er soll sich selber was ausdenken, sonst gibt's Platzverweis. Einige der Porter haben wirklich gute Sprüche, man merkt sofort, wer die Stars sind, bei denen bleibt das Publikum zahlreich stehen.

»Merk dir die besten Sprüche und schreib sie ein bisschen um, dann kriegst du keinen Ärger, verstanden? Und wenn's Stress mit Passanten gibt, musst du auch mal zugreifen. Egal, ob vorm Laden oder drinnen, wenn's Protest gibt, bist du gefragt, dann heißt es, zupacken und den Nervsack rausschmeißen, da musst du dich grade machen, Amigo, hast verstanden? Oder hast du Probleme mit so was?«

»Auf keinen Fall. Ich bin zwar nicht der Größte und Stärkste, aber ich bin schnell und entschlossen.«

»Und nimm dich in Acht vor den Limeys, das sind die

Engländer, die ham kein Geld, sind immer besoffen und schnell bei der Faust, lass die besser draußen.«

Wolli hatte in seinem Leben bisher nicht viele Prügeleien, beim Zirkus jedoch hat er sich gut geschlagen. Es ist alles eine Frage von Schnelligkeit und Wagnis. Meist versuchte Wolli, durch Beschwichtigungen den Aggressor zu beruhigen, hat aber auch schon mal ausgeteilt. Dem Gegenüber die Beine weggeangelt und dann zugetreten, ins Gesicht, auf den Kopf. War selbst erstaunt, wie weit er zu gehen in der Lage war.

»Wenn es zum Protest kommt, musst du der Erste sein, der zulangt. Die ersten Schläge entscheiden alles, der Gegner ist dann so perplex, dass er innerlich schon aufgegeben hat, noch bevor das Ganze richtig losgeht, verstehste, Amigo?«

Onkel boxt Wolli in die Seite.

Nachdem sie durch sind, bringt Wolli seine Uniform zum Schneider, um sie enger nähen zu lassen. Es ist später Abend, er lässt sich mit Onkel am Tresen des *Klein-Paris* nieder. Nach einiger Zeit betritt ein Mann den Laden, sportlich, blond und akkurat frisiert, mit einem perfekt sitzenden Anzug, weißem Hemd, Schlips und Zigarette im Mundwinkel. Onkel weicht unmerklich einen Millimeter zurück, als der Typ sich zu ihnen an den Tresen stellt.

»Na, Onkelchen, schon Feierabend?«

»Nee, muss nur unseren neuen Porter hier etwas einweisen. Darf ich vorstellen: Das ist Wolli, und das ist Herr Meier, der Geschäftsführer vom *Klein-Paris*.«

»Karl, weißt du doch, Onkel, für unsere Mitarbeiter heiße ich Karl, richtig gute Freunde dürfen mich sogar Karlchen nennen, wir sind hier auf'm Kiez, alles eine große Familie, was, da spricht sich doch niemand mit'm Nachnamen an, oder?«

»Sicher nicht, Karl.«

Onkel rutscht auf seinem Stuhl herum, weicht den Blicken von Karl aus. Sonst ist er nie um einen lockeren Spruch verlegen.

»Na, dann wollen wir uns den Neuen mal anschauen, zeig dich mal her, Wolli, dreh dich mal.«

Karl lächelt Wolli undurchsichtig an, seine Augen bleiben kühl, hellgrau und suchend blicken sie in Wolli hinein, als ob sie ihn durchwühlen wollten. Wolli weiß nicht genau, wie er reagieren soll, er tritt einen Schritt auf Karl zu und hält ihm die Hand hin. Dieser wendet sich müde ab und blickt in Richtung der Barfrau, die sofort herbeieilt, um ihm ohne Aufforderung einen Drink zu kredenzen. Karl wirft seine Kippe in einen Ascher, nimmt sich den Drink. Er lässt seinen Blick durch den Raum gleiten. Jetzt erst fällt Wolli auf, dass alle Frauen im Raum auf Karl starren. Sie suchen Blickkontakt, drücken das Kreuz durch und streichen sich die Haare aus dem Gesicht. Eine junge schöne Frau mit weißblond gefärbtem kurzen Haar steht ein Stück entfernt an der Bar und spricht mit einem Freier. Seitdem Karl da ist, blickt sie immer zu ihm rüber. Der Freier ist enttäuscht. Karl geht auf die Frau zu, sie lächelt ihn an, er nimmt ihre Hand und legt sie dem Freier auf die Schulter.

»So, Sie sind heute also tatsächlich unser tausendster Kunde, deshalb gibt's für Sie einmal das Premiumpaket. Unsere Madame Chi-chi wird sich um Sie kümmern, wird Ihnen jeden Wunsch erfüllen. Nicht wahr, Chi-chi?«

Chi-chi nimmt den Freier sofort bei der Hand und geht mit ihm zu einem der Separees. Onkel blickt Wolli kurz und intensiv an. Vor dem Geschäftsführer muss man sich in Acht nehmen.

Onkel zieht mit Wolli noch durch ein paar Läden und versucht, ihm den Kiez und seine Regeln zu erklären.

»Weißt du, Amigo, ich bin ein Junge aus St. Pauli, ich bin hier geboren worden in der Annenstraße – und in der Pauli-Kirche ham sie mich getauft, mit Korn ham sie mich getauft, ja, du kuckst, das stimmp aber, ich bestehe quasi aus St. Pauli, jedes Atom in mir ist von hier. Und ich sach dir: Wenn du hier lebst, musst du alles können, verstehs du, jedes Gewerbe, ob das nun kobern is oder abgreifen oder wechplätten, du musst das können. Und du musst die Schmiermichel kennen, jeden einzelnen – und die Tanten musst du auch kennen. Lauf einfach nur hinter mir her und hör zu und merk dir alles, verstanden?«

Nach diversen Bieren wankt Wolli zurück ins Pik As, wo er erneut kein Bett findet und seinen Rausch auf dem Fußboden ausschläft. Aber noch im Einschlafen versucht er, das Gesehene und Gehörte abzuspeichern, damit er möglichst bald dazugehören kann.

Die nächsten Tage ist Wolli meist schon früh auf St. Pauli unterwegs. Er läuft die Gassen ab, schaut sich alles genau an. Er trifft sich mit Onkel und Freunden von ihm. Onkel vertreibt nach wie vor Drogen, und Wolli hilft ihm bei Botengängen für Haschisch und Pillen. Speziell für die Bands, die im *Kaiserkeller* spielen, muss Onkel Prelus besorgen. Sie brauchen viel davon, weil sie jede Nacht bis zu acht Stunden auftreten müssen, das schaffen sie nur mit Pillen und Bier.

Gleich neben dem Eingang unten am Ende der Treppe hat die Klofrau Tante Rosa ihren kleinen Stand. Sie ist eine ältere Dame, schon einiges über sechzig und verkauft alles, was die Jugendlichen für den Tanzabend brauchen: Kaugummis, Präservative, Zahnbürsten, Kämme, Parfüm und jede Menge Krimskrams. Onkel muss sie alle paar Nächte mit Preludin beliefern, das verkauft sie unterm Ladentisch, pro Pille nimmt sie 2,50 Mark. Vor allem die Musiker lassen sich von ihr versorgen. Tante Rosa ist sehr angesehen, sie ist fürsorglich, hat immer ein offenes Ohr und verurteilt niemanden für das, was er ist oder wie er aussieht. Die Bands lieben Tante Rosa, sie ist ihr Großmutterersatz, vermutlich die einzige Großmutter weit und breit, die Drogen an ihre Enkel vertickt.

Wenn er mit Onkel im *Kaiserkeller* abliefert, bleibt Wolli ab und zu bei Tante Rosa auf einen Plausch stehen. Sie weiß immer genau über die Dinge Bescheid, denn bei ihr kommen früher oder später alle vorbei. Die Musik, die dort gespielt wird, ist für Wolli eher zweitrangig. Er mag zwar den Star der Stunde Tony Sheridan recht gern, aber eigentlich interessieren ihn die Bands nur am Rande. Es reden halt alle darüber. Viel mehr interessieren ihn die Damen und das Geschäft.

Einmal sieht Wolli den Duke in der Schmuckstraße, er ist dürr geworden und sieht irgendwie grau aus.

»Der is mittlerweile sein eigener bester Kunde, die ganze Zeit voll auf Sprechkörnern, isst kaum noch, läuft rum wie so 'n Aufziehmännchen, der klappt bald zusammen.«

Onkel zuckt mit den Schultern. Das hält ihn und Wolli aber nicht davon ab, selbst Preludin zu schlucken, man fühlt sich angenehm energiegeladen, und alle körperlichen Bedürfnisse spielen keine wirkliche Rolle mehr, außer dass man gut drauf ficken kann – stundenlang. Wenn sie Zeit haben, gehen sie zu den Huren in die Kontakträume und hängen bei denen rum, rauchen, quatschen mit ihnen. Wolli mag die Huren, oder besser Tillen, so nennt Onkel sie. Einige von ihnen sind sehr nett, auch ein paar wirklich kluge sind dabei. Eine, Maulwurf heißt sie merkwürdigerweise, die in der Herbertstraße arbeitet, die gefällt ihm wirklich gut. Sie hat eine spröde Art, redet eher wenig, aber wenn, dann ziemlich breites Hamburgisch. Mit dem trockenen Humor und ihrer Schicksalsergebenheit wirkt sie irgendwie lässig. Wolli gefällt ihr auch, das lässt sie ihn spüren, sie spricht sonst keine Männer an, aber ihn schon ab und zu, manchmal lacht sie ihn an, amüsiert sich über einen seiner Witze, dann glänzen ihre Augen und sprühen Funken, und die Schale bricht kurz auf, bevor sie sich ganz schnell wieder schließt. Wolli fragt Onkel, ob Maulwurf eine Beziehung hat.

»Das kann ich dir nicht so genau sagen. Die hatte mal 'nen Loddel, aber der is, glaub ich, nicht mehr, Autounfall oder so was, ich weiß es aber nicht so genau.«

»Wie ist das überhaupt, kann man mit Tillen normal zusammen sein?«

»Was'n das für 'ne Frage? Alle Tillen haben Männer, zumindest fast alle. Und das sind dann ihre Loddel. Die Normalos nennen die Loddel Zuhälter und die Tillen Nutten, aber wir benutzen diese Begriffe nicht, das sind Schimpfworte, mit denen sie uns degradieren wollen. Wir haben unsere eigene Sprache, wenn du die nicht kannst, kommst du nie rein. Die Frauen heißen Damen, Huren oder Tillen. Die Männer heißen Loddel oder Luden. Und ein weiblicher Zuhälter ist ein Kessmus. Na ja, und die Loddel, die sind für die Tillen da, schützen sie vor Übergriffen und empfangen sie nach der Arbeit. Weil die Tille will nach der Arbeit 'nen Kerl haben oder auch 'ne Frau, die sie empfängt und wo sie sich erholen kann. Und die Loddel, die ›verwalten‹ dann auch das Geld.«

Bei »verwalten« macht Onkel Gänsefüßchen in die Luft. Wolli beschließt, Maulwurf bald mal einzuladen.

Wolli hält es im Pik As nachts kaum noch aus. Je länger er dort ist, desto schlechter kommt er klar. Weil er langsam die Regeln kapiert und die Insassen kennenlernt. Der Ärger kommt immer von denselben Kandidaten, und die können wirklich Stress machen. Manchmal gibt's Raufereien, die ewig dauern, mitten in der Nacht, Geschrei, Geprügel, Leute rennen durch die Schlafsäle, dann kommen die Ordner, dann noch mehr Geschrei, alle wachen auf. Manchmal prügeln ganze Gruppen von Männern auf einen einzigen ein. Weil er schwach ist und die anderen nervt. Weil er stinkt. Oder klaut. Von Nacht zu Nacht ist Wolli gestresster, er spürt einen körperlichen Widerwillen, wenn er weiß, dass er jetzt sein Lager aufsuchen muss. Der Uringeruch macht ihn wahnsinnig. Wie können sich erwachsene Männer nur so benehmen, denkt sich Wolli. Aber er findet auch nichts anderes, bei Onkel kann er nicht pennen, die Wohnung ist zu eng, reicht grade für Onkel und seine Tante aus, außerdem hat er nach wie vor so gut wie kein Geld.

Abends, wenn er nicht bei den Portern oder mit Onkel rumhängt, lässt er sich durch die Straßen treiben und versucht zu lernen. Die Gesetze von St. Pauli, die nicht geschriebenen Regeln und Codes, die man nur beobachten kann. Er nimmt sie in sich auf und speichert sie ab, wie ein Gesetzbuch. Ab und zu verdealt er auch Dope oder Preludin. Er hängt gern bei den Fummeltanten in der Schmuckstraße rum, einige nennen sie auch Transen, der Begriff ist ganz neu. Wolli findet ihn etwas abgehoben: Transvestiten – merkwürdiges Wort. Die Fummeltanten, das merkt Wolli schnell, sind schlauer als die anderen Kiezianer. Schlauer und sensibler. Vielleicht weil sie schon früh begreifen müssen, dass sie nicht dazugehören. Dass sie mit ihrem Auftreten und ihrer Sexualität auch in der Gesellschaft immer außen vor bleiben werden.

Im Pfeiffers Gang, einem langen steinernen Weg zwischen der Großen und der Kleinen Freiheit, liegt auf der Mitte in der Dunkelheit die *Roxy Bar*, eine heruntergekommene Kaschemme. Wenn man den Gang betritt, leuchtet es etwa fünfzig Meter entfernt geheimnisvoll aus den großen Schaufensterscheiben, vor dem Laden steht immer eine Traube von Menschen, die singen oder laut sprechen. Drinnen sieht der Laden nach 'ner alten Seemannskneipe aus, aus der alles Überflüssige entfernt wurde, nur ein Tresen, einige wenige Tische und Stühle und eine Bühne stehen in dem ansonsten nackten Raum. Und Glühbirnen, überall strahlen nackte Glühbirnen, die dem Laden ein rohes Glitzern verleihen. Hier ist der Treffpunkt für die meisten Fummeltanten, hier gibt es auch Travestieshows, Stricher hängen hier rum und Freier und Huren und jede Form von Gesocks. Jeden Abend zu später Stunde kehrt Wolli hier ein und schaut sich um. Die bizarrsten Gestalten treffen sich in der *Roxy Bar*, und die Königin der bizarren Gestalten ist die Cartacala.

Da kommt ein unscheinbarer mittelalter Mann in den Laden, sein Name ist Otto Habermas, mit Glatze, Anzug, Schlips und Aktentasche, er sieht aus wie ein Bankangestellter oder Versicherungsagent. Dann verschwindet er hinter dem Tresen, und wenn er dann nach mindestens einer, manchmal auch zwei Stunden wieder auftaucht, ist er die Cartacala. Die Cartacala ist eine Sensation. Es gibt Abende, da werden prominente Filmstars extra aus anderen Städten angefahren, um sie sehen zu können. Kinski soll schon mal da gewesen sein, nur ihretwegen. Um sie bei ihrer Show zu beobachten. Um von ihr zu lernen, zu nehmen und ihren Stil zu kopieren.

Bevor sie auf die Bühne kommt, erklingt Ravels »Boléro«, das Licht wird heruntergedimmt. Und dann erscheint sie im Verfolgerspot, groß, beleibt und in einem hautengen merkwürdigen Kostüm aus schwarzer und grauer Seide, das an einigen löchrigen Stellen nackte Haut zeigt. Überall wachsen Federn, an den Waden, an den Ellenbogen, an den Händen, vor allem am Kopf, der ganze Kopf ist mit schwarzen langen Federn geschmückt, und die Augenhöhlen der Cartacala sind schwarz ausgemalt wie ihre Lippen. Sie hat keine echten Vorderzähne mehr, sondern merkwürdige billige Wachsimitate, die sie sich selbst reinfummelt. Sie sieht aus wie ein riesiger schwarzer Unglücksvogel. Vielleicht ist sie mit Onkel verwandt.

Sie hat immer einen Beutel dabei, aus dem holt sie Scherben und Reißzwecken und verstreut sie auf dem Bühnenboden. Und dann überblendet der »Boléro« in Exoticamusik von Martin Denny, und die Cartacala singt und tanzt, sie singt und tanzt ganz wunderbar und außergewöhnlich, steigert sich immer weiter rein in ihren Tanz, je wilder die Musik ist, desto wilder tanzt sie, es wird richtig unheimlich, denn jetzt verwandelt sie sich und wird auch innerlich zu dem finsteren Dschungelwesen, zu dem Höllenvogel, der sie äußerlich bereits ist. Auf dem Höhepunkt wirft sie sich auf den Boden und wälzt sich in den Scherben und in den Reißzwecken, ihre Füße und Hände bluten, und das Kostüm reißt auf, sie schreit wie am Spieß. Das Publikum betrachtet sie mit offenen Mündern, absolut gebannt. Und dann rennt sie durch den Laden und spricht Leute an, zu einigen ist sie nett, die streichelt sie, aber zu anderen ist sie bitterböse, die herrscht sie an, ihr einen Cocktail zu bezahlen, und wer sich verweigert, wird verwünscht, und diese Verwünschungen sind so finster und glaubhaft und beängstigend, dass ihr alle lieber sofort einen Cocktail bezahlen, weil, wer weiß, vielleicht stimmt es ja, was die Cartacala sagt, vielleicht trifft es ja ein.

Am Anfang versucht Wolli immer auszuweichen, wenn sie durch den Laden kommt, um bloß nicht von ihr angesprochen zu werden, aber irgendwie ist es auch eine Ehre, mit ihr in Kontakt zu sein. Deswegen bleibt Wolli irgendwann doch stehen, als sie auf ihn zukommt. Er steht am Tresen, mit einem Wein in der Hand und einer Zigarette in der anderen, und sie streckt ihren Kopf vor und kommt mit ihrem Gesicht ganz nah an seines und glotzt ihn an aus den schwarzen Pupillen in den weißen Augäpfeln, in den schwarzen Augenhöhlen, in dem puderweißen Gesicht. Wolli wird ganz schwindelig. Wie sie seine Energie aufsaugt. Sie nimmt ihm die Kippe weg und den Wein, nimmt einen Zug, trinkt den Wein mit einem Schluck aus, spuckt dann in das Weinglas und hält es Wolli wieder hin. Er stellt es vorsichtig auf dem Tresen ab. Sie stiert ihn immer noch an, die Leute um sie herum weichen zurück, sie wollen alles mitkriegen, aber bloß nicht involviert werden. Die Cartacala kommt noch näher und riecht an Wollis Gesicht, er bleibt ganz ruhig, er hat das Gefühl, einem wilden Tier gegenüberzustehen, und spürt, dass er sich jetzt auf keinen Fall bewegen darf. Dann umarmt sie ihn ganz langsam, schlingt ihre starken Arme um ihn, zieht ihn zu sich heran, ihr Körper ist warm und kräftig und feucht von ihrem Blut, und Wolli spürt, wie ihre Kraft aus ihr herausfließt und auf ihn überspringt. Auf einmal fühlt er sich stärker als vorher. Er umarmt sie auch, schüchtern, legt ihr die Hände um die Hüften, spürt ihr Blut auf seinen Fingern. Sie lässt ihn los und lächelt ihn an, und für eine Sekunde hat Wolli das Gefühl, als ob ihn ein wildes Tier aus der Hölle anblickt, und im nächsten Moment, als ob ihn eine ganz normale, freundliche ältere Dame anlächelt. Dann geht sie weiter. Wolli atmet erleichtert aus, sie hat ihn nicht verschlungen. Und gleichzeitig findet er sie begehrenswert, ohne genau zu wissen, warum. Irgendwann verschwindet die Cartacala wieder hinter dem Tresen.

Nach etwa einer Stunde kommt der unscheinbare Mann mit Glatze und Aktentasche aus dem Raum der Cartacala. Er stellt sich neben Wolli. Wolli weiß zwar, dass dies die Cartacala sein muss, aber er glaubt es nicht. Es passt nicht zusammen, die beiden Figuren sind zu unterschiedlich.

»Guten Abend, Otto Habermas mein Name.«

»Guten Abend, ich bin Wolfgang Köhler, aber eigentlich nennen mich alle nur Wolli.«

»Wolli, darf ich dich zu einem Bier einladen?«

Wolli ist unsicher. Darf er über die Cartacala sprechen? Ist Otto Habermas auch so unberechenbar wie seine Bühnenfigur? Habermas reicht Wolli das Bier, sie stoßen an.

»Und, Wolli, was machst du hier?«

»Nichts, ich schau mich um, mag die Leute hier. Schaue mir gerne die Show der Cartacala an.«

Wolli blickt Habermas dabei ins Gesicht. Dessen Augen verraten nichts, er reagiert überhaupt nicht auf Wollis Aussage.

»Kennst du die Cartacala?«

»Ja, natürlich, wer kennt sie nicht? Sie ist ein gefährliches Tier, man muss sich vor ihr in Acht nehmen, sie ist eine Sphinx, verstehst du?«

Sagt Habermas und wirkt dabei müde und kaputt. Er blickt Wolli an.

»Wohnst du auf St. Pauli?«

»Nein, aber ich arbeite hier, im *Klein-Paris*. Wohnen tu ich in einer ziemlich miesen Unterkunft ...«

Wolli mag noch nicht einmal den Namen des Pik As in den Mund nehmen.

»Als ich nach Hamburg gekommen bin, hab ich auch 'n paar Tage im Pik As gewohnt, das ist schon okay, es ist ja nur so lange, bis man was Besseres gefunden hat.«

»Woher weißt du ...?«

Wolli blickt Habermas irritiert an. Habermas trinkt sein Bier und spielt mit einer Zigarette im Aschenbecher.

»Es gibt da eine Quelle in mir. Und die Informationen aus dieser Quelle sind hundertprozentig zuverlässig. Was machst du im *Klein-Paris*?«

»Ich werde Porter.«

»Ich weiß, dass hier auch gerade Tresenkräfte gesucht werden, falls du also noch Kapazitäten frei hast, ich kenne die Chefin.«

»Klingt gut, ich brauche Geld, damit ich mir endlich mein eigenes Zimmer leisten kann.«

»Wenn du es im Pik As nicht mehr aushältst, dann könntest du übergangsweise auch ein paar Nächte bei mir übernachten, ich habe ein kleines Häuschen beim Tierpark Hagenbeck. Denk dran, Wolli. Ich habe nie Gäste, aber dir vertraue ich.«

Wolli ist erstaunt und geehrt, zugleich jedoch auch verängstigt. Unvorstellbar, bei der Cartacala zu wohnen, denkt er. Was, wenn sie nachts über ihn herfällt? Wenn sie ihn verwünscht, verwandelt, verletzt, anzündet, erdolcht? Aber vielleicht kommt sie auch gar nicht. Vielleicht wohnt dort nur Otto Habermas.

»Ich wohne dort ganz alleine, Wolli, mach dir keine Sorgen.«

Sie scheint in ihn hineinschauen zu können. Wolli zieht die Schultern hoch.

»Ich danke vielmals, aber vorläufig möchte ich erst mal versuchen, ein eigenes Zimmer zu finden.«

Habermas winkt einer jungen, schwarzhaarigen Frau in einem engen, ebenfalls schwarzen Lederkleid zu, die am Ende des Tresens steht. Sie nähert sich mit einem Drink in der Hand.

»Wolli, dies ist Chinesen-Babs, und das hier ist Wolli. Darf ich euch bekannt machen?«

»Du brauchst uns nicht vorzustellen, ich kenne Wolli schon länger, er ist ja schließlich jeden Abend hier.«

»Guten Abend, Babs.«

Wolli und Chinesen-Babs umarmen sich kurz, auch wenn sie sich kaum kennen, mögen sie sich intuitiv seit ihrer ersten Begegnung am Tresen.

»Aha, aha, und ihr duzt euch auch schon, wie mir scheint. Nun, der Gute sucht Arbeit, und du brauchst doch noch jemand hinterm Tresen, oder?«

»Das stimmt. Wolli, kannst du das denn? Und hättest du Lust und Zeit? Gut genug aussehen tust du ja, um mir die Männer am Tresen zu halten.«

»Klar kann ich das. Und ich könnte erst mal von Donnerstag bis Sonntag, reicht das?«

Chinesen-Babs ist mit allem einverstanden, Wolli kann bereits am darauffolgenden Donnerstag anfangen. Wolli freut sich, weil er die ganze Nacht hinterm Tresen stehen wird und nicht ins Pik As muss. Wo er am Ende der Schicht schläft, wird sich schon ergeben.

Am nächsten Tag beginnt seine Schicht als Porter vor dem *Klein-Paris*. Am Anfang ist Onkel die meiste Zeit dabei. Immer, wenn Wolli nichts mehr einfällt, wirft Onkel ein paar abgeschmackte Sprüche dazwischen.

»So, hereinspaziert, meine Herren, wir haben hier heute die ganz große Schweinerei am Laufen, meine Herren, hier klackern heut die Nüsse, aber vom Allerfeinsten, alabonneur, meine Herren ...«

Onkel zeigt auf einen jungen Soldaten, der gerade mit ein paar Kameraden vorbeizieht.

»Hey, du da, hallooo, Burschi, ja, du da, sach ma 'n Satz mit Sperma und bumsen ...«

Der Junge schaut ihn mit offenem Mund an.

»Sperma die Tür zu, sonst bumst da noch einer gegen!«

Ein paar der Soldaten lachen, dennoch ziehen sie weiter. Eine größere Gruppe angetrunkener junger Matrosen läuft vorbei.

»Hey, Paul, hey, hallo, Paul!«

Einer der Matrosen dreht sich um und schaut irritiert zu Onkel rüber.

»Schön, dass du endlich da bist, du hast dich doch bei uns als Bühnenficker beworben, oder etwa nicht, na, dann komm mal rein.«

Der Rest der Gruppe johlt auf, Paul steht mit rotem Gesicht in der Mitte. Die ganze Gruppe peitscht sich auf, chorisch skandieren sie »Paul« und schieben ihn ins *Klein-Paris*. Onkel lächelt Wolli an.

»Stumpf is Trumpf! Fünfzehn mit einem Schlag. Das musst du erst mal schaffen! FÜNFZEHN! Ha!«

Auch Wolli wird langsam lockerer. Je mehr er improvisiert, desto eher bleiben Leute stehen und hören ihm zu. Er hat begriffen, dass es um den Tonfall geht, etwas Beiläufiges muss darin liegen, es muss professionell klingen, aber auch ein wenig gelangweilt, so wie bei den Animateuren auf dem Dom, an der Tarantella-Bahn oder an den Losbuden. Jede Art von Sprechern hat ihre eigene Betonung. Die Domsprecher klingen anders als die Ansager von der Bundesbahn, und die wiederum anders als die Fernsehansager oder Schwimmbadansager. Und die wiederum anders als die Koberer. Alle haben eine eigene Melodie, die ihre Profession ausweist.

»Hallo, meine Damen und Herren, jetzt mal zugehört, Rabatte, Rabatte, Rabatte: Wenn bei Ihnen zu Hause im Bettchen nichts mehr läuft, dann sind Sie hier bei mir genau richtig. Hier lernen Sie die neuesten Techniken, die ganz großen Ferkeleien, hier können Sie live dabei zuschauen, meine Damen und Herren, und dann zu Hause alles nachstellen. Willkommen in der Schule der Liebe, meine Damen und Herren, in der Sexuniversität von St. Pauli, hier werden Sie zur Sex-Fachkraft ausgebildet, und das fast umsonst, meine Damen und Herren.«

Selbst einige Frauen reagieren auf Wolli und seine Sprüche. Geschäftsführer Karl schaut sich das Treiben auch eine Zeit lang an. Er nickt Wolli anerkennend zu. Nach Schichtende, gegen zwei Uhr nachts, nimmt er Wolli am Tresen beiseite.

»Du machst das schon ganz gut, mein Freund.«

Er stellt Wolli einen Whiskey hin und stößt mit ihm an.

»Nur geht es eigentlich nicht darum, Frauen in den Laden zu holen. Die bringen nämlich nicht wirklich was ein, nur 'n paar Getränke. Die Männer saufen, werden locker und wollen dann ficken, in dem Moment kommen unsere Mädels und können ihnen das Fett aus der Tasche ziehen, kapiert?«

Wolli nickt.

»Du kannst schon mal 'n Paar hier reinbringen, wichtiger aber sind die Männer. Wenn sie betrunken sind, erst recht, dann kann man sie direkt abfegen. Und dann gibt's noch eine wichtige Personengruppe: einzelne, junge hübsche Frauen. Die darfst du auch reinbringen, und dann lässt du mir Bescheid geben. Wir brauchen immer neue Mädchen, Frischfleisch, die ewige Mangelware auf St. Pauli sind junge hübsche Mädchen. Die irren hier rum und suchen Arbeit, und ich kann sie ihnen geben.«

»Du meinst junge Mädchen, die noch nicht auf den Strich gehen?«

»Klar. Die kommen von überall, aus den Dörfern, hauen von zu Hause ab oder aus Erziehungsheimen. Und St. Pauli lockt die an, weil sie hier so was wie Freiheit wittern. Und dann fangen wir sie ab.«

»Ich weiß nicht, ob ich junge Mädchen auf den Strich schicken will.«

Karls Augen verengen sich, er tritt einen halben Schritt zurück und lässt sein Glas los.

»Was is los? Bitte nicht schon wieder so 'n Moralheini! Bitte sag mir, dass du nicht so 'n Moralheini bist! Auf die kann ich gar nicht. Wenn du auf St. Pauli arbeiten willst, dann begrab deine scheiß Bürgermoral, Freundchen!«

Karl zischt die Worte heraus.

»Was glaubst du, wo all die Huren herkommen? Ha?

Wachsen die an den Bäumen? Ha? Nein, als Hure wirst du nicht geboren, zur Hure wirst du gemacht. Genauso ist es mit den Loddeln! Die Mädchen rennen hier rum, ohne Kohle, ohne Arbeit, ohne Bleibe. Ich biete ihnen all das! Für wenig Arbeit. Die können auch im Kaufladen an der Kasse sitzen oder in der Fabrik am Fließband stehen, aber da verdienen sie im Monat vielleicht zweihundert Mark. Das verdienen die bei mir in EINER Nacht!«

Wolli schaut Karl in die Augen.

»Aber dafür müssen sie die Beine breit machen. Für irgendwelche alten Säcke. Und die sind doch noch so jung. Das Wunder der Sexualität …«

Verächtlich unterbricht ihn Karl.

»Das Wunder der Sexualität, ha, dass ich nicht lache! So ein Schwachsinn! Da ist ein Kübel, und da ist ein Löffel, und wenn ordentlich gerührt wird, kommt Butter dabei raus, das ist alles! Das Wunder der Sexualität, hahahahaha!«

Karl lacht schallend und rau, schlägt sich auf die Schenkel und trinkt seinen Whiskey mit einem Schluck aus.

»Hör auf zu träumen, Bimbo, oder geh dahin zurück, wo es diese Träume noch gibt, unter Mutters Küchenschürze vielleicht, haha, da findest du bestimmt das Wunder der Sexualität. Aber wenn du auf St. Pauli bleiben willst, dann lern die Regeln und Gesetze. Lern sie auswendig. Wir sind hier, um Geld zu verdienen. So viel Geld wie möglich. Und wir verdienen unser Geld mit der Angst der anderen vor der Freiheit! Denk an meine Worte, sonst bist du ganz schnell wieder draußen, du Träumer!«

Karl verlässt den Laden, ohne sich von Wolli zu verabschieden. Bedrückt kehrt Wolli ins Pik As zurück. Auf dem Weg denkt er über Karls Worte nach. Auf welche Seite der Angst gehört er selbst?

Im Pik As ist es in dieser feuchtkalten Nacht besonders voll. Wolli liegt wie immer im obersten Schlafsaal auf dem Fußboden. Er vermisst Fiesel, den er schon seit einigen Nächten nicht mehr gesehen hat. Vielleicht hat er 'nen Job gefunden, oder 'ne Frau, oder vielleicht sitzt er im Knast? Spät in der Nacht erwacht Wolli durch einen heftigen Schmerz im Gesicht. Jemand steht auf seinem Kopf, der Druck erhöht sich, Geschrei.

»Du dumme Sau, gib die Bürste wieder her, ich bring dich um.«

»Das is meine Bürste, ich hab sie gestern gewonnen.«

»Was hast du, du Drecksau, ich mach dich kalt.«

Auf Wolli liegt ein Bündel von Männern, mindestens drei müssen es sein, sie ringen miteinander und prügeln sich, der eine hält den anderen im Schwitzkasten, ein dritter reißt den zweiten an den Haaren, der erste hat eine Bürste zwischen den braunen Zähnen. Wolli bäumt sich auf, mit all seiner Kraft strampelt er sich frei, die prügelnden Männer machen einfach weiter.

»Gib her die Bürste, du Dreckschwein, dir gehört hier gar nix.«

Wolli zieht seine Sachen unter dem Knäuel hervor und packt zusammen. Das war's, keine Sekunde länger bleibt er hier, jetzt ist Schluss, ein anderer Schlafplatz muss her, irgendetwas muss passieren! Er verlässt das Pik As, ohne sich von irgendjemand zu verabschieden. Draußen ist es noch dunkel und bitterkalt. Den Rest der Nacht verbringt Wolli in einem Hauseingang, in eine Ecke gedrückt und mit seinen Klamotten umwickelt.

Am Donnerstag fängt Wolli in der *Roxy Bar* an. Er muss erst um 22 Uhr da sein, also macht er vorher noch einen kleinen Zug durch die Gemeinde. Er hat sich gut angezogen, spitze Lederschuhe, schwarze Hose, enges rotes Hemd, schwarzes Halstuch, die Haare ein wenig geölt und den Mustache frisch epiliert. Dass die Klamotten stinken, weil er sie schon seit Wochen nicht mehr waschen konnte, darauf wird heute keiner achten. Er läuft die Talstraße rauf und den Hamburger Berg wieder runter, überall ist relativ viel los, es ist ein lauer Abend, die Leute stehen auf der Straße und trinken. In der Großen Freiheit, vor *Gretel & Alfons*, da, wo immer die Beatbands und ihre Fans rumhängen, stehen einige aus dem Gewerbe.

Als Wolli näher kommt, entdeckt er Maulwurf, die mit einer Kollegin eine Zigarette raucht. Sie begrüßt Wolli zurückhaltend, ihre Freundin aber ist gleich ganz angetan von ihm und flirtet offensiv. Maulwurf sieht toll aus, findet Wolli. Ihr Gesicht ist weniger stark geschminkt, als wenn sie an der Wand steht, sie hat etwas harte, doch zugleich elegante Gesichtszüge und einen sinnlichen Mund. Sie trägt einen schwarzen Faltenrock, der bis kurz über die Knie fällt, und einen schwarz-weiß geringelten Pullover mit weitem Ausschnitt. Und nichts darunter, glaubt er zu ahnen. Ihre blonden Haare hat sie zu einem Pferdeschwanz gebunden, das gibt ihr etwas Mädchenhaftes. Er fragt sich, ob das ihre Berufskleidung oder ihre Zivilausstattung ist. Sieht auf jeden Fall nicht ordinär aus.

»Wo geht's denn hin, Kleiner?«

Maulwurfs Freundin kaut lässig ihr Kaugummi.

»Zu meiner neuen Schicht in der *Roxy Bar*, da mach ich gleich den Tresen.«

»Oh, stark, du bist bei Babs, Respekt!«

Beide Frauen mustern ihn interessiert. Maulwurf zündet sich eine Zigarette an und hält ihm ebenfalls eine hin.

»Und wie bist du zu dem Job gekommen?«

»Keine Ahnung. Die Cartacala hat's irgendwie eingerichtet.«

»Was, diese Monsterfummeltante? Brrr, mit der kannst du mich jagen, die finde ich gruselig, die tickt doch nicht richtig, die Alte. Was hast du denn mit der zu tun?«

Maulwurfs Freundin mustert ihn skeptisch.

»Keine Ahnung, ich schau mir ab und zu ihre Show an, ich find das ganz spannend, was die da macht. Und die kennt halt die Chinesen-Babs und hat sie gefragt, ob die nicht 'nen Job für mich hätte.«

Maulwurfs Freundin ist etwas verschreckt. Ganz im Gegensatz zu Maulwurf.

»Wenn du nichts dagegen hast, komme ich dich dort später mal besuchen.«

Wolli freut sich.

Im *Roxy* wird er von Babs eingewiesen. Zuerst kriegt er eine weiße Schürze umgehängt. Wie alle Wirte auf St. Pauli. Dann erklärt sie ihm genau, was er zu tun hat. Babs will keinen Nepp in ihrem Laden, keine miesen Nummern, er soll darauf achten, dass alles okay abläuft. Kurz vor Mitternacht beginnt sich der Laden stetig zu füllen. Es tritt ein dänisches Jazz-Trio auf, Wolli kennt die Band nicht. Otto Habermas betritt den Laden und setzt sich an den Tresen. Habermas bestellt einen halben Liter Rotwein. Er sitzt, raucht, trinkt und schweigt. Je mehr Gäste an den Tresen kommen, desto stressiger wird es, das Trio spielt immer lauter, einen magischen endlosen Rhythmus, man kann sich kaum unterhalten, geschweige denn komfortabel Getränkewünsche aufnehmen. Wolli macht das alles dennoch Spaß, das Tempo, die Genauigkeit, mit der er Bewegungen ausführen muss, die Beachtung der Gäste, die kurzen punktuellen Berührungen mit Fremden, manchmal nur sachlich, manchmal auch etwas flirtend, alles hat eine große Leichtigkeit, eine Nebensächlichkeit, ihm ist, als ob er schon immer hier stehen würde. Babs steht neben ihm und schaut ihm bewundernd zu.

»Als wenn du dafür geboren wärest!«

Er lächelt und fühlt sich gut. Otto Habermas trinkt weiter, prostet ihm gelegentlich zu, unterhält sich mit anderen Tresengästen, nichts erinnert daran, dass er die Cartacala sein könnte, und niemand hier scheint es zu ahnen. Vielleicht tun auch alle nur so, als ob sie es nicht wüssten.

Irgendwann weit nach Mitternacht erscheint Maulwurf, sie ist allein, drängt sich durch die Menge, er sieht sie direkt, sie lächelt ihn an. Am Tresen wird ein Barhocker frei, und sie nimmt Platz. Der Lärmpegel ist so laut, dass kein Gespräch möglich ist, sie zeigt auf eine Weißweinflasche und macht mit Daumen und Zeigefinger der rechten Hand eine langsam wachsende Geste. Wolli lächelt und stellt ihr ein großes Glas hin bis zum Rand gefüllt mit kaltem Weißwein. Sie wirft ihm ein Kusshändchen zu und trinkt langsam und konzentriert. Er findet keine Zeit, sich mit ihr zu beschäftigen, zu hoch ist die Frequenz der Bestellungen. Zwischendurch tauschen sie immer wieder Blicke aus, kurz, aber intensiv. Diese Blicke wirken wie Treibstoff auf Wolli, er wartet auf jeden weiteren, sie sind so interpretierbar, warum mustert sie ihn auf diese Art?

Irgendwann zieht sie einen Stift aus ihrer Handtasche und schreibt etwas auf einen Zettel.

Morgen abend um 20 Uhr spielt im Indra *eine neue Band aus England. Ich lade Dich ein. Kommst Du mit?*

Wolli hebt den Blick, sie lächelt ihn an. Er lächelt zurück und nickt freudig. Sie steht auf, zwinkert ihm zu und verschwindet.

Der Rest der Nacht bleibt hochtourig, irgendwann kurz nach drei kommt Babs in Wollis Nähe, sie zeigt auf ein kleines Röhrchen, das unter dem Tresen liegt, sie schaut ihn fragend an, und er nickt dankend. Es sind Prelus, mit der linken Hand pult er sich zwei aus der Röhre, schmeißt sie ein und spült sie mit Wein runter. Gleich hat er wieder Kraft.

Ab vier beginnt sich der Laden langsam zu leeren, die verbliebenen Gäste sind ziemlich betrunken, die Band hat aufgehört zu spielen, es läuft Musik vom Tonband, Babs hat Charlie Parker aufgelegt. Otto Habermas sitzt immer noch auf demselben Platz am Tresen und trinkt und raucht. Hat der ein Stehvermögen, denkt Wolli. Um halb sechs verlassen die letzten Gäste den Laden, Babs beginnt aufzuräumen.

»Und, Wolli, gehst du jetzt wieder ins As?«, fragt Habermas.

»Nee, da geh ich nicht mehr hin, damit bin ich durch.«

»Das versteh ich gut. Ich hab dir ja angeboten: Bei mir ist noch ein Plätzchen frei.«

Wolli blickt aus dem Fenster, es regnet in Strömen. Babs mag er nicht fragen, er kennt sie nicht gut genug. Die Alternative heißt Bushaltestelle. Oder *Schlusslicht*. Oder *Elbschlosskeller*. Oder *Goldener Handschuh*. Pennerfrühstück. Er blickt Habermas an. Der sieht nach wie vor recht gepflegt aus. Vielleicht ist der ja gar nicht die Cartacala. Wolli hat zumindest nicht gesehen, wie er sich verwandelt hat, nur, dass Habermas aus dem Raum kam, in den die Cartacala ursprünglich gegangen war.

»In Anbetracht der Umstände nehme ich dankend an. Ich weiß tatsächlich gerade nicht, wohin.«

Wolli kippt sich ein Glas Whiskey ein und – nach einem fragenden Blick auf Habermas – diesem ebenfalls.

Im Hellen fahren die beiden mit dem Taxi zum Tierpark Hagenbeck. Sie wandern durch eine Seitenstraße hinein in eine Schrebergartenkolonie, über verschiedene kleine Pfade zwischen Hütten und Gärten hindurch, bis Habermas vor einer alten schrägen Hütte neben einer riesigen Trauerweide halt macht.

»So, hier sind wir schon, willkommen in meinem kleinen bescheidenen Reich.«

Er schließt die Hütte auf. Drinnen ist es sehr aufgeräumt, ordentlich und klein, alles perfekt angeordnet, arm, aber fein. Habermas schmeißt einen Kanonenofen an, in kurzer Zeit ist es sehr heiß und verqualmt in der Hütte. Die beiden setzen sich an einen kleinen Küchentisch, und Habermas holt ein Flasche Rotwein hervor. Ein Frühstücksschlummertrunk. Wolli setzt sich und trinkt einen Schluck, obwohl er unglaublich müde ist. An der Wand neben dem Bett hängt das Cartacala-Kostüm.

»Wie lange machst du das schon?«

Wolli nickt in Richtung des Kostüms.

»Das? Sie? Schon lange. Immer dann, wenn sie es will. Ich darf nichts. Aber sie darf alles.«

»Und wer bestimmt das?«

»Das ist so eingerichtet worden. Das war fast immer schon so. Ganz am Anfang war ich alleine. Da durfte ich gar nichts. Dann ist sie gekommen. Und seitdem sind wir frei geworden.

Alles, was ich nicht darf, führt sie aus, und dadurch geht es auch mir besser.«

Wolli schaut sich weiter im Zimmer um, er kann nur ein Bett entdecken, keine andere Liegemöglichkeit.

»Wo soll ich eigentlich schlafen?«

»Wenn du nichts dagegen hast, schlafen wir gemeinsam in meinem Bett. Mehr kann ich dir hier nicht bieten.«

Wolli ist so müde, dass ihm mittlerweile alles ziemlich egal ist, er trinkt noch einen Schluck, dann wankt er zum Bett, zieht sich die Schuhe aus und lässt sich seitwärts auf die Matratze fallen. Er registriert noch, wie Habermas sich neben ihn legt und sie beide zudeckt, dann ist er weg.

Vor dem *Indra* stehen ein paar Leute, Matrosen suchen nach einer Möglichkeit, Mädchen kennenzulernen, Huren tun so, als ob sie diese Mädchen wären. Bruno Koschmider, der Betreiber des *Indra*, versucht seit einiger Zeit, junge englische Rockbands in seine Läden auf der Großen Freiheit zu holen, englische Bands sind günstiger als die professionellen, meist indonesischen Unterhaltungsbands wie zum Beispiel die *Fender Strings*. Die Engländer können zwar nicht so gut spielen wie die Indonesier, aber deutsche Rock-'n'-Roll-Bands gibt es keine, zumindest nicht in Hamburg, nur ein paar Jazz-Combos. Außerdem sind die Engländer wild und laut, das gefällt dem jungen deutschen Publikum. Im *Kaiserkeller*, der ebenfalls Koschmider gehört, funktioniert dieser Plan bereits sehr gut, die jungen Leute strömen in Scharen zu den *Jets* mit Tony Sheridan und zu *Derry and the Seniors*, die beide aus Liverpool kommen. Der einzige Act im *Indra* an diesem Abend ist eine neue und völlig unbekannte Band, ebenfalls aus Liverpool. Niemand weiß, was von dieser Band zu erwarten ist, es gibt keine Platten von ihnen, keine Plakate, niemand, den

Wolli kennt, hat sie je spielen hören, allein der Fakt, dass Koschmiders Adlatus Horst Fascher sie aus Liverpool geholt hat, schürt die Neugier des sehr überschaubaren Publikums. Horst Fascher ist jung, er hat einen guten Riecher für das, was seine Altersgenossen sehen und hören wollen, vor allem für den angesagten Sound. Es geht bei diesen Veranstaltungen sowieso nicht um reguläre Konzerte mit eigenen Songs der Band, sondern um Tanzveranstaltungen, bei denen die Bands die aktuellen Charthits in eigener Interpretation vorspielen, sie sind sozusagen lebendige Jukeboxen, die auch auf Zuruf reagieren.

Wolli hat sich gegenüber vom *Indra* an eine Hauswand gelehnt, er raucht eine Zigarette und wartet auf Maulwurf. Auf der anderen Straßenseite läuft Horst Fascher nervös auf und ab. Noch ist nicht besonders viel los. Kurz nach acht erscheint Maulwurf, steht auf einmal neben Wolli und lächelt ihn an. Sie trägt eine dunkle hautenge Jeans, die passende Jeansjacke und dazu wieder ein schwarz-weiß geringeltes T-Shirt, Wolli steht auf ihren Stil. Er selbst trägt immer noch die Klamotten von gestern. Maulwurf zieht zwei kleine Tickets aus der Tasche und reicht ihm eines davon.

»Danke, bin noch nie von einer Frau zu einem Konzert eingeladen worden.«

»Na, dann wird's aber langsam mal Zeit. Komm, wir gehen rein und besorgen uns gute Plätze.«

Das *Indra* ist nicht allzu groß, es fasst vielleicht hundertfünfzig stehende Gäste und hat auf der rechten Seite, neben der indisch hergerichteten Bühne ein paar Tische mit großen weißen Korbsesseln, wo man Getränke bestellen kann. Maulwurf und Wolli nehmen Platz. Ein Kellner eilt vorbei und sieht Wolli fragend an. Wolli bestellt auf Maulwurfs Zeichen hin zwei Flaschen Bier.

»Du, Maulwurf, ich muss leider um kurz vor zehn schon wieder los, ich habe ja heute wieder Schicht in der *Roxy Bar*.«

Maulwurf sieht ihn erstaunt an.

»Ich dachte, wir verbringen hier den Abend gemeinsam.«

»Entschuldigung, das konnte ich dir gestern nicht sagen, weil es so laut war: Ich muss grade jeden Abend arbeiten. Ich brauche dringend Geld, um mir 'ne eigene Bude zu besorgen.«

Sie mustert ihn enttäuscht, lächelt dann aber.

»Du solltest dir vielleicht mal 'nen Job besorgen, der 'n bisschen mehr einbringt als so 'n einfacher Tresenjob, oder?«

»Klar, is aber nicht so einfach, ich bin ja immer noch neu auf St. Pauli.«

»Verstehe, wo kommst du denn eigentlich her?«

»Aus'm Osten, aus der Nähe von Dresden. Bin 'n paar Jahre durch die Gegend gezogen, aber hier möchte ich jetzt bleiben, in St. Pauli, hier fühle ich mich zu Hause. Und du?«

»Du, ich komm aus so 'nem Vorort noch hinter Harburg, Buxtehude, ganz kleines Nest, da bin ich dann aber schon ganz früh abgerauscht, mit siebzehn hab ich's da nicht mehr ausgehalten. Bin dann direkt nach St. Pauli, hatte auch schon 'n paar Freundinnen hier, die haben mich aufgenommen. Und du bist also ganz neu auf St. Pauli. Das is ja süß, 'n richtiges Küken bist du ja.«

Wolli schämt sich ein wenig für seine Offenheit. In diesem Moment betritt die Band die Bühne, fünf junge Männer in dunklen Hemden und Hosen, mit violetten Jacketts und schlampig frisierten Haartollen. Sie kabeln zügig ihre Instrumente an die Verstärker und setzen sich dann auf Stühle, nur einer, der Sänger, bleibt stehen.

»Good evening, we are *The Beatles* and we're from Liverpool. If you have any musical wishes, just let us know.«

Der Sänger setzt sich ebenfalls. Neben der Bühne steht Koschmider, der untersetzte Gnom, in seinem karierten Dreiteiler, er sieht ein wenig wie ein Zirkusdirektor aus. Er beobachtet die Band mit einem Glas Wasser in der Hand. Er hofft, dass Fascher ihm mit dieser Band einen weiteren Trumpf in die Hand gespielt hat, denn wenn sie gut spielt, spricht sich das rum, es wird getanzt und getrunken, und das heißt: Umsatz. Koschmider ist ein Geschäftsmann alter Schule, er hat keine Ahnung von Musik, ja noch nicht mal Interesse daran, aber er riecht in Faschers Begeisterung für diesen neuen Sound das Geld.

Der erste Track, den die *Beatles* spielen, ist »Roll over Beethoven« von Chuck Berry. Auf der rechten Seite der Bühne rekelt sich eine Stripteasetänzerin an einer Stange. Ob die Musik jetzt nur Begleitmusik für den Strip sein soll oder für sich selbst steht, ist unklar. Es dauerte eine Weile bis die Band ihren Sound gefunden hat, die Gesangsanlage funktioniert nicht richtig, das Mikro des zweiten Gitarristen knackt und rauscht ständig, schließlich singen die beiden Gitarristen gemeinsam über ein Mikro. Die *Beatles* spielen vor allem aktuelle Rock-'n'-Roll-Hits, kein eigenes Material. Immerhin kennen die Leute die Songs. Vereinzelt tanzen Paare, andere schauen der Striptänzerin zu. Die Band macht nicht so richtig was her. Wolli ist eher genervt von dem Sound. Er findet weder, dass die Band besonders gut spielen kann, noch, dass sie die Songs auf eigenständige Art interpretieren. Von Wildheit kann keine Rede sein. Maulwurf pendelt mit ihrem Blick zwischen der Bühne und Wolli, der lehnt sich zurück und schaut betont gelangweilt ins Publikum.

»Was is'n mit dir, Wolli?«

»Ich find die scheiße. Das is doch 'ne Kinderband, ich weiß nicht, was an denen besonders sein soll. Hits schlecht nachspielen, das kann doch jeder. Solche Bands wie die gibt's wie Sand am Meer. Da hab ich echt schon bedeutend Besseres gesehen.«

Maulwurf ist beeindruckt von Wollis Arroganz.

»Hast du dir mal Tony Sheridan angeguckt? Oder die *Seniors*? Das ist pure Energie, die machen echt Druck. Aber doch nicht die lahmen Enten hier. Die sind nach 'ner Woche wieder weg vom Fenster, das sag ich dir!«

Koschmider hat den Ruf, alles dafür zu tun, damit Volk in seine Läden kommt. Womit er die Leute vor die Bühne bringt, ist ihm egal, Hauptsache, es werden Getränke konsumiert. Nach etwas über einer Dreiviertelstunde machen die *Beatles* eine kurze Pause, in der sie auf der Bühne gelangweilt Bier trinken und Brötchen essen. Danach beginnen sie von vorne mit ihrem Programm. Mehr Songs haben sie einfach nicht drauf, und Publikumswünsche können sie auch nicht erfüllen. Ein paar der angetrunkenen Matrosen im Publikum pfeifen, ein Betrunkener Rock 'n' Roller, der ganz in Leder gekleidet ist, grölt vor der Bühne herum und schmeißt mit Gläsern nach dem Schlagzeuger, der sich verschreckt hinter seiner Basedrum verkriecht. Der eine Gitarrist, sie nennen ihn John, schnallt seine Gitarre ab und ist kurz davor, ins Publikum zu springen, um dem Betrunkenen eine Abreibung zu verpassen, aber seine Mitspieler halten ihn zurück. Kurz: Die Band ist vom Publikum genervt und das Publikum von der Band. Wolli reicht's. Er verspricht Maulwurf, sie demnächst zu einem echten Konzert von Profis in den *Kaiserkeller* einzuladen, nicht zu so einer Knabenchorveranstaltung.

»Weißt du, wenn man als Band etwas erreichen will, dann muss man auch etwas Besonderes liefern, dann muss man 'ne echte Schau machen oder tolle Songs haben, aber bei solchen Luschen wird das doch nie was. Hast du gesehen, dass der Bassist die ganze Zeit mit dem Rücken zum Publikum gespielt hat? Ich kann dir auch sagen, warum: Er kann nicht spielen! Keinen einzigen Ton getroffen! Jeder Ton daneben.«

»Dafür sahen die aber verdammt gut aus. Also ich fand die nicht so schlecht. Süße englische Jungs.«

Sie wandern die Große Freiheit entlang und trinken Bier, es ist ein warmer Abend, die Menschen bewegen sich in Trauben durch die Straßen. Wolli genießt das Schlendern mit Maulwurf, die sich bei ihm eingehakt hat, St. Pauli entfaltet seine Magie unter dunkelblauem Himmel, den bunten Lichtern, den blinkenden Werbetafeln, aus jedem Hauseingang klingt andere Musik, und die Luft schmeckt warm und weich. Sie unterhalten sich angeregt über neue Musik, über Jazz und die angesagtesten Kinofilme, zwischendrin holt Wolli aus einer Kneipe ein paar Getränke. Ohne es zu merken, sind sie die Freiheit einmal rauf- und wieder runterflaniert. Inzwischen haben auch viele der anderen Gäste das *Indra* gelangweilt verlassen und stehen Bier trinkend auf der Straße. Wolli umarmt Maulwurf zum Abschied. Er riecht kurz und wie zufällig an ihrem Hals, spürt ihren Busen unter ihrem T-Shirt auf seiner Brust, die Haare an seinen Armen stellen sich auf, während sie das sehr wohl bemerkt und ihn wissend anlächelt. Sie gibt ihm einen kurzen, aber vielsagenden Kuss auf den Mund, dabei liegen ihre Hände zärtlich an seinem Hals. Dann dreht sie sich um und verschwindet in Richtung Reeperbahn. Wolli schaut ihr hinterher. Sie macht wirklich was her mit ihrem wippenden Pferdeschwanz und der engen Hose, während sie langsam im Strom der Menschen eintaucht, wie eine aus dem Gewerbe sieht sie nicht aus, findet Wolli, aber auch nicht wie eine Bürgerliche. Bevor sie von der

Menge verschluckt wird, dreht sie sich noch einmal kurz um und zwinkert ihm zu. Es zuckt in Wollis Bauchgegend. Ob sie jetzt zur Arbeit geht, fragt er sich. Ob sie sich an die Wand stellt und auf fremde Männer wartet? Irgendwelche Männer, um mit denen zu schlafen? Die Vorstellung erscheint ihm absurd. Dann geht er zu seiner eigenen Arbeit.

Am Montag trifft sich Wolli mit Onkel nachmittags in dessen Wohnung. Sie unterhalten sich, und Wolli hilft Onkel dabei, ein paar Drogenbestellungen fertig zu machen. Wolli wiegt mit einer Briefwaage das Haschisch, zerkleinert die Brocken mit einem Teppichmesser und gibt sie dann an Onkel zum Verpacken weiter.

»Hör mal, Amigo, du solltest dir vielleicht mal die Mühe machen, 'n bisschen Nachtjargon zu lernen, wenn du dazugehören willst.«

»Was soll ich lernen?«

»Na, unsere Sprache. Die Sprache von St. Pauli.«

»Was soll'n das sein? Plattdeutsch?«

»Nee, das is die Sprache der Männer aus'm wirklichen Leben, verstehst du?«

»Nee ...«

»Die Männer aus dem wirklichen Leben sind die Jungs aus dem Gewerbe. Also wir. Und wir haben 'ne eigene Sprache, damit uns nicht jeder verstehen kann.«

»Du meinst so 'ne Art Geheimsprache? So was wie Tillen und Loddeln?«

Wolli zündet sich einen Joint an.

»So ungefähr, Amigo. Damit kann man sich verständigen, ohne dass die Schmiermichel oder die Freier schnallen, worum es geht. Das is wichtig, um die Geschäfte in der Hand zu behalten. Normalerweise brauchst du Jahre, bis du die ganzen Begriffe im Alltag kennengelernt hast, aber ich kann dich ja mal 'n bisschen auf Trab bringen, okay?«

»Das würd mich freuen.«

»Also pass auf. Zuerst mal lernst du die Währung: Ein

Groschen heißt Pachem, zwei Groschen sind beis Pachem. Ein Fünfzig-Pfennig-Stück heißt Heitack. Eine Mark is 'ne Miese, zwei Mark sind 'n Zwilling oder auch 'n Beischock, fünf Mark sind 'n Heiermann, aber als Schein isses 'n Seuchenschein …«

»Warum denn Seuchenschein?«

»Weil 'n Freier, der 'nen Fünfer aus der Tasche zieht, Stacheldraht in der Tasche hat, der is geizig, den kannst du vergessen. Genauso, wenn der zum Beispiel 'nen Busfahrschein in den Ascher tut, vergiss ihn gleich, Amigo, der hat noch nich mal genug Kohle für 'n Taxi, da is kein Fett zu holen, kapiert?«

»Leuchtet ein.«

»Ein Zehn-Mark-Schein is 'n Gutmann. Zwanzig Mark sind 'n Pfund, fünfzig 'n halbes Kilo oder auch 'n Lübecker, wegen dem Holstentor, hundert sind 'n Kilo oder 'n Blauer, fünfhundert 'n Brauner, und tausend is 'n Riese oder 'ne Telofe.«

»'ne Telofe?«

»Ja. Manche sagen auch Schiene dazu. Und wenn du jetzt zwanzig Riesen auf dem Tisch hast, ist das 'n Hügel, verstehst du? Und wenn der Freier blank ist, hat er schi Lobi, das heißt: keine Kohle.«

»Okay, schi Lobi heißt: keine Kohle.«

»Richtig. Die Uhr vom Freier heißt Ossnick und der Ring Geitling, verstehste? Und wenn der Freier betrunken ist, ist er peiger schicker, dann kannst du ihn abräumen. Wenn der Freier richtig im Brand ist, dann muss er eventuell seine Ossnick oder seinen Geitling verglitschen, verstehst du?«

»Äh, was?«

»Wenn er keine Kohle mehr hat, um die Tille zu bezahlen oder seine Spielschulden, dann muss er eben seine Uhr oder seinen Schmuck hergeben, kapiert, Amigo? Und wenn er nicht will, wird er aufgemischt, dann gibt's Protest.«

»Das versteh ich, schon klar.«

»Wenn jemand das F auf'm Rücken hat, dann kannst du ihn ausnehmen, es gibt Tillen, die malen es dem Freier tatsächlich mit Kreide auf'n Rücken, das is das Zeichen, dass da noch was abzuräumen is. Und wenn ich zu dir sage: Reune ma das Ponum von der Pervi Guste da vorne, dann meine ich, dass du dir das Gesicht von der Drogenhure da vorne mal genau anschauen sollst.«

»Is ja irre, das sind ja vollkommen eigene Begriffe.«

»Ja klar, Amigo, es gibt noch viel mehr, und ständig werden neue erfunden, damit wir den Vorsprung behalten. Merk dir die Worte gut, sie sind dein Ausweis, sie zeigen, dass du dazugehörst, dass du einer aus dem wirklichen Leben bist, verstanden?«

»Verstanden, aber die Hälfte auch schon wieder vergessen, gibt's dafür Kurse an der Volkshochschule?«

Wolli schreibt sich die Begriffe auf einen kleinen Zettel.

»Ich steck dir jetzt ab und zu mal 'n paar Begriffe zu, dass du auf dem Stand bleibst und mitreden kannst. So, und nu lass uns 'n bisschen Achiele toff fassen …«

»Achille was, bitte?«

»Achiele toff. Das heißt gutes Essen fassen, ich hab Hunger, Amigo. Und dann liefern wir unsere Päckchen hier aus.«

Am Abend schiebt Wolli seine nächste Porterschicht. Er hat sich einige Poussiererersprüche ausgedacht, um die Männer zu animieren. Onkel schaut ihm zu und raucht.

»So, meine Herren, alle mal hergehört: Der Obstladen von St. Pauli hat wieder geöffnet, heute im Angebot, meine Herren: Pampelmusen! Schöne dicke volle Pampelmusen, aber vom Allerfeinsten. Dazu gibt's heute Pflaumen, meine Herren, die saftigsten Pflaumen in ganz St. Pauli gibt's heute hier in unserem Obstladen, meine Herren. Auch dicke runde Pfirsiche gibt's bei uns, die platzen gleich vor lauter Saft, die spritzen gleich vor lauter Saft. Das Einzige, was uns fehlt, meine Herren, sind ein paar schöne große Bananen. Wenn hier jemand 'ne Banane bei sich hat, ist er bei uns genau richtig. Wir tauschen auch: Bananen gegen Pflaumen, meine Herren, wie wäre es? Sind Sie bereit für Frischobst, meine Herren? Wer hat denn hier Appetit auf richtig frisches, pralles saftiges Obst, meine Herren, für den kostet es heute mal keinen Eintritt.«

Ein paar deutsche Matrosen beobachten Wolli grinsend, sie sind schon gut angetrunken, johlen bei jedem Spruch und betreten schließlich den Laden. Unauffällig klatschen Wolli und Onkel sich ab. Von der anderen Straßenseite nähert sich Karl, der die Szene beobachtet hat, er stellt sich zu den beiden, man begrüßt sich.

»Du bist 'n guter Typ, Wolli, du hast verstanden, was ich dir beigebracht habe, das gefällt mir! Lass dich doch später mal bei mir blicken, wenn deine Schicht durch ist, okay?«

Als Karl weg ist, blickt Wolli Onkel fragend an.

»Keine Ahnung, was der will. Wenn er's gut mit dir meint, is alles okay. Pass bloß auf, dass er nicht genervt auf dich is, das kann wehtun, Amigo. Und bitte ihn nicht um irgendetwas, sonst wirst du ihn nicht mehr los, dann hat er dich in der Hand, verstehste?«

Später in der Nacht, gegen zwei Uhr kommt ein anderer Porter und löst Wolli ab.

»Du sollst zu Karl kommen, der sitzt hinten im Chefzimmer.«

Wolli geht in das Hinterzimmer, normalerweise darf es nur von Weissleder, Karl und deren Freunden betreten werden. Es ist ein mittelgroßer Raum mit Fotos an den Wänden, auf denen Weissleder und Co. mit Prominenten aus der Sport- und Musikwelt zu sehen sind. In der Mitte steht ein Tisch, an dem ein paar Männer Karten spielen. Zwei davon kennt Wolli: Schweine-Hans und Ochsen-Harry, sie sind häufig in der Nähe von Karl zu sehen und scheinen seine Handlanger zu sein. Schweine-Hans hat bis vor Kurzem als Kopfschlachter fungiert und Ochsen-Harry wird so genannt, weil er beim Glücksspiel immer den Ochsen markiert, der sein Opfer glauben macht, dass er zu dumm fürs Kartenspielen ist, um es dann nach allen Regeln der Kunst auszunehmen.

An der einen Wand befindet sich eine Bar, an der eine knapp bekleidete Dame Getränke ausschenkt. Gegenüber steht ein Schreibtisch voller Papiere, in einem großen Ledersessel dahinter sitzt Karl mit einem Whiskeyglas in der Hand.

»Hey, Wolli, komm mal rüber, setz dich, Junge.«

Karl kippt ihm einen Whiskey ein.

»Hör mal, Junge, du machst deine Arbeit gut, du hast wache Augen, du lässt dir was einfallen, das gefällt mir.«

»Danke.«

Wolli nimmt einen Schluck aus dem Glas und lehnt sich zurück.

»Was hast du denn eigentlich mit deinem Leben vor? Hast du dir darüber schon mal Gedanken gemacht?«

»Ich hab schon vieles hinter mir, Schlosserlehre, Bergbau, Zirkus und so, ich weiß zumindest ziemlich genau, was ich nicht will.«

»Das is doch schon mal was. Und 'n Ziel hast du nicht?«

»Weiß nicht. Ich möchte mein eigener Herr sein. Frei

sein, aufstehn, wann ich will, ins Bett gehen, wann ich will, so Sachen.«

»Und was braucht man, um so frei zu sein?«

»Hm, du redest von Geld, oder? Ich hab schon immer das sichere Gefühl gehabt, dass ich früh viel Geld machen werde, ich hab da so 'ne Art Grundvertrauen, ich weiß bloß noch nicht, wie.«

»Siehste, da bist du bei mir genau am richtigen Platz. Denn ich weiß, wie man Geld macht, viel Geld. Wenn du das möchtest, dann zeige ich dir, wie das funktioniert.«

Karl macht eine Kunstpause und schaut Wolli erwartungsvoll an.

»Ja, das würde mich schon interessieren.«

»Es gibt eigentlich nur eine Regel: Du machst, was ich dir sage, kapiert? Wenn du dich an diese Regel hältst, dann sind deinem Erfolg keine Grenzen gesetzt.«

»Aha.«

»Du darfst dabei nicht nachdenken. Nicht abwägen, was richtig und was falsch ist. Das entscheide alleine ich, du musst nur Vertrauen haben.«

Karl kippt nach und hält Wolli ein Zigarillo hin. Er dreht die Musik an einer Tonbandanlage ein wenig lauter und nickt in Richtung des Spielertisches, wo gerade ein großer Haufen Geld seinen Besitzer wechselt.

»Schau dir mal den Typen da vorne an. Der geht einer ganz normalen bürgerlichen Arbeit nach, sein ganzes Leben lang, tagein, tagaus dasselbe: Schicht, Familie, Doppelhaushälfte in Rahlstedt. Und das bisschen Fett, das dabei überbleibt, das will er gerne anlegen in seinen Traum vom tollen Leben. Und genau an dem Punkt kommen wir ins Spiel. Denn wir können ihm all das geben, wonach er sich sehnt, weil wir all das besitzen: Freiheit, Abenteuer, Sex, Gefahr, manchmal gewinnt er sogar ein bisschen Geld. Wenn wir ihn lassen. Aber bezahlen muss er dafür. Wenn er nicht bezahlt, können wir nicht gut leben. Irgendeiner muss ja zahlen. Möchtest du früh aufstehen und früh ins Bett gehen müssen?«

»Nein.«

»Möchtest du schwere körperliche Arbeit machen müssen oder irgendwelche stupiden Fließbandjobs?«

»Nee, das hab ich alles hinter mir, das will ich nie wieder machen.«

»Siehst du, ich auch nicht. Ich hab mich für die andere Seite entschieden, ich bin der Verwalter der Freiheit. Der großen Freiheit.«

Am Spielertisch kommt etwas Unruhe auf. Einer der Spieler scheint seine Spielschulden nicht begleichen zu können. Schweine-Hans, ganz riesiger und klobiger Gewaltmensch, ist aufgesprungen und deutet mit dem Zeigefinger auf den anderen und auf eine Uhr, die auf dem Tisch liegt.

»Du bezahlst jetzt deine Schulden bei mir, und zwar direktemang, sonst gibt's gleich mächtig Stress, Freundchen. Die Uhr is 'n Talmi, 'n Blender, das erkennt doch jeder Schwachkopf.«

Der andere sitzt in sich zusammengesunken, seine Bewegungen sind fahrig, er hebt müde die Arme.

»Aber ich hab nichts mehr. Die Uhr is das Einzige, was ich noch dabei habe. Die is sehr wertvoll, das is 'n Erbstück!«

»Was? Du hast Scheiße geerbt! Die is keinen Zehner wert. Das is Talmigold. Wer vererbt denn solchen Müll?«

Schweine-Hans greift den Sitzenden am Kragen und schüttelt ihn kräftig.

»Du zahlst jetzt sofort deine Schulden, sonst mach ich dich flach.«

Der Sitzende bekommt einen weinerlichen Ton. Er fährt mit den Händen seine Taschen ab.

»Ich schwöre, ich hab nichts mehr …«

Schweine-Hans greift erneut die Uhr, wirft einen Blick darauf, schmeißt sie auf den Boden und zertrampelt sie verächtlich.

»Du gehst jetzt los und besorgst meine Kohle. Ich will heute noch meine Marie!«

Karl mischt sich ein, ganz ruhig und sachlich.

»Hans, die Weißweinflasche.«

Schweine-Hans greift sich eine auf dem Tisch stehende halb leere Weinflasche und schlägt sie mit einem wuchtigen Schlag über den Kopf des Uhrenbesitzers, der wehrt sich nicht einmal mehr, lässt die Attacke wie einen unausweichlichen Schicksalsschlag über sich ergehen. Die Flasche zersplittert, der Mann sackt sofort ohnmächtig in seinem Stuhl zusammen, er hat eine Platzwunde auf dem Kopf, aus der das Blut rinnt. Die anderen Spieler am Tisch, die scheinbar alle zu Schweine-Hans gehören, sind zurückgewichen, um nicht schmutzig zu werden. Karl schaut kaum vom Tisch auf.

»Klopft ihn ab, vielleicht hat er doch noch irgendwo was. Und dann bringt ihn hinten raus. Legt ihn zwischen die Müllsäcke, da kann er sich auspennen. Morgen früh isser weg und kommt nie wieder. Los, Wolli, pack mal mit an, hilf Ochsen-Harry, mach dich nützlich.«

Wolli ist immer noch geschockt von dem plötzlichen Gewaltausbruch. Gleichzeitig imponiert ihm Karls Gelassenheit. Der Mann wird gefilzt, tatsächlich findet man noch eine Goldkette mit einem Kreuz um seinen Hals, Schweine-Hans reißt sie grob ab und steckt sie ein. Wolli greift sich einen Fuß des Bewusstlosen, Ochsen-Harry, kräftig und untersetzt, nimmt den zweiten, Schweine-Hans packt ihn bei den Schultern, so tragen sie den Mann zusammen durch einen schmalen Gang auf den Hinterhof. Sie drapieren ihn auf ein paar Plastiktüten, die zwischen Mülleimern auf dem Boden liegen. Dann gehen sie wieder rein. Karl sitzt immer noch hinter dem Schreibtisch, zählt das gewonnene Geld, Schweine-Hans wirft die Kette mit dem Kreuz vor Karl auf den Tisch. Wolli setzt sich zu ihm.

»Wolli, ich kann verantwortungsvolle Männer gebrauchen. Ich mach bald 'nen neuen Laden hier um die Ecke auf, und wenn du Lust hast, kannst du da den Tresen machen, da fällt 'n bisschen mehr ab als bei dem Porterjob, 'n Wirtschafterposten is da vielleicht auch noch drin. Wie isses? Kriegst 'ne schicke Minelle von mir, damit du nach was aussiehst, und los geht's.«

»'ne Minelle?«

»'nen Anzug, Mann, 'ne feine Kluft.«

»Ich wäre dabei, sag mir Bescheid.«

»Na also, wir beide machen Geschäfte, mein Lieber.«

Später, nach diversen Getränken in diversen Läden, vor allem bei *Gretel & Alfons* in der Großen Freiheit, wo er durch seine Lieferdienste das halbe Publikum kennt, findet Wolli seinen Weg zu Otto Habermas in Hagenbeck. Wie jeden Abend seit ein paar Wochen. Seine Bücher und der Seesack liegen in einer Ecke der Hütte. Häufig ist Habermas nicht da, ist selbst unterwegs oder tritt auf, kommt dann frühmorgens nach Hause und weckt, wenn er es denn schafft, Wolli, um noch mit ihm zu trinken. Wolli ist das unangenehm, er steht in der Schuld von Habermas, aber er kann sich auch nicht entziehen, wo soll er sonst hin? Er braucht dringend ein eigenes Zimmer. Besser noch eine eigene Wohnung.

In dieser Nacht ist Habermas bereits zu Hause, Wolli sieht von außen Licht in den Fenstern, der Schornstein der Hütte qualmt dicke weiße Wolken in den Nachthimmel. Im Mondschein erahnt er auf der großen Trauerweide neben dem Haus eine Gestalt in den Ästen. Wolli bleibt stehen und versucht, seinen Blick zu fokussieren. Ein langer leiser Tierlaut dringt von den Zweigen zu ihm herab. Wolli macht einen kleinen Schritt in Richtung der Gestalt und erkennt nun, dass es die Cartacala ist, die dort hockt. Sie starrt mit aufgerissenen Augen zum Mond und gibt jaulende Geräusche von sich. Der Nieselregen hat die Federn an ihrem Kostüm durchnässt, und die Kleidung hängt tropfend und kaputt an ihr herab. Es ist ein Bild des Elends. Wolli macht noch einen vorsichtigen Schritt auf sie zu.

»Cartacala … hey, Cartacala, ich bin's, Wolli, hier unten …«

Das Wesen achtet nicht auf Wolli. Die Jammerlaute werden eindringlicher, ab und zu kratzt es sich am Arm und krallt sich dann wieder an den Ästen fest.

»Hey, Cartacala, was ist mit dir?«

Die Cartacala dreht ihren Kopf langsam zu Wolli und sieht ihn mit merkwürdigem Blick an. Eine Art Tierblick. Wie ein Raubvogel sieht sie ihn an, wie eine Eule, fremd und distanziert, kühl, fast interesselos. Sie bleckt die Zähne und mustert ihn weiter.

»Cartacala, was ist denn los?«

Wolli ist unheimlich zumute, er weiß weder, was er sagen, noch, was er tun soll. Braucht sie Hilfe? Ist sie gefährlich in diesem Zustand?

»Soll ich dir runter helfen?«

Ganz leise und mit fast schon verschämtem Gesichtsausdruck klettert die Cartacala von der Weide herunter. Gesenkten Hauptes schleicht sie zur Hütte, Wolli folgt ihr. Drinnen legt sie sich in vollem Kostüm tropfnass neben den Bollerofen auf den Boden, rollt sich ein und schließt die Augen. Wie ein kaputter Riesenvogel.

Zum Herbst hin beendet das *Indra* wegen Lärmproblemen mit den Anwohnern sein Livemusikprogramm. Da Koschmider einen Drei-Monats-Vertrag mit den *Beatles* abgeschlossen hat, setzt er sie nun als zweite Tanzband neben *Rory Storm & the Hurricanes* im *Kaiserkeller* ein. Der *Kaiserkeller*, nur etwa hundertfünfzig Meter entfernt und ebenfalls in der Großen Freiheit, wird vom Publikum viel besser als Tanzladen angenommen als das *Indra*, jeden Abend ist die Tanzfläche voll. Vielleicht liegt es daran, dass der Laden im Keller unter den Straßen von St. Pauli liegt und die Jugendlichen regelrecht vom Antlitz der Erde verschwinden können, weder Eltern noch Polizei haben Einblick in diese Unterwelt. Auch deswegen steht der *Kaiserkeller* eher für Stress, hier halten sich die unruhigen Lichter der Stadt auf, betrunkene Matrosen, Kleinkriminelle, Schläger, es gibt häufig Prügeleien, bei denen das Mobiliar des Ladens auf den Köpfen der Beteiligten zu Bruch geht, die Schlachten zwischen den jugendlichen Gangs, vor allem zwischen Rockern und Exis und den Kellnern, tragen zum schlechten Ruf der Lokalität bei.

Wolli beobachtet eines Abends, wie Horst Fascher und seine Brüder zusammen mit dem Sänger und Lokalmatador Tony Sheridan, ein paar Mädchen und einigen Typen an einem Tisch neben der Bühne Platz nehmen. Die Fascher-Brüder, drei an der Zahl, kennt jeder auf dem Kiez, sie arbeiten als Kellner und Ordner im *Kaiserkeller*, sie sind kräftig, ruppig und zupackend, sie haben einen gefährlichen Ruf. Niemand, der sie kennt, stellt sich ihnen in den Weg. Es ist noch relativ früh, keine der Bands spielt bisher. Ein riesiger Walfängertyp betritt den Raum, er hat schon ein wenig Schlagseite und bewegt sich lässigen Schrittes durch den Raum, zielstrebig auf den Nachbartisch der Faschers zu. Dort sackt er auf einen der Stühle und fängt direkt an, mit den Haaren einer Frau zu spielen. Er will sie augenscheinlich anmachen, obwohl sie in Begleitung von einem der Brüder ist. Fred Fascher, für seine hemdsärmelige Art bekannt, zieht sich sofort seine Lederhandschuhe über und feuchtet sie mit Bier an.

»So löst sich die Gesichtshaut besser«, bemerkt er dazu trocken. Das ist normalerweise ein unübersehbares Zeichen, dass einheimische Aggressoren sofort davon überzeugt, das Weite zu suchen. Fred steht auf, geht auf den Walfänger zu und schlägt ihm mit voller Wucht seine Faust ins Gesicht. Die meisten Männer fallen nach so einem Schlag hintenüber auf den Rücken, der Seemann aber steht auf und lacht aus voller Kehle, er scheint regelrecht erfreut über diese kleine Erfrischung. Das ist das Zeichen für den Rest der Gang, das will man sich nicht bieten lassen, dass einer ungestraft nach einem Fascherschlag auf den Beinen bleibt. Man springt auf und fängt an, auf den Koloss einzuholzen, auch die im Raum befindlichen Kellner eilen interessiert herbei und beteiligen sich an der Arbeit.

Der Riese allerdings scheint nur darauf gewartet zu haben, er tanzt durch den gesamten Saal, getroffen von schweren Schlägen und Tritten, die ihn immer nur lebendiger und agiler machen, dabei teilt er selbst großzügig aus, sodass seine Kontrahenten bei jedem seiner Schläge wie lästiges Gewürm durchs Gebälk spritzen. Schließlich greift sich einer der Kellner einen der Tische und schlägt ihn dem Walmann auf den Rücken, die Tischplatte birst unter splitterndem Krachen, und der Getroffene hält für eine Sekunde irritiert inne, nur um dann lauthals aufzulachen. Er ist mittlerweile blutüberströmt, die Haare hängen ihm wild und zottelig vom Schädel, und das Weiße in seinen Augen ist von gesprungenen Adern durchzogen, aber er ist immer noch kampffreudig. Zwölf Männer arbeiten sich an ihm ab, zwölf Zwerge springen um diesen Goliath herum und dreschen mit allem, was ihnen in die Finger gerät, auf ihn ein. So eine Prügelei hat Wolli in seinem Leben noch nicht gesehen. Er hat sich in eine Ecke zurückgezogen, so wie die meisten Anwesenden, und trinkt entspannt ein Bier. Was für eine Show!

Nach einigen Minuten zeigt der Riese erste Ermüdungserscheinungen, er wankt einige Male, seine Schläge sind nicht mehr so treffsicher, dann bleibt er mitten im Kampf auf einmal stehen, merkwürdigerweise tun es ihm alle anderen nach, und man hört nur schweres Keuchen im Raum. Es erscheint Wolli, als wenn der Hunger auf Gewalt spontan befriedigt sei, als wenn die Kämpfer blutig, satt und zufrieden wären mit allen ihren ordensgleichen Wunden und Blessuren, stolz auf eine richtig schöne, prächtige Leistung. Dann wankt der Koloss zum Ausgang und verschwindet wortlos, ohne dass sich einer der Angreifer auch nur rührt. Es bleibt einige Sekunden absolut still im Raum, alle Anwesenden müssen langsam aus ihrem blutigen Traum erwachen. Dann stürzt die Meute über das zerborstene Kleinholz hinweg zum Tresen, um das siegreiche Ereignis zu begießen. Stolz und Erleichterung machen sich breit.

Wenige Minuten danach betritt Bruno Koschmider den Keller. Er kann nicht fassen, was er da vor sich sieht, von seiner Einrichtung ist kaum etwas übrig geblieben. Er läuft dunkelrot an und schreit auf die Fascher-Brüder und seine Kellner ein, minutenlang, beschimpft sie, verflucht sie, droht ihnen. Aber am Ende wirft er niemanden raus, kann er auch nicht, der Abend beginnt gerade, und der Rubel muss rollen. Also gibt's heute eine Stehparty, ist ja auch nicht schlecht, passen gleich doppelt so viele Leute in den Laden. In den nächsten Tagen besorgt er ein paar alte Beiboote aus dem Hafen, in die er Sitzflächen nageln lässt, in jedes Boot passen etwa sechs Gäste. Diese Boote sehen originell aus und sind vor allem so schwer, dass keiner sie hochheben und zertrümmern kann.

Wollis Freundschaft mit Maulwurf entwickelt sich. Sie treffen sich öfter, und eines Abends nimmt sie ihn nach seiner Schicht in der *Roxy Bar* mit zu sich nach Hause. Sie hat eine mittelgroße, recht schöne alte Wohnung in der Talstraße, ganz oben unter dem Dach. In der Küche schmeißt sie ihren Lammfellmantel über den Herd und schenkt ihnen ein Glas Weinbrand ein. Sie trägt ein kurzes schwarzes Kleid und hat ihre blonden Haare am Hinterkopf hochgesteckt. Wolli kann seine Augen nicht von ihr lassen, ihre Bewegungen sind so lässig, wenn sie durch die Küche wirbelt. Sie legt eine langsame Jazz-Platte auf, er bewundert ihren Tanz, alles an ihr verzückt ihn. Sie setzt sich ihm gegenüber an den Küchentisch, zündet eine Kerze an und prostet ihm zu.

»Wolli, bist du eigentlich solo?«

Er lächelt sie an.

»Das kann man so sagen. In einer festen Verbindung bin ich zumindest zu diesem Zeitpunkt nicht.«

»Weißt du, ich mag dich. Und ich bin auch alleine. Manchmal ganz schrecklich alleine.«

Sie lächelt ihn ebenfalls an.

»Ich kann das kaum glauben, dass eine Frau wie du alleine auf St. Pauli herumläuft. Jemand müsste sich doch um dich kümmern.«

»Eben. Du, das ist gefährlich hier. Ich brauche jemanden, der für mich da ist, nach der Schicht, der auf mich wartet.«

Sie steht auf und geht langsam um den Tisch, auf ihn zu, ihm wird bei jeder ihrer Bewegungen wärmer, das Feuer der Vorfreude brennt in seinem Bauch. Sie setzt sich neben ihn und legt einen Arm um seine Schultern.

»Warst du schon mal für eine Frau da?«

»Wie meinst du das?«

»Ob du schon mal für eine Frau gesorgt hast …«

»Also verheiratet war ich bis jetzt noch nicht.«

»Ich meine, ob du schon mal mit 'ner Tille zusammen warst? Ob du schon mal Loddel warst?«

»Nein, noch nie. Ich bin ja nicht so der Gewaltmensch. Bin ja auch nicht so der Riese mit irren Muskeln und so.«

»Brauchst du doch auch gar nicht. Die wenigsten Loddel sind Riesen. Kommt doch auch auf Grips an. Und Mut. Musst eigentlich nur gut aussehen, dich ab und zu mal bei mir in der Herbertstraße blicken lassen, nach dem Rechten schauen, abends nach der Arbeit auf mich warten. Das Geld verdiene ich, verstehste?«

»Wie kommst du denn ausgerechnet auf mich? Bei all den starken Männern, die es da draußen gibt.«

Sie kommt ihm ganz nah.

»Weil ich dich mag …«

Flüstert sie in sein Ohr, dann küsst sie ihn, erst seinen Hals, dann sein Kinn, dann seinen Mund. Im Sitzen und laut atmend öffnen beide ihre Kleidung, Wolli löst ihr Haar, sie stehen auf, streifen sich ihre Klamotten herunter und tanzen eine Zeit lang nackt und eng. Dann legt sie sich langsam auf den Küchentisch. Wolli bleibt eine Sekunde stehen, verzehrt sie mit seinen Blicken, schaut immer wieder weg, um sich zu beruhigen, tritt dann zu ihr und küsst ihre Füße, spreizt ihre Beine, bevor er mit ihr verschmilzt, für eine kleine dunkle Ewigkeit.

Danach, tief atmend, setzt sich Wolli nackt auf den Küchenboden und zündet sich eine Zigarette an. Sie setzt sich neben ihn.

»Also, wie stehst du nun dazu?«

»Gut stehe ich dazu. Sogar noch besser als vor ein paar Minuten stehe ich dazu. Deine Argumente ziehen bei mir.«

Er grinst sie an.

»Ich suche zwar zurzeit nach einer eigenen Wohnung, aber vorübergehend könnte ich ja auch hier wohnen, oder was meinst du?«

»Du kannst gleich hierbleiben.«

Für eine Sekunde ist Wolli glücklich.

»Wie lange machst du das schon?«

»Du, seit etwa anderthalb Jahren. Ich habe vorher als Fotomodell gearbeitet, das war auch ganz gut, aber dann bin ich schwanger geworden und musste aufhören.«

»Und dann?«

»Du, ach komm, is 'ne lange Geschichte, erzähl ich dir irgendwann mal. Ich mach das auch nicht mehr lange, in spätestens zwei Jahren bin ich draußen.«

»Legst du Geld zurück?«

»Bis jetzt noch nicht, aber ich fang bald damit an. Bisher geb ich das meiste wieder aus, ich weiß, das klingt dämlich, aber ich leb halt so in den Tag hinein: Klamotten kaufen, ausgehen, gut essen gehen und so, wenn du das 'ne Zeit lang machst, möchtest du es nicht mehr missen, weißt du?«

»Kann ich mir vorstellen.«

»Na ja, du, damit das Geld zusammenbleibt, brauch ich jemanden, der drauf aufpasst. Kannst du gut mit Geld umgehen?«

»Klar, konnte ich schon immer.«

»Und wieso hast du dann keines?«

»Bin noch nicht dazu gekommen. Um Geld zu haben, muss man es ja erst mal bekommen. Das Bekommen ist das Schwierige, das Haben ist leicht.«

»Du, das ist bei mir genau umgekehrt.«

»Na, dann passen wir ja perfekt zusammen.«

Beide lachen und zünden sich noch eine Zigarette an, Wolli breitet eine Wolldecke aus. Sie schlafen nackt auf dem Küchenboden vor dem Kühlschrank ein.

Am Morgen erwacht Wolli früh. Maulwurf liegt neben ihm auf der Seite, ihr Mund ist leicht geöffnet, die Haare liegen wie ein kleiner Sonnenkranz um ihr entspanntes Gesicht. Lange blickt Wolli sie an, versucht, sich jedes Detail einzuprägen, die feinen blonden Haare auf den Wangen, die kleine Falte zwischen ihren Augenbrauen, die Narbe unter dem Kinn. Dann zieht er leise seine Kleidung an und schleicht sich aus der Wohnung. Draußen, in den Strahlen der frühen Herbstsonne, steht er an eine Hausecke gelehnt und spürt das Glück durch seinen Körper pulsieren. Was auch immer das alles heißen mag, es ist eine Wendung, es kommen immer neue Menschen und Möglichkeiten, und alles ändert sich, irgendwie trägt ihn das Schicksal auf seinem breiten Rücken immer weiter voran, und die Dinge werden nicht gerade schlechter. Vielleicht ist das ja wirklich die Frau, auf die er gewartet hat. Denn eigentlich wäre es schön, mal eine Zeit bei jemandem verweilen zu dürfen. Und nicht immer nur weiterrennen zu müssen und im Pik As zu übernachten. Oder bei der Cartacala. Einen Moment lang möchte er umdrehen und wieder zu ihr nach oben gehen, aber andererseits ist es auch gut, wenn sie wach wird und ihn nicht vorfindet und sich dann nach ihm sehnt. Und dann wird sie auf ihn warten, aber er meldet sich nicht, geheimnisvollerweise, und wenn er dann wieder auftaucht, dann wird das wie eine Erlösung für sie sein.

Karl versucht, Wolli enger an sich zu binden. Häufig verabredet er sich mit ihm, trinkt mit ihm, bittet ihn um Gefallen. Wolli ist auf der Hut, er versteht nicht ganz, was Karl wirklich von ihm will. Eines Abends spazieren die beiden über den Kiez, am Ende der großen Freiheit, dort wo sie auf die Reeperbahn trifft, steuert Karl zielstrebig auf eine dunkle Bar im Hinterhof zu.

»Dies ist 'ne alte Bar, der *Dreitittenkrug*, sie wurde gerade geschlossen, der Pächter war so 'n abgetakelter Barackenelvis, sein eigener bester Kunde, ständig peiger schicker und immer nur schi lobi, wenn du weißt, was ich meine.«

Wolli nickt.

»Immer breit und abgebrannt ...«

»Ich hab ihm den Pachtvertrag abgenommen. Jetzt ist das meine Bar. Und wenn du willst, kannst du mit einsteigen.«

Karl blickt Wolli erwartungsvoll an. Auf der einen Seite ist dieser dankbar, ja stolz, auf der anderen vorsichtig, er denkt an Onkels warnende Worte.

»Na, was is, biste sprachlos?«

»Ja, bin tatsächlich ein bisschen sprachlos. Was meinst du denn mit ›mit einsteigen‹?«

Karl kramt einen Schlüssel aus seiner Manteltasche und schließt die Tür auf. Er macht das Licht an, ein mittelgroßer Gastraum mit einem großen Tresen, einer kleinen Bühne und einigen separierten Tischen wird sichtbar, alles recht bieder eingerichtet.

»Ich besorge die Grundfinanzierung und neues Mobiliar. Du wirst mein Wirtschafter und kümmerst dich um alles. Wir teilen uns den Gewinn fünfzig-fünfzig.«

Wolli kann es kaum glauben.

»Und was ist mit dem Porterposten?«

»Onkel findet schon 'nen Neuen. Ich brauche hier einen verantwortungsvollen Mann, das geht vor. Wir können hier 'nen richtigen Riss machen, verstehst du, das wird 'n Luxusschuppen, nicht das untere Segment, keine Billigfreier, eher Geschäftsleute, Rechtsanwälte, Prominente. Und oben hab ich 'n paar Türme, wo die Tillen dann abmelken können.«

»Türme?«

»Zimmer, Mann. Siehst du die Chance? Es gibt auf St. Pauli keinen gehobenen Puff. Aber die Reichen und die Mächtigen, die wollen auch stoßen! Die wollen mindestens so dringend stoßen wie die Maurer. Aber die wollen was Besonderes stoßen und sind auch bereit, dafür besondere Preise zu zahlen! Was denkst du?«

»Klingt gut.«

»Du bist ein vernünftiger Mann.«

Karl reicht Wolli ein Zigarillo.

»Ich werde das Ding jetzt 'n bisschen umbauen lassen, das dauert 'ne Weile, in 'n paar Wochen will ich fertig sein, dann machen wir 'ne große Eröffnung, ab dann bist du dran. Die Preise, die Abläufe erklär ich dir, das Personal besorge ich und die Tillen auch. Du müsstest allerdings deinen Job in der *Roxy Bar* aufgeben, ich brauche dich dann ganz und gar hier, okay?«

»Klar, Mann.«

»Na fein, mein Freund. Der Laden heißt *Chez Lianne*. Du bist dabei, zeig, was du draufhast. Ach, und eine Sache noch.«

Wolli blickt ihn fragend an.

»Vor dem Gesetz machst du den Laden. Ich bin der Inhaber, du bist der Betreiber. Ich kann aus diversen Gründen nicht in Erscheinung treten, verstehst du? Das ist meine einzige Bedingung.«

Karl hält Wolli die Hand hin, der schlägt ein. Er freut sich über das Vertrauen, das ihm entgegengebracht wird, aber Onkels warnende Worte hat er nicht vergessen.

Wolli hat Maulwurf jetzt schon einige Zeit nicht mehr gesehen. Er ärgert sich über seine Idee, sich einfach zu absentieren. Er sehnt sich nach ihr. Er denkt immer wieder an ihre gemeinsame Nacht, die Bilder schleichen sich in seinen Kopf, bewegen und erregen ihn. Am meisten hat sich das Bild ihres sonnengleichen Kopfes am Morgen auf dem Küchenboden in sein Gedächtnis gebrannt. Er hofft, dieses Bild für immer in sich bewahren zu können, wie ein kleines Altarbild. Und er fragt sich, ob sie es ihm übel nimmt, dass er verschwunden ist und sich seitdem nicht mehr meldet.

Am nächsten Abend ist Wolli mit Onkel unterwegs, sie machen ihre Runde, liefern Pillen aus, 'n bisschen Dope. Onkel hat in der linken Hosentasche immer 'n paar geklaute Geitlinge, die er auch noch zu verglitschen versucht. Die Ringe kauft er von Taschendieben, er nennt sie Taschenkrebse. Er kennt alle Taschenkrebse von St. Pauli. Onkel kann echtes Gold zuverlässig von Talmigold unterscheiden, auch jedes andere Edelmetall, genauso Steine und Perlen, er ist ein richtiger Schmuckfachmann. Im *Kaiserkeller* wirft Onkel zehn Röhren mit Sprechkörnern bei Tante Rosa ab. Röschen nennt er sie. Röschen erzählt ein wenig, meint, dass es gerade gut laufen würde, jeden Abend sei die Bude voll, vor allem wegen Rory Storm und seinen *Hurricanes*, aber die *Beatles* würden auch gut ankommen, die Mädchen würden auf sie fliegen. Wolli kann sich das überhaupt nicht vorstellen.

»Wenn ich mal nicht schlafen kann, nach 'ner durchgemachten Nacht, dann würde ich mir am Ende die *Beatles* reinziehen, dann wäre das Problem gelöst.«

Tante Rosa verteidigt ihre Schützlinge.

»Ach was, du machst doch Flachs, du kennst die doch gar nicht, das sind ganz liebe Jungs. Und spielen tun sie auch gut, nu sach ma nix Schlechtes über die!«

Wolli freut sich über ihren großmütterlichen Ton, der so gar nicht in die wilde Rock-'n'-Roll-Welt zu passen scheint. Und dann versorgt diese nette alte Dame auch noch die ganzen harten Jungs mit Stoff – zu komisch aber auch. Vor ihnen auf der Bühne beenden gerade die *Hurricanes* ihr Set. Sie wechseln sich stündlich mit den *Beatles* ab, am Ende der Stunde fällt kurz der Vorhang, wenn er sich wieder hebt, spielt die andere Band auf denselben Instrumenten weiter. Nach fünf Minuten hebt sich der Vorhang, und die *Beatles* stehen auf der Bühne, zu fünft, in der Besetzung, so wie Wolli sie aus dem *Indra* kennt, aber immerhin: Sie sitzen nicht, sie stehen. Die beiden Sänger, die sich als John und Paul ansprechen, teilen sich immer noch ein Mikro, das scheinen sie seit ihrem Auftritt im *Indra* beibehalten zu haben. Da der eine Links- und der andere Rechtshänder ist, funktioniert das gut und sieht auch noch speziell aus. Es gibt 'ne ganze Menge Mädchen vor der Bühne, die engere Fans der Band zu sein scheinen, ansonsten sind viele Rocker in Lederjacken und mit Tollen im Raum, einige Exis und jede Menge Matrosen, Freier, Betrunkene und Huren. Wolli hat sich in eines der Beiboote gesetzt und ein Bier bestellt. Neben ihm nehmen einige junge Typen in relativ normalen Klamotten und eine sehr attraktive Blondine Platz, sie scheinen dem Exi-Lager anzugehören. Die Frau ist ganz in Schwarz gekleidet und hat eine außergewöhnliche Ausstrahlung, kühl und etwas distanziert, irgendwie mondän. Wolli beobachtet sie, wenn sie in Richtung Bühne schaut. Sie scheint nicht gerade begeistert zu sein von ihrem Aufenthalt hier, wiederholt blickt sie auf die Uhr, als ob sie gleich wieder gehen wolle. Die *Beatles* fangen an zu spielen, die Anlage klingt weitaus besser als im *Indra*, laut und kraftvoll, und Wolli ist ehrlich erstaunt: Die Band kann ja doch spielen. Zumindest viel besser als damals. Im Nu ist die Tanzfläche vor der Bühne voll, und die Leute tanzen wild. Die *Beatles* spielen vor allem härtere Rock-'n'-Roll-Nummern, einige Stücke strecken sie durch lange Instrumentalpassagen, der junge Gitarrist, der etwas seitlich auf der Bühne steht, spielt gute Soli, und die anderen heizen ihn dabei immer noch weiter an, schreien auf ihn ein. Er versteht es, Feuer im Publikum zu entzünden.

Bruno Koschmider steht neben der Bühne, ihm gefällt das, was er sieht, ab und zu schreit er: »Macht Schau! Los, macht Schau!« Dann spielt die Band noch hitziger, sie lassen sich von ihrem Chef antreiben, wirken wie aufgezogen, was mit Sicherheit mit den Sprechkörnern zu tun hat, die sie jeden Abend von Tante Rosa beziehen. Der Gitarrist, den sie John nennen, schreit bei einem Solo des anderen Gitarristen, den sie George nennen, »Heil Hitler, you fuckin' Nazi bastards« ins Publikum, was die Menge mit Gejohle und Gelächter goutiert, Koschmider grummelt mit verärgertem Gesichtsausdruck in sich hinein, bleibt aber an seinem Platz. Die Typen neben Wolli, auch die mondäne Frau sind gebannt vom Anblick der Band. Wolli blickt die Frau ganz offen an, sie bemerkt es nicht, sie ist versunken in ihre Betrachtungen. Der Bassist der *Beatles* spielt meistens mit dem Rücken zum Publikum, als er sich jedoch bei »Besame mucho« kurz umdreht, sieht Wolli in den Augen der Mondänen etwas anderes als Begeisterung. Die schmilzt dahin, denkt Wolli, sie ist ganz hingerissen, verdammt noch mal.

Er schaut auf die Bühne und beobachtet den Bassisten, der sieht tatsächlich ziemlich gut aus, schlank, sehr männlich und dabei gleichzeitig zart, stolz und verletzlich, er hebt so gut wie nie seinen Blick, aber wenn er es tut, ist die Wirkung immens, einige der jungen Frauen im Raum warten unentwegt und einzig und allein darauf, von ihm erblickt zu werden, mit anderen Worten: Er hat eine sehr ungewöhnliche Ausstrahlung. So eine Aura wie die Mondäne, denkt sich Wolli. Ein Kellner kommt mit einem Tablett voller Bier vorbei. Der Typ neben Wolli winkt ihn zu sich und nimmt fünf Gläser mit Bier vom Tablett, bezahlt den Kellner direkt. Dann gibt er der Mondänen ein Glas, zwei reicht er weiter an die Männer, die neben der Mondänen sitzen, Wolli hält er auch eines hin.

»Ikke. Prost.«

Wolli schaut sich suchend um.

»Wie bitte?«

»Ich bin Ikke. Das ist Astrid. Das daneben sind Klaus und Jürgen. Und wer bist du?«

»Ich bin Wolli. Danke. Prost.«

Wolli stößt mit ihnen an. Er zieht eine Packung Zigaretten aus der Tasche und bietet sie der Runde an, Astrid nimmt sich eine. Dann schauen sie alle wieder auf die Bühne. Die *Beatles* werden über den Abend sogar noch besser, sie schaffen es, auf ein Energielevel mit den *Hurricanes* zu kommen, das Publikum applaudiert begeistert, wenn die Songs durch sind. In einer Spielpause spricht Ikke Wolli an.

»Bist du öfter hier?«

»Ja, ich arbeite auf'm Kiez, bin aber nicht so der *Beatles*-Fan, steh eher auf die *Hurricanes*.«

»Verstehe. Wir haben die gerade für uns entdeckt. Für mich sind die *Beatles* keine normale Band, da ist was Neues an denen, so wie die ihren Gesang setzen, so wie die spielen, da ist 'ne andere Art von Energie als bei den meisten anderen Bands, findest du nicht?«

»Doch, hab sie bloß vor einiger Zeit im *Indra* gesehen. Da waren sie noch ziemlich schlecht. Aber ich muss zugeben, sie sind deutlich besser geworden.«

»Was machst du hier auf St. Pauli?«

»Sagen wir mal, ich arbeite im Unterhaltungsgewerbe, ich kümmere mich um verschiedene Abläufe, zum Beispiel darum, dass Tante Rosa da vorne immer genügend Dibberkörner für die Musiker hat.«

Ikke ist eine Sekunde lang irritiert.

»Dibberkörner für die Musiker?«

Wolli übergeht das.

»Und was machst du so?«

»Du, ich bin Maschinist auf 'nem Frachtschiff im Panamakanal, davor hab ich die Maschine auf 'nem Passagierschiff gemacht, das Rundreisen in die Karibik angeboten hat. Und meine Freunde hier sind in der Kunst tätig, vor allem in der Fotografie.«

Astrid hört zu und lächelt Wolli kurz an. Wenn sie ihn anschaut, blickt er verlegen weg. Die anderen Männer sind auf sie fixiert, sie steht fraglos im Mittelpunkt, sie muss nichts dafür tun, sie ist eine geborene Königin. Ikke gefällt Wolli, seine entspannte, klare Art, seine natürliche Autorität vermitteln Wolli das Gefühl, ihm vertrauen zu können. Als der Kellner vorbeikommt, lässt Wolli die nächste Runde Bier springen.

Die Bootsinsassen verstehen sich gut, und nach dem Tanzabend geht man noch gemeinsam auf die andere Straßenseite der Großen Freiheit, dort gib es einen Innenhof namens *Paradieshof* mit einigen Kneipen, die schummrigste davon ist *Die Hölle*, Anlaufpunkt für alle Versacker, häufig auch für die Bands des *Kaiserkellers*. Man redet über die *Beatles*, Astrid und ihre Männer sind begeistert, Wolli heuchelt Begeisterung.

»Das hätte ich wirklich nicht erwartet. Was für ein Feuer die haben. So was hab ich noch nie gesehen.«

In Astrids Augen tritt etwas Schwärmerisches.

»Ja. Und der Sound ist anders, klingt so … modern.«

Der Typ, den sie Jürgen nennen, macht eine ausladende Geste.

»Außerdem finde ich, dass man denen ihre Intelligenz anmerkt. Das sind keine Stumpfköpfe, die denken sich was bei ihrem Stil, behaupte ich, die suchen was, was über den normalen Rock 'n' Roll hinausgeht.«

Klaus schaut in die Runde, und Ikke pflichtet ihm bei. Wolli weiß nicht genau, was die alle damit meinen, und hält sich lieber zurück. Später sprechen sie über Literatur und Fotografie, mit Ersterem kennt Wolli sich ganz gut aus, mit Fotografie gar nicht. Gespannt hört er zu. Jürgen erzählt, dass er 'n paar Fotos von den *Beatles* unten im *Kaiserkeller* gemacht hätte, die seien ganz gut geworden, die *Beatles* wären absolut begeistert, es seien ihre ersten eigenen Bandfotos. Astrid hält sich meist zurück, nicht auf eine arrogante Weise, sie ist eher ruhig und aufmerksam, wenn sie etwas sagt, wirkt es gleichzeitig bescheiden und klug. All die jungen Männer um sie herum sonnen sich in ihrem dunklen Glanz. Als der Morgen graut, trennt sich die Gruppe. Wolli weiß nicht, wohin, zur Cartacala möchte er nicht, zu Maulwurf kann er nicht. Ikke bietet ihm an, mit in seine Gartenhütte zu kommen. Wolli nimmt dankbar an. Mit den gerade erwachten graugesichtigen Früharbeitern fahren sie im Bus nach Rahlstedt. Die Hütte ist fast noch enger als die der Cartacala, es gibt kein fließendes Wasser, sondern nur einen alten Brunnen mit einer Schwengelpumpe vor dem Gartenzaun. Aber es ist gemütlich, und Ikke und Wolli verstehen sich ausgezeichnet. Sie setzen sich vor der Hütte auf eine Gartenbank und trinken in der aufgehenden Sonne noch ein gemeinsames Bier.

»Dies ist mein Zuhause, klein, aber fein.«

»Du wirst lachen, aber ich wohne auch in so einem Schuppen, zur Untermiete.«

»In einer Schrebergartenhütte zur Untermiete? Klingt famos.«

»Ja, bei einer wahnsinnigen Fummeltante, die mich nachts immer von hinten angrabbelt.«

Ikke lacht laut auf.

»Ich bin ab und zu mit den *Beatles* hier, die lieben die Hütte, pennen hier auch manchmal. Erinnert sie an die Arbeiterhäuser in Liverpool, wo sie herkommen, sagt Paul.«

Wolli findet, dass die *Beatles* gut in die Gartenhütte nach Rahlstedt passen, zu mehr wird's nicht reichen, aber er hütet sich, das Ikke zu sagen, er will ihn ja nicht beleidigen.

Wolli legt sich zum Schlafen auf die schmale Pritsche, und Ikke pennt auf dem Boden. So wie er es immer macht, wenn er Besuch hat, sagt er.

Wolli hat seine letzte Schicht in der *Roxy Bar.* Chinesen-Babs ist genervt, als sie hört, dass Wolli aufhören will. »Das macht man nicht. Schon gar nicht, wenn man gerade angefangen hat. Jetzt muss ich wieder 'nen Neuen finden und anlernen, das ist doch scheiße, Wolli.«

»Du hast ja recht, aber was würdest du denn an meiner Stelle machen? Ich werde Geschäftsführer. Die Chance kann ich doch nicht verstreichen lassen.«

»Is mir egal. Mit dem Nächsten schließ ich einen Arbeitsvertrag ab, dann kann der nicht einfach so abhauen. Ich bin echt sauer auf dich.«

Babs guckt Wolli böse an. Sie sieht beeindruckend aus mit ihrem schwarzen Pagenschnitt, der unter dem dunkelvioletten Wagenradhut herausschaut, dem purpurnen hautengen Lederkleid. Ihre Wangenknochen stehen weit hervor, sie hat ihre schmalen Augen wie immer stark mit dunklem Kajal abgesetzt und sieht tatsächlich ein wenig asiatisch aus, obwohl sie ein deutsches Mädchen aus der Lüneburger Heide ist.

»Es tut mir leid, Babs. Ich mach's wieder gut, glaub mir. Ich bin dir was schuldig, okay?«

Wolli schaut sie mit gesenktem Haupt an. Babs muss lachen, reißt sich aber gleich wieder zusammen und mustert ihn mit heruntergezogenen Mundwinkeln.

»Heute ist die Cartacala hier, du kümmerst dich um sie, du kümmerst dich überhaupt um alles, kapiert.«

Wolli nickt und geht hinter die Bar.

Um kurz nach 22 Uhr betritt Otto Habermas die Bar. Er geht wie meistens zielgerichtet zum Hinterzimmer, als er Wolli erblickt, würdigt er ihn keines Blickes. Wolli folgt ihm.

»Hey, ich habe heute Dienst, wenn du was brauchst, gib mir Bescheid.«

Habermas ignoriert ihn völlig, also geht Wolli wieder nach vorne an die Bar. Das kann ja ein heiterer Abend werden. Prophylaktisch schiebt er sich zwei Prelus aus der Röhre hinterm Tresen in den Mund. Babs mustert ihn dabei.

Um kurz nach 23 Uhr, der Laden hat sich schon relativ gut gefüllt mit Huren, Transen und einigen Freiern, beginnt die Cartacala mit ihrer Show. Sie trägt wie immer ihr schwarzes Vogelkostüm, sieht aber dieses Mal noch finsterer und unwirklicher aus als sonst. Sie beginnt zur *Götterdämmerung* von Wagner mit ihrem Tanz und verwandelt sich dabei sukzessive in jenes dunkle Fabelwesen, das Wolli bereits kennt. Schon früh beginnt sie damit, Scherben und Nägel auf der Bühne zu verstreuen. Eine der Tänzerinnen, die nach ihr auftreten soll, kommt auf die Bühne, um zu protestieren. Da brüllt die Cartacala sie mit einem animalischen Schrei hinter den Vorhang zurück. Dann wandert sie durch das Publikum, ab und zu rupft sie sich Federn aus und frisst sie. Die Cartacala spricht in einer merkwürdigen Traumsprache, man kann sie kaum verstehen, sie redet in sich hinein, orakelhaft, besessen, ohne dass irgendjemand dechiffrieren kann, wovon.

»Chi erdewi uchei leai erwünschenvi hri ommtki leai ni iedi öllehi chi abehi irektendi ontaktki umzi ürstenfi erdi öllhi hri Arrenni.«

Babs flüstert Wolli zu:

»Das ist die Kedelkloppersprook!«

»Die Kedel… was?«

»Die Kedelkloppersprook. Das ist die Geheimsprache der Kesselklopfer vom Hafen aus dem letzten Jahrhundert. Die Cartacala kann die sprechen.«

»Aha. Schon wieder eine Geheimsprache. Wie viele Geheimsprachen gibt es in dieser Stadt eigentlich?«

Babs reagiert nicht. Die Musik wird lauter, und die Cartacala beginnt ausladender zu tanzen. Manche der Anwesenden streichelt sie beim Vorbeigehen, andere rempelt sie an, kneift sie, einer Fummeltante zieht sie mit einem Ruck die Perücke vom Kopf und schmeißt sie durch den Raum. Die Fummeltante ist sauer, kommt aber nicht zu einer Beschwerde, weil die Cartacala sie mit einem kurzen Schlag ins Gesicht niedergestreckt. Alle weichen einen Schritt zurück, die Cartacala tanzt weiter, als wenn nichts gewesen wäre.

Sie kommt zum Tresen und schaut Wolli für einen Moment in die Augen, er erschrickt, ihre Augen sind leer, vielleicht hat sie die Pupillen nach oben gerollt, er sieht nur das Weiße. Die Musik schwillt weiter an. Die Cartacala kommt hinter den Tresen, das hat sie vorher noch nie gemacht, mit wenigen Schritten nähert sie sich Wolli und umarmt ihn, tanzt mit ihm ein paar Drehungen, dann verschränkt sie die Hände hinter seinem Rücken und drückt zu, erst sanft, dann immer fester, drückt seinen Bauch, legt ihren Kopf zurück und starrt ihn dabei an, ihre Pupillen tauchen aus dem Nichts wieder auf, werden schmal, ihr Blick verwandelt sich in den einer Boa, lauernd, wann sie ihr Opfer herunterschlingen kann. Der Würgegriff beginnt zu schmerzen, Wolli versucht, sich aus dem Griff zu befreien, und drückt ihre Arme auseinander, es gelingt ihm nicht. Die Cartacala drückt nur immer weiter zu, das Publikum beobachtet die Szenerie interessiert, die meisten halten es für einen Teil der Show.

Panik beschleicht Wolli, er bekommt kaum noch Luft. Er fährt der Cartacala mit seinen Händen ins Gesicht. Soll er ihr die Augen ausdrücken? Sie hat den Mund geöffnet, er legt seine Daumen auf ihre merkwürdige Kauleiste, Wolli drückt zu, die Leiste deformiert sich und bricht schließlich knackend nach innen, die Augen der Cartacala weiten sich, ihr Griff löst sich, sie springt einen Meter zurück und fasst sich mit den Händen in den Mund. Das Publikum ist begeistert, einige johlen, andere pfeifen und applaudieren. Blut rinnt aus dem Mund der Cartacala, sie spuckt die Kauleiste aus, starrt entsetzt darauf, lässt sich auf die Knie nieder, um die Bruchstücke wie ein aus dem Nest gefallenes Küken einzusammeln, sie hebt sie hoch, hält sie in ihren Händen, weinend, jammernd und verschwindet so im Hinterzimmer.

Das Publikum ist begeistert, so haben sie die Cartacala noch nie gesehen, was die sich so alles ausdenkt, um das Publikum in ihren Bann zu ziehen. Babs blickt Wolli vielsagend an, äußert sich aber nicht weiter und legt dann eine Platte von Ornette Coleman auf. Wolli genehmigt sich erst mal einen Pineau und dann direkt noch einen.

Später, nach einer Stunde oder mehr, kommt Habermas aus dem Hinterzimmer, wie immer ordentlich gekleidet, er setzt sich an den Tresen. Als er den Mund öffnet, sieht Wolli, dass er die Kauleiste mit irgendwas zusammengeflickt hat, geschmolzenes Plastik, Wachs oder Kaugummi, man kann es nicht richtig erkennen, es sieht einfach nur sonderbar aus. Babs bedient Habermas, Wolli stellt sich an die andere Flanke des Tresens, möglichst weit weg. Ist Habermas eifersüchtig? Unglücklich in Wolli verliebt? Was soll der Irrsinn? Wolli schüttelt die Gedanken ab, konzentriert sich auf seine Gäste. Der Laden ist mittlerweile brechend voll. Zeit der Taschenkrebse. Ein paar arglose Touristen betreten den Raum und werden innerhalb weniger Minuten komplett ausgenommen, nichts bleibt ihnen, weder die Handtasche der Dame noch das Portemonnaie des Herren. Wolli schaut sich das

Prozedere belustigt an. Im Gewimmel des Publikums sieht er auf einmal das Gesicht einer Frau, halb verdeckt, ein Gesicht, das ihn berührt, ein hartes, aber schönes Gesicht, die Frau blickt zu Boden, raucht, dann weicht ein vor ihr stehender Mann zur Seite, und sie hebt den Kopf, es ist Maulwurf.

Ihr Anblick fährt Wolli in den Magen, der zieht sich zusammen, aus Freude, aus Erregung, auch aus Angst. Am liebsten würde er zu ihr gehen und sie ansprechen, aber er kann den Tresen nicht verlassen. Eine Sekunde später schaut sie ihn an, ihre Augen sprühen Funken, und Wolli hält sich insgeheim mit einer Hand am Tresen fest, um nicht zu wanken, winkt ihr mit der anderen kurz zu. Sie lächelt nicht, blickt ihn ohne Gefühlsregung an. Dann verlässt sie den Laden. Wolli schaut ihr hinterher, verdammt erst sich, dann sie, greift sich ein Glas, füllt es bis zum Rand mit Rum und stürzt ihn hinunter.

Als am frühen Morgen der Laden endlich leer ist, bis auf Habermas, der wie immer noch am Tresen sitzt und wartet, auf irgendwas, auf Wolli, auf die Erlösung, legt Wolli seine weiße Schürze ab. Chinesen-Babs kommt zu ihm und nimmt ihren großen Hut ab.

»Wolli, es tut mir sehr leid, dass du schon wieder aufhörst, mit dir hätte ich ewig arbeiten können, du passt in diesen Laden und hast wirklich Talent.«

»Babs, ich bin doch nicht aus der Welt. Ich hab es auch sehr genossen mit dir, und, wer weiß, vielleicht stehe ich in zwei Monaten schon wieder vor deiner Tür.«

»Dann werde ich bereits jemand anderen haben, diese Chance bekommst du so schnell nicht wieder.«

Sie blickt ihn schmollend an, dann gibt sie ihm einen langen Kuss auf den Mund, sie öffnet die Lippen, ihre Zungen begegnen sich kurz, bis sie ihn von sich stößt.

»Ciao, Wolli.«

Sie setzt ihren Hut wieder auf, schmeißt ihm seinen Restlohn auf den Tresen und legt noch eine Prelu obendrauf. Wolli zieht sich seine Jacke an, er geht an Habermas vorbei, der ihn traurig anblickt. Wahrscheinlich wartet er darauf, dass Wolli mit zu ihm nach Hause kommt. Vielleicht möchte er sich entschuldigen. Wolli verlässt den Laden.

Es dämmert bereits, die frische Luft füllt Wollis Lungen nach all den Stunden im verschwitzten Rauch. Rechts von ihm, auf einer Bank an der Hausmauer sitzt – Maulwurf. Eine Flasche Wein in der einen Hand, eine Zigarette in der anderen. Sie schaut nicht hoch zu ihm. Er setzt sich wortlos zu ihr. Nimmt ihr die Flasche aus der Hand, trinkt einen Schluck, gibt ihr die Flasche zurück. Er zündet sich eine Zigarette an. Sie sitzen dort eine Weile, schweigend. Ab und zu blickt Wolli Maulwurf von der Seite an. Sie sieht umwerfend aus, mit dem leicht verwischten Make-up, den strähnigen blonden Haaren und dem bis zum Hals geschlossenen Mantel. Nach einiger Zeit schließt Wolli die Augen und sackt, ohne es zu wollen, gegen ihre Schulter. Sie wehrt sich nicht, lässt ihn dort ruhen. Irgendwann steht sie auf, er erwacht etwas verwirrt, sie blickt ihn ausdruckslos an. Sie nimmt seine Hand, und er geht mit ihr, wortlos. Die Wirkung des Preludin lässt nach, Wolli ist fertig und müde. Ein dichter Morgennebel liegt in den Straßen von St. Pauli, es ist sehr ruhig. Wolli kann kaum etwas erkennen, er lässt sich von Maulwurf führen, hat das Gefühl, durch Watte zu waten. Lange gehen sie, vielleicht hat Maulwurf sich verlaufen, vielleicht ist die Zeit stehen geblieben, zwischendurch ist es Wolli so, als ob Maulwurf ihn mitnähme in eine der Kriegsruinen, die überall in St. Pauli herumstehen, ein Haus ohne Dach, nach oben hin offen, sie lehnt sich dort an eine Mauer, er steht vor ihr, sie hat die Arme auf seinen Schultern und blickt ihn einfach nur an, minutenlang, beide trinken aus der Weinflasche, um sie herum wabert der Nebel. Schließlich kommen sie bei Maulwurf zu Hause an. Maulwurf bringt Wolli in ihr Schlafzimmer, er ist benommen, sinkt auf das Bett, legt sich rücklings hin, dann schläft er in voller Montur ein. Maulwurf legt sich neben ihn, ebenfalls voll bekleidet und betrachtet ihn lange, bis sie ebenfalls einschläft.

Am späten Mittag erwacht Wolli mit ziemlichem Brand. Von draußen erklingt ein sonores Schnattern, ein rollendes Geräusch aus weiter Entfernung, nach einiger Zeit begreift er, dass es eine menschliche Stimme sein muss, die dort spricht. Er fragt sich, wo er ist. Wolli dreht sich zur Seite und entdeckt neben sich Maulwurf, voll bekleidet, schlafend. Die Schminke in ihrem Gesicht ist mittlerweile völlig verwischt, aber das macht sie nur noch attraktiver. Wolli beginnt sich zu entkleiden, nach kurzer Zeit ist er nackt. Dann macht er sich vorsichtig an Maulwurf zu schaffen, öffnet die Knöpfe von ihrem Hemd, zieht ihr den Rock aus, erst als er sich an der Unterwäsche zu schaffen macht, wird sie wach, ihre Augen öffnen sich einen Spalt, sie ist eine Sekunde verwirrt, dann hilft sie ihm. Als sie nackt ist, beginnt er ihren Körper abzulecken, langsam, von unten nach oben, sie legt sich auf den Rücken und lässt es mit geschlossenen Augen geschehen. Er konzentriert sich langsam auf die Lendengegend, kommt ihrem Schamhügel näher, spreizt ihre Beine, lässt seine Zunge die Innenflanken hinauffahren, kommt schließlich in ihrem Zentrum an. Er leckt sie lange und ausgiebig, sie wird immer lauter, er befriedigt sie mit der Hand und leckt sie dabei weiter, dann hebt sie ihre Hüften, er hat die Arme unter ihrem Hintern und hält sie, während er sie befriedigt, sie klammert sich mit den Händen an den Gitterstäben ihres Messingbettes fest, ihre Augen sind weit geöffnet und blicklos, als sie kommt, sind ihre Rufe lang gezogen und laut, sie vermischen sich mit dem sonoren Schnarren, der merkwürdigen Stimme draußen. Danach lässt sie sich auf das Bett sinken, zieht ihn zu sich, fährt seinen Körper mit den Händen ab, kommt bei seinem steifen Schwanz an, sie lächelt ihn kurz an und besorgt es ihm dann mit dem Mund, erst spielerisch, dann zielstrebig, übt mit dem linken Daumen Druck auf seinen Damm aus, den Punkt zwischen Poloch und Hoden, was die Erektion noch steigert und massiert seinen Schwanz mit der rechten Hand. Er spürt das alles, den Druck, seinen Schwanz, die Zunge, ihren Hals, ihren Willen, ihre Lust auf ihn, bis er so stark kommt, dass er sich selbst in die Augen spritzt. Ineinander verschlungen schlafen die beiden ein.

Als sie erneut erwachen, ist das sonore Schnarren noch lauter geworden. Wolli reibt sich die Augen, es bröckelt förmlich, aus dieser Substanz also ist der Schlaf, den er sich allmorgendlich aus den Augen reibt. Da es nichts zu essen in der Wohnung gibt, beschließen sie, zum *Café Möller* an der Freiheit zu gehen und ein paar Brötchen zu holen. Auf der Straße wird das Schnarren mit jedem weiteren Schritt zu einer verständlicheren menschlichen Stimme, die durch die Lautsprecher immer noch verzerrt hallt.

»… denken wir daran, wenn wir als Christen diese soziale Reform nicht hinbekommen, dann wird der Kommunismus seine blutige Reform vor uns durchführen! Meine Damen und Herren, aber auch eine dritte Reform ist notwendig …«

Von allen Seiten pilgern Menschen dem Ereignis zu, je näher man der Reeperbahn kommt, desto dichter gedrängt stehen sie. Der Verkehr ist stillgelegt, auf der Kreuzung vor der Davidwache haben sich Tausende versammelt. Ein Bühnenwagen steht auf der Seite des Spielbudenplatzes, darin ein einzelner Mann, gekleidet in einer schwarzen Robe mit weißem Kragen.

»Wer das Christentum ernst nimmt, darf sich auch auf sexuellem Gebiet vom Geist eines Lenin nicht anstecken lassen. Wenn diese Reeperbahnmoral in Illustrierten und Kinos bis zum Ekel praktiziert wird, dann dürfen wir, wie die Bibel sagt, keine stummen Hunde sein, sondern müssen in Deutschland Alarmstufe Rot verkünden. Aber, Gott sei es gedankt, die besten Frauen in Deutschland lassen sich nicht degradieren und wie eine zerknitterte Papierserviette wegwerfen. Die echten Männer wissen, dass sie Ritter und nicht Raubritter sein dürfen, die Welt besteht nicht nur aus Gangstern, Dirnen und Skandaldamen des Films, es gibt noch eine saubere Jugend, die sich dagegen wehrt, dass Deutschland zum Schweinestall von Europa wird.«

Zum Ende hin hat der Redner seine Stimme angehoben und ist aus dem pastoralen in einen eher militärischen Tonfall gewechselt. Maulwurf blickt Wolli lächelnd an, der grinst über das ganze Gesicht.

»Wer ist denn das?«, fragt Maulwurf.

»Leppich! Pater Leppich! Das Maschinengewehr Gottes. Kennst du den etwa nicht?«

»Nee, woher denn?«

»Der ist besessen. Ein echter Hetzer, die Massen folgen ihm. Ein neuer Führer, aber dieses Mal christlich!«

Sie lauschen dem Pater mit seiner hohl und blechern tönenden Stimme.

»Hier in diesem berüchtigsten Amüsierviertel von Deutschland muss man es sagen: Wir haben noch Christen genug, die ihre Gotteskindschaft nicht im Gullyloch des Sexualismus absaufen lassen. Lenin hat also doch nicht gesiegt, denn neben der Reeperbahn gibt es noch Heilige im Asphalt unserer Großstädte ...«

Eine steife Polizeistimme durch ein Megafon unterbricht:

»Achtung, Achtung, Pater Leppich, Ihre Redezeit ist beendet.«

Diese Unterbrechung von der Davidwache ist augenscheinlich eingeprobt, zu abgelesen wirkt der Text des Polizisten.

»Ja, meine Herren von der Polizei, ich habe es gehört, ich muss schließen, aber nein, nein, ich schließe nicht ...«

Jetzt spielt Leppich den Revolutionär, der sich nicht den Mund verbieten lässt, so hat er es vorher mit den Beamten aus der Wache abgesprochen. Er nimmt wieder den weihevollen Tonfall an.

»Schauen Sie, dort hinten steht eine Kirche mitten im Bordellviertel, wir gehen dort hinein und werden beten und sühnen, eine Kirche mit dem Allerheiligsten, dort brennt das ewige Licht, das ist etwas anderes als die roten Barlampen des Satans! Aber bitte nur die Männer, wir Brüder haben es übrigens nötiger ...«

Leppichs Zuhörer schmunzeln süffisant über den in ihren Augen gelungenen christlichen Witz.

»... und so viele Tausend Menschen fasst die Kirche ohnehin nicht. Meine lieben Freunde, am Ende möchte ich Ihnen noch das Gleichnis vom verlorenen Sohn erzählen, oder sagen Sie: Gibt es nicht bald mehr verlorene Töchter in Deutschland?«

Ein paar Huren sind von der Herbertstraße herbeigekommen, nähern sich interessiert der Versammlung. Der Pater salbadert weiter.

»Du Mädel dort hinten, du hast am Anfang gepfiffen. Du kamst von der Großen Freiheit und hast schon viele Männer im Leben gehabt. Ich will dir etwas sagen, denn ich sehe, dass du jetzt am Ende still geworden bist: Nach zehn Jahren wird dich deine Bordellmutter zum Teufel jagen, und du wirst dich vor dir selbst in deiner Dachstube ekeln. Und dann wird kein Freund mehr auf dich warten. Oder ... vielleicht noch EIN Freund ... hoffentlich ... und das ist Jesus Christus.«

Eine der Huren ruft:

»Dann soll er doch mal in die Herbertstraße kommen, der Herr Jesus, wir warten da auf ihn, er muss auch nicht bezahlen, er kriegt das volle Paket, ganz umsonst.«

Die anderen Huren kreischen vor Lachen, ein paar der normalen Bürger weichen zurück und begaffen sie angeekelt, der Pater reagiert nicht auf derartige Zwischenrufe. Still und erhaben verlässt er seine Kanzel und geht seinen Schafen voran auf die Kirche zu. Wolli und Maulwurf bleiben stehen und lächeln sich an. Mit so viel guter Unterhaltung hätten sie an diesem Sonntagnachmittag gar nicht gerechnet. Sie folgen dem Christenzug bis zum *Café Möller* vor der Großen Freiheit, dann holen sie sich Brötchen und kehren in Maulwurfs Wohnung zurück.

Die nächsten Wochen kehrt ein bisschen Ruhe bei Wolli ein. Das *Chez Lianne* wird bald eröffnet, Wolli hat viel mit Karl zu tun, der ihm die Abläufe, Preise, Regeln erklärt. Auch müssen noch restliche Dekorationsarbeiten im Laden vorgenommen werden. Karl zahlt ihm für die Übergangszeit eine Art Grundlohn, damit er durchkommt. Wenn er mehr Geld braucht, kobert Wolli ab und zu, oder er vertickt mit Onkel ein paar Pillen und 'n bisschen Dope. Abends beziehungsweise in den frühen Morgenstunden, wenn er fertig ist, trifft er sich mit Maulwurf. Es klappt gut mit ihnen. Sie geht auf den Strich, fünf Nächte die Woche, ihre Schicht geht meist bis zwei Uhr morgens, dann hat sie zwischen fünf und acht Freier zusammen, mehr Geld braucht sie nicht, wenn's richtig gut läuft, kommt sie mit bis zu tausend Mark nach Hause, meist sind es eher um die fünfhundert. Manchmal liegt Wolli schon im Bett, hat 'nen Joint geraucht, träumt vor sich hin. Wenn Maulwurf nach Hause kommt, geht sie erst mal unter die Dusche, zieht sich ihr flauschiges Abendkleid an, dann kommt sie zu ihm und legt das Geld auf den Nachttisch. Dort liegt immer Geld, manchmal richtig viel, so viel Geld hat Wolli noch nie auf einem Haufen gesehen.

»Wenn da zwanzig Mille liegen, nennt man das einen Hügel«, sagt sie.

In der Wohnung liegen häufig Hügel herum. Manchmal kommt Wolli das Ganze surreal vor. Seine Freundin geht auf den Strich. Das ist einer der härtesten Jobs, die es in diesem Land gibt. Die normalen Bürger verbinden mit diesem Begriff nur Verkommenheit und Elend. Aber Maulwurf bringt so viel Geld nach Hause, dass sie eigentlich auf dem Niveau von Chefärzten oder Rechtsanwälten leben. Sie sind reich. Maulwurf hat sich vor Kurzem einen Chinchilla-Mantel gekauft. Für 15 000 Mark. Der sieht sehr mondän aus. So etwas tragen nur Königinnen. Oder Huren. Wenn sie mit dem Chinchilla zur Arbeit geht, kann sie das Doppelte verdienen. Aber weil der Mantel schnell geklaut würde, lässt sie ihn lieber zu Hause. Jetzt, wo Wolli bei Maulwurf wohnt, drängt sie ihn, auf sein Aussehen zu achten. Sie findet zwar, dass er gut aussieht, aber nicht standesgemäß angezogen ist. Sie möchte ihn neu einkleiden. Wolli geniert sich ein wenig, er findet die Idee merkwürdig, sich von seiner Freundin einkleiden zu lassen, müsste das nicht normalerweise andersrum sein?

»Weißt du, Wolli, der Loddel, der ist die Hure der Huren, zumindest sollte er das sein. Er ist für seine Hure da, wenn sie ihn braucht, er beschützt sie, er erwartet sie, wenn sie von der Arbeit kommt, und er lebt von ihrem Geld. Er braucht zwar selber nichts zu tun, aber er ist auch vollkommen abhängig. Deshalb sollte er immer dankbar sein.«

»Das, was du da beschreibst, klingt eher nach 'ner Wanze.«

»Ja, die meisten Loddel werden zu Wanzen. Irgendwann. Wenn sie sich mit den anderen Loddeln zusammengetan haben. Wenn sie vergessen, von wem sie leben. Und wem sie dankbar sein müssten. Dann fangen sie an, ihre Frauen zu schlagen. Und schlechte Geschäfte zu machen. Und zu spielen. Dann ist das ganze Geld bald wieder weg. Nimm dich in Acht vor den anderen Loddeln.«

Wolli weiß nicht genau, was er mit dieser Warnung anfangen soll. Er kennt keine anderen Loddeln. Außer Schweine-Hans und Ochsen-Harry. Und Karl. Aber sind die überhaupt Loddeln? Darüber hat sich Wolli noch nie Gedanken gemacht. Vorerst ist er auf jeden Fall zufrieden mit seinen Lebensumständen. Auch wenn er sich nicht in die Abhängigkeit begeben möchte, deshalb arbeitet er ja selbst. Eigentlich möchte er gar nichts von ihrem Geld nehmen. Oder nur, wenn's wirklich nicht anders geht. Aber er könnte sich vorstellen, ihr Geld für sie anzulegen. Ideen hat er genug.

Maulwurf überredet ihn, mit ihr zum Schneider zu gehen, aber als er die Preise in der Schaufensterscheibe sieht, weigert er sich, den Laden zu betreten. Sie wandern durch ein paar Herrenbekleidungsgeschäfte, lassen sich Stücke zeigen, von denen Maulwurf glaubt, dass sie Wolli gut stehen. Schließlich kauft sie ihm einen schwarzen Lederblouson und den dazu passenden Gürtel. Mehr will er nicht. Als sie mit ihm vor einem Juwelier auf der Reeperbahn stehen bleibt und ihn auf die Rolex-Uhren aufmerksam macht, ist er genervt.

»Schau mal, das ist die Rolex Daytona, die trägt auch Paul Newman, was hältst du von der?«

»Ich trag doch keine Rolex! Ich komm aus'm Osten, aus'm Sozialismus, was denkst du von mir? Das ist was für verweichlichte westliche Möchtegerns und Angeber.«

Er sagt das mit einem ironischen Unterton, den sie aber übergeht.

»Aber Frauen in Pelzmäntel geil finden.«

»Na, das is ja was anderes, das ist Erotik, da zählen die Regeln der Politik nicht.«

»Aha. Wenn du Kommunist bist, was willst'n hier?«

»Ich will am liebsten Gleichheit und Freiheit. Nicht nur eines von beidem. Das Problem ist: Drüben gibt's nur Gleichheit, hier nur Freiheit, da wähl ich dann lieber die Freiheit. Das heißt aber noch lange nicht, dass ich 'ne Rolex tragen muss, oder?«

Maulwurf ist beleidigt.

»Aber das Geld aus'm Westen, das willst du dann doch, oder?«

»Nur als Übergangslösung, bis die Revolution kommt.«

Er lächelt sie entwaffnend an, das reicht ihr als Entschuldigung.

Am Dienstag wird das *Chez Lianne* eröffnet. Am selben Tag wird in Amerika John F. Kennedy zum Präsidenten gewählt. Wolli hat das Gefühl, dass von diesem Kandidaten der Geist einer neuen Zeit ausgeht, er ist jung und liberal und hat fortschrittliche Werte. In Wollis Lebensumfeld gibt es niemanden, mit dem er darüber reden kann, keiner interessiert sich für Politik, weder Karl noch Onkel, geschweige denn Maulwurf. Vielleicht Babs, vielleicht Ikke und Astrid, aber die hat er länger nicht gesehen. Seit er mit dem *Chez Lianne* beschäftigt ist, kommt er nicht mehr oft dazu, in die anderen Läden auf der Freiheit zu gehen.

Abends erscheint dann viel Kiezvolk, Huren, Loddel, Wirtschafter, Porter, Tresenleute aus all den anderen Bars, Clubs und Steigen wollen sich den neuen Laden anschauen, wollen wissen, was Karl vorhat, ob er weiter aufsteigt, wie man sich zu ihm stellen muss. Das *Chez Lianne* hat Glam, Karl hat den Namen in Neonröhren über dem Eingang anbringen lassen, ein roter Teppich flankiert von Messingständern führt hinein. Die gesamte Bar wurde umgebaut, ein neuer Tresen aus dunklem Edelholz steht im Zentrum des Gastraumes, davor gibt es eine Tanzfläche mit einer verspiegelten Decke und drum herum viele Tische und Separees. Am Tresen und an einigen der Tische sitzen Huren, die Karl ganz besonders glamourös eingekleidet hat. Es gibt sogar ein Klavier und einen Pianisten, der Jazz spielt. Karl selbst empfängt am Eingang, er trägt einen weißen Anzug, dazu ein schwarzes Hemd und schwarze Lackschuhe, er sieht männlich und smart aus, viele der anwesenden Frauen taxieren ihn schmachtend. Wolli steht hinterm Tresen, dunkelblaue Anzughose und die dazu passende Weste, weißes Hemd, hilft beim Ausschenken, rennt durch den Laden, schaut, ob am hinteren Tresen alles funktioniert, checkt noch mal die Türme im oberen Stockwerk, heute werden die eh nicht benutzt werden, aber ab morgen geht's dann los. Auch ein paar der großen Bosse lassen sich blicken, Typen, von denen Wolli vorher nur gehört hat und die ihm jetzt von Karl vorgestellt werden.

»Wenn ihr irgendetwas braucht, auch in Zukunft, wendet euch an Wolli, er ist mein Partner und Mitbetreiber.«

Karl kündigt ihn tatsächlich so an, der Vertrauensvorschuss ist Wolli fast zu viel. Die Bosse mustern ihn prüfend, jeder Neue, der die Treppe eine Stufe hinaufklettert, wird erst mal eingehend gecheckt, was ist das für einer, was will der, was kann der, ist er stark, ist er Konkurrenz? Manni Weissleder ist gekommen. Er schaut sich skeptisch an, was sein Geschäftsführer im Schilde führt. Wittert womöglich einen Aufstand. Wissenstransfer. Will ihm Karl den Rang ablaufen? Sollte er Karl aus dem *Klein-Paris* schmeißen? Alles Fragen, die geklärt werden wollen.

Wolli trinkt nicht, hat sich aber eine Prelu eingeschmissen, um auf Zack zu sein. Maulwurf ist auch da, trägt heute tatsächlich ihren Chinchilla über einem dunkelvioletten Kleid, sie sieht blendend aus, und Wolli spürt die Blicke der Männer auf ihr. Merkwürdigerweise macht ihn das nicht eifersüchtig, vielleicht deshalb, weil er ja weiß, dass sie auch sonst mit anderen Männern zusammen ist. Er hat sich seine Eifersucht abtrainiert. Aber er dürfte es nicht zulassen, wenn sich ein anderer Kerl hier an sie ranmacht, dieser Abend ist eine Prüfung, er persönlich wird geprüft. Maulwurf will, dass er sich als ihr Kerl zu erkennen gibt, und so nimmt er sie in den Arm und wandert mit ihr einmal durch die gesamte

Gemeinde. Er riecht deutlich den sexuellen Neid der anderen, man kann den Testosteronnebel im Hof förmlich sehen. Früher oder später wird er sich für diese Beziehung gerade machen müssen, das steht fest. Schweine-Hans läuft bald die Spucke aus dem Mund, als er Maulwurf sieht. Wolli überlegt kurz, ob er ihm auf die Füße treten muss, dann aber drängt er sich einfach zwischen die beiden, und der Gaffer kommt wieder zur Besinnung.

Je später der Abend, desto betrunkener die Gäste. Nach Mitternacht wird es langsam ein wenig ungemütlich, ein paar der Anwesenden haben bereits sehr viel intus, nun sitzen die Fäuste locker. Argwohn, Neid und Rangstreitigkeiten liegen in der Luft und werden ausgetragen. Eine Gruppe von jüngeren Loddeln hat ein Problem mit Ochsen-Harry, sie stehen breitbeinig um ihn herum in einer Ecke des Innenhofes und reden lauthals auf ihn ein. Karl gibt Schweine-Hans, Onkel und Wolli ein Zeichen.

»Los, kümmert euch darum, ich will hier keine Streitereien!«

Schweine-Hans nickt, geht voran, er greift sich den größten aus der Runde von hinten, dreht ihn um und hält ihn an den Schultern fest.

»Du willst jetzt nach Hause gehen.«

Sein Schlachtertonfall klingt dumpf. Er hat diesen Satz schon oft gesagt.

»Was is los, wer bist du denn?«

Der Junglude will sich auf keinen Fall beeindruckt zeigen. Schweine-Hans stiert nur stumpf aus zugeschwollenen kleinen Äuglein auf den Kontrahenten.

»Kleiner, schon mal dänisch geküsst?«

Der andere blickt ihn irritiert an, Schweine-Hans zieht den Kopf des Jünglings in seine Richtung und bricht ihm mit einer kurzen, aber harten Kopfnuss das Nasenbein. Der Junge schreit auf, verstummt aber sofort wieder, die Blicke der anderen auf dem Hof liegen auf ihm, jetzt bloß keine Schwäche zeigen. Seine Nase hat eine deutliche Delle nach innen, und das Blut rinnt in Strömen über seine Lippen. Schweine-Hans setzt mit einem wuchtigen Schwinger in den Magen des Jungen nach, der Schlag ist so stark, dass sich der Getroffene spontan übergeben muss und in seiner eigenen Kotze zusammenbricht. Einer seiner Begleiter, die mittlerweile kleinlaut um ihn herumstehen, hilft ihm auf und führt ihn vom Hof, die anderen trotten hinterher. Onkel reicht Schweine-Hans ein Taschentuch, und der wischt sich mit einer nebensächlichen Bewegung das Blut von der Stirn.

»Danke, Hans. Wenn ich dich nicht hätte.«

Schweine-Hans reagiert nicht, der Fall ist für ihn erledigt. Karl, der das Ganze aus den Augenwinkeln beobachtet hat, nickt kurz und dreht sich wieder zu seinem Gesprächspartner. Wolli ist froh, dass er sich nicht engagieren musste. Insgeheim beschließt er, sich irgendwann auch so eine Gestalt wie Schweine-Hans zu besorgen. Wenn man so jemanden hätte, müsste man sich selbst eigentlich kaum noch die Hände schmutzig machen, nur noch bestimmen, wo es langgeht.

Der Rest des Abends bleibt ruhig, die Zirkusrunde hat dem Volk gereicht, das Bedürfnis nach Blut ist kurzfristig gestillt. Um sechs Uhr morgens gehen die letzten Gäste, auch Maulwurf ist bereits verschwunden, zurück bleiben Karl und Wolli.

»So, mein Freund. Das war ein guter Abend. Du hast den Überblick behalten. Ab morgen liegt das Schiff in deinen Händen. Wir treffen uns einmal die Woche am Sonntag zum Abrechnen. Du legst genug Geld zurück, um alle Unkosten bezahlen zu können, denk an die einzelnen Posten, die ich dir gesagt habe, keine Zettel, keine Aufzeichnungen, alles im

Kopf behalten. Am Sonntag wird der Wochengewinn aufgeteilt. Ich werde selten hier auftauchen. Wenn du Hilfe brauchst, wenn es Ärger gibt, lass es mich wissen, ich schick dir jemanden.«

Die beiden stoßen mit einem Glas Whiskey an. Wolli ist noch eine Idee gekommen, die er Karl unterbreiten möchte. Jetzt scheint der Moment günstig.

»Karl, was hältst du davon, wenn wir nicht nur Striptease bringen, sondern Paare auf der Bühne wirklich losmachen lassen? Das hat vorher noch niemand gebracht. Wäre doch 'ne echte Attraktion, oder?«

Karl ist für eine Sekunde überrascht. Er denkt nach, die Idee kreist in seinem Kopf, ein leichtes Lächeln liegt auf seinen Lippen.

»Das ist eine wirklich interessante Idee. Lass mich ein wenig darüber nachdenken.«

Als Wolli den Laden abgeschlossen hat und den Schlüssel in seine Tasche steckt, durchfährt ihn ein Energieschub. Dies ist der Schlüssel zu einem neuen Lebensabschnitt. Ab sofort ist das Elend vorbei, ab morgen beginnt sein eigentliches Leben. Er ist frei. Denkt er sich. Während er mit seinem Whiskeyglas mit den klackernden Eiswürfeln in der einen Hand und mit einer Zigarette in der anderen über die Reeperbahn nach Hause geht. Es ist ein leicht nieseliger Morgen, die Reeperbahn liegt grau, leer, wie ein gebrauchtes und zerfleddertes Ballkleid da. Ein Stadtreinigungswagen kehrt den Dreck der letzten Nacht auf. Ein Fest ist vorbei. Das nächste beginnt in ein paar Stunden. Wolli fühlt sich wunderbar.

Am 20. Januar 1961 wird John F. Kennedy zum 35. Präsidenten der Vereinigten Staaten von Amerika erklärt. Frank Sinatra gibt die größte Party, die Washington je gesehen hat. Das gesamte liberale Showbusiness feiert den jüngsten US-Präsidenten aller Zeiten, viele schwarze Showstars treten auf, Sidney Poitier, Nat King Cole, Ella Fitzgerald, Harry Belafonte und Sammy Davis hoffen auf eine Aufhebung der Rassentrennung. Wolli schaut sich am Tag danach nachmittags eine Sondersendung darüber im Fernsehen an, er liegt auf dem Sofa und raucht einen Joint, Mauli sitzt neben ihm, kaut Kaugummi, raucht eine Marlboro, macht sich die Nägel.

»Das ist eine echte Chance für die Amis. Und für die ganze Welt. Eine Chance auf Erneuerung. Dass die endlich mit ihrer Rassenpolitik aufräumen.«

»Du, interessiert mich nicht so, was die da machen.«

»Wie kann dich das nicht interessieren? Das ist immerhin die größte politische und wirtschaftliche Macht der westlichen Welt.«

»Na und?«

»Schaust du keine amerikanischen Spielfilme im Kino? Hörst du keine amerikanischen Schallplatten? Trägst du nicht amerikanische Kleider? Und deine Zigaretten? Und die Kaugummis? Und der Nagellack?«

Maulwurf blickt erstaunt auf ihre Zigaretten.

»Mag ja sein, aber ihre Politik interessiert mich nicht.«

Sie zieht die Schultern hoch, schnalzt genervt mit der Zunge.

»Sollte sie aber. Denn wenn Nixon an die Macht gekommen wäre, würden die Schwarzen weiter wie Menschen zweiter Klasse behandelt werden. Und die Kriegswahrscheinlichkeit wäre auch weitaus höher unter Nixon, der ist nämlich 'n Hetzer, der will mit den Russen in den Clinch, verstehst du? Wenn der an der Macht wäre, gäb's das vielleicht alles bald nicht mehr, die schönen Filme, die tollen Platten, die angesagten Kleider, dann gäb's nämlich wieder nur Krieg, verstehst du das nicht?«

Mauli denkt nach, pustet auf die frisch lackierten Nägel.

»Na ja, dann ist ja alles gut gelaufen, jetzt wo der Kennedy an der Macht ist.«

Sie sieht im Fernsehen, dass JFK neben Frank Sinatra und Gene Kelly einen Ballsaal betritt. Sie verehrt Sinatra abgöttisch.

»Oh, da ist Franky, das wusste ich ja gar nicht, dass die Freunde sind, das überzeugt mich jetzt aber wirklich, das scheint ja 'n cooler Typ zu sein, der Kennedy.«

Das Wort »cool« hat sie von einem amerikanischen GI-Freier aufgeschnappt. Wolli hat keine Ahnung, wovon sie spricht.

»Was für 'n Typ?«

»'n cooler Typ, Mann. Das sagt man jetzt so, wenn etwas angesagt ist.«

Wolli findet das affig. Er hat in letzter Zeit des Öfteren solche Anglizismen gehört und wehrt sich dagegen, es erscheint ihm zu liebedienerisch, zu anbiedernd den Amis gegenüber, die ansonsten eher skeptisch betrachtet werden.

Im *Chez Lianne*, das täglich von 15 Uhr bis morgens um fünf geöffnet hat, läuft es sehr gut, der Laden ist von der Szene und vor allem vom Publikum in den letzten Monaten gut angenommen worden, was bei der etwas versteckten Lage nicht ganz selbstverständlich ist. Vielleicht hat es auch mit den Anzeigen zu tun, die Karl in einigen Zeitungen geschaltet hat, um liebeshungrige Freier anzulocken. Da das *Chez Lianne* geschmackvoll eingerichtet ist und einen gewissen Glam, eine gewisse Klasse hat, keinen Nepp betreibt, gute Getränke verkauft, eine anspruchsvolle Striptease-Show und darüber hinaus auch noch ansprechende Damen zu bieten hat, lassen sich ab und zu Prominente blicken. Karls Plan, ein potenteres Publikum anzusprechen – Anwälte, Unternehmer, Manager –, scheint aufzugehen. Vor einigen Tagen war tatsächlich Hansjörg Felmy mit einigen Kollegen aus dem Film-Business im *Chez Lianne*. Die haben viel getrunken und ziemlich den Lauten gemacht, ihnen hat die Jazz-Musik gefallen und die ansprechenden Tillen, der Kameramann und sein Kumpel sind auch noch mit aufs Zimmer gegangen. Die haben viel Geld dagelassen. Felmy hat am Ende gesagt, dass er unbedingt mit Horst Frank wiederkommen will, das wäre genau nach dessen Geschmack.

Am Ende eines jeden Monats, an einem Sonntagabend, gibt's die große Abrechnung mit Karl. Gemeinsam gehen sie alle Zahlen durch, vergleichen sie mit denen, die sie erwartet hatten, überschlagen Anschaffungs- und Reparaturkosten, Löhne und Gehälter, die Getränkeeinkäufe und Rücklagen für Unvorhergesehenes. Der Gewinn ist tatsächlich enorm, weitaus höher, als Wolli je erwartet hatte. Sie kommen auf einen Tagesverdienst von pro Kopf dreihundert Mark für sie beide. Wolli hat den Gewinn im Tresor zurückgelegt, er hat sich bis jetzt noch keine einzige Mark davon genommen. Unglaublicherweise blättert ihm Karl jetzt 9000 Mark auf den Tisch.

»So, Partner, das ist dein Anteil vom Lobi, neun fette Schienen. Ich würde sagen, für den Anfang durchaus respektabel.«

Wolli wartet. Er schaut Karl irritiert an. Karl schiebt das Geld weiter in seine Richtung.

»Nimm! Is deins!«

»Im Ernst? Kann ich nicht wirklich glauben.«

»Es ist deins, ich hab's dir doch gesagt, wir machen 'nen richtigen Riss! Hol mal 'ne Pulle Schabau, aber vom Feinsten.«

Wolli holt aus dem Kühlschrank den besten Champagner, den er vorrätig hat. Karl lässt den Korken springen, sie stoßen an, Karl reicht Wolli eine Zigarre.

»Wolli, heute machen wir einen drauf, heute is Zahltag, schenk ein, trink, so viel du magst. Und nachher machen wir 'nen kleinen Zug durch die Gemeinde. Du darfst bloß nicht schlappmachen, das musst du mir versprechen.«

Karl braucht Wolli nicht lange zu bitten, klar hält er durch, gar keine Frage. Schnell ist auch eine zweite Champagnerflasche geöffnet, und die beiden unterhalten sich wie alte Freunde. Wolli kommt es vor, als ob er Karl schon ewig kenne, seine anfängliche Vorsicht ist langsam gewichen, und der Gewinn hat ihn letztlich überzeugt, Karl nun ganz und gar zu vertrauen. Irgendwann kommen auch noch Schweine-Hans und Ochsen-Harry hinzu, sie haben schon gut vorgetankt und steigen direkt mit härteren Geschützen ein. Es wird eine Flasche Kümmel-Korn auf den Tisch gestellt, und man beginnt, sich Garstigkeiten aus der Jugend zu erzählen, wer wen mal unter welchen Umständen plattgemacht hat, Kram dieser Art. Wolli hat genug erlebt, um mithalten zu können. Um kurz nach Mitternacht, alle Anwesenden sind bereits in fortgeschrittener Saufstimmung, schlägt Karl vor, mal wieder eine Prozession zu veranstalten. Hans und Harry sind hocherfreut, eine Prozession, das wäre das Beste für den heutigen Abend, unbedingt wolle man eine Prozession veranstalten.

Wolli weiß nicht genau, was ihn erwartet. Karl faltet sich aus einer Serviette einen weißen Kragen, den er sich um den Hals bindet, dann entzündet er eine Kerze und geht in Richtung Tür. Schweine-Hans und Ochsen-Harry schließen sich ihm an, Wolli tut es den anderen nach. Sie verlassen den Laden und ziehen in dieser Formation exakt gleichförmigen Schrittes, langsam, andächtig und schweigend über den Kiez, die Reeperbahn entlang, Leute beobachten sie interessiert, aber keiner wagt, sie anzusprechen. In der Großen Freiheit kehren sie in die *Feen Grotte* ein, einem sehr kleinen Lokal. Ochsen-Harry bleibt an der Tür stehen und hält sie von innen zu, die anderen marschieren am Tresen vorbei, und während der Kellner vorsichtig in der Küche verschwindet, machen sie halt vor einem der Tische, an dem ein Touristenpaar bei einem Schoppen Wein sitzt. Karl blickt auf den Mann herab.

»Kirchenbehörde St. Pauli, ich erkläre Sie umgehend für festgenommen.«

Der Mann weiß nichts zu entgegnen, seine Begleiterin blickt ihn ratlos an.

»Sie sind hiermit festgenommen, Sie haben Ihre Kirchensteuer nicht beglichen.«

»Ich verstehe nicht ganz.«

Karl reicht Schweine-Hans seine Kerze, nimmt den Weinkrug vom Tisch und kippt ihn dem Mann über den Kopf, die Frau schreit schrill auf. Der Mann sieht aus wie ein begossener Pudel, wagt aber nicht zu reagieren, ein Blick auf Schweine-Hans genügt ihm, um seine Chancen bei einem Schlagabtausch zu erahnen.

»Ich sagte, Sie sind uns immer noch Ihre Kirchensteuer schuldig. Wenn Sie diese nicht sofort begleichen, und zwar passend, führe ich Ihnen weiteren Messwein zu, und zwar auf Ihre Kosten.«

Im Lokal ist es still geworden, man hört nur ein Radio im Hintergrund dudeln, die anderen Gäste sind vollkommen verstummt. Der Mann sucht seinen Anzug ab, seine Hände zittern, die Frau ist in sich zusammengesunken, hält eine Hand vor den Mund. Schließlich findet der Mann sein Portemonnaie, gibt es Karl, dieser durchsucht es, findet darin einige Scheine und in einer kleinen Lasche ein paar Münzen.

»Vier Mark zweiundfünfzig sind Sie der Kirchengemeinde von St. Pauli schuldig. In Ihrem Portemonnaie sind immerhin vier Mark einundfünfzig. Wenn Sie jetzt noch einen Pfennig drauflegen, wollen wir es mal gut sein lassen, ansonsten gibt's weiteren Wein.«

Schweine-Hans geht zum Tresen, die anderen Gäste um ihn herum blicken ihn ängstlich an, drücken sich schweigend in die Sitzecken, er greift sich eine Flasche Weißwein und bringt sie Karl. Der Wirt steht hinterm Tresen, tut so, als ob er mit einer Rechnung beschäftigt sei, und vermeidet jeglichen Blickkontakt. Das Paar sucht ängstlich seine Kleidung ab, irgendwo muss doch noch ein Pfennig sein, sie finden nichts.

»Können Sie denn nicht die Scheine nehmen? Da ist doch genug in dem Geldbeutel.«

Der Mann blickt Karl bittend an.

»Ich sagte es doch, wir brauchen das Geld passend. Wo kämen wir denn da hin, wenn wir jetzt auch noch jedem Einzelnen Wechselgeld auszahlen würden, ha?«

Karl hebt die Weinflasche in die Höhe. Wolli hat einen Pfennig in seiner Hosentasche gefunden, er legt ihn von hinten auf den Tisch. Der Mann kann sein Glück nicht fassen.

»Hier, ich hab doch noch einen gefunden, einen Pfennig, hier ist er, reicht das?«

Schweine-Hans dreht sich zu Wolli um und blickt ihn finster an. Karl bleibt ganz ruhig.

»Na gut, das soll für heute reichen. Dafür muss jemand anderes heute die Zeche zahlen. Jemand, der meint, es besser zu wissen als ich.«

Karl wirft das Portemonnaie auf den Boden, streicht das Kleingeld vom Tisch, steckt es ein und dreht sich um, er führt die Weinflasche zum Hals, nimmt einen tiefen Schluck und spuckt ihn angeekelt zur Seite aus. Mit dem Rest der Flasche füllt er den Krug wieder auf, der anfangs auf dem Tisch stand. Das Paar bleibt vollkommen verschreckt sitzen.

»Wolli, du zahlst diesen hervorragenden Wein. Er muss wohl sehr teuer sein, los, leg dem Wirt 'ne Telofe auf den Tresen.«

Wolli blickt Karl fragend an.

»Ich sagte, leg dem Gastwirt sofort eine Schiene für seinen außerordentlichen Scheißwein auf seinen außerordentlichen Scheißtresen.«

Karl spricht diese Worte sehr kühl und unbetont aus. Wolli sucht seine Taschen ab, findet das Geldbündel, zieht einen Tausender raus und legt ihn auf den Tresen.

»Dann wollen wir mal weiterziehen. Und vielen Dank an alle Schäfchen hier in der Sakristei. Vergelt's Gott!«

Ochsen-Harry gibt die Tür frei, und die Prozession setzt sich wieder in Bewegung. Es werden in dieser Nacht noch einige weitere Stationen angelaufen, auch hier kommt es zu beklemmenden Begegnungen zwischen den Prozessionisten und den arglosen Trinkern. Jedes Mal muss Wolli die Zeche zahlen. Es ist ihm mittlerweile egal, er hat genug Schnaps getrunken und will sich vor allem nicht die Blöße geben.

Als er am nächsten Nachmittag erwacht und seine Kleidung durchsucht, stellt er fest, lediglich 1000 Mark sind geblieben. Was ihn stärker beunruhigt, sind die verschwommenen Bilder in seinem Kopf. Die verängstigten Gesichter. Das leichte Gefühl von Beklemmung und Scham. Er versucht zu vergessen. Das verbliebene Geld legt er auf Maulwurfs Nachttisch, sie soll sehen, wenn sie nach Hause kommt, das er jetzt auch sein eigenes Geld verdient.

Ab und zu, wenn Wolli Zeit hat, wenn die Arbeit im Laden gemacht ist, wenn Mauli an der Wand steht, dann zeichnet und schreibt er zu Hause. Als Kind hat er viel gemalt. War gut in der Schule im Fach Zeichnen. Und Gedichte hat er auch geschrieben, das erste mit sechs Jahren, darauf war seine Mutter ganz stolz. Später auf seinen Reisen hat er das alles vernachlässigt, hatte keine Zeit dafür, keine Muße. Hin und wieder kommen prominente Künstler ins *Chez Lianne*, Schauspieler, Musiker, vor Kurzem war ein berühmter Maler dort, der hat es wirklich krachen lassen. Dann denkt Wolli wieder an die Kunst und wünscht sich, er könne auch so sein Geld verdienen. Von allen geliebt, respektiert und dazu auch noch reich als Künstler. Das Zeichnen fällt ihm am Anfang schwer, er weiß nicht genau, welches Sujet er wählen könnte, also zeichnet er Maulwurf. Auf einem Papierblock, mit Bleistift, in immer neuen Posen, meist im Bett und meist nackt. Vor allem ihren Busen und ihre Vagina. Er ist selten zufrieden mit seinen Ergebnissen, was nicht an seinem Modell liegt. Er begehrt Maulwurf so sehr, dass er am Ende seiner Zeichnerei regelmäßig über sie herfällt, was auch für sie der eigentliche Sinn dieser Studien zu sein scheint. Manchmal, wenn sie richtig heiß ist, soll er sie mit anderen Frauennamen ansprechen. Er versteht nicht, warum, aber sie scheint aus ihrer Eifersucht Lust zu generieren. Je öfter er diese fremden Namen wiederholt, desto heftiger geht sie ab. Wolli findet das merkwürdig, was könnte diese mehr als begehrenswerte Frau an sich zweifeln lassen? Einmal zeichnet er sie direkt nach dem

Orgasmus. Dieses Bild gefällt ihm am besten, wie sie dort liegt, mit den gespreizten Beinen, den um die Gitter des Bettes gewundenen Armen und dem zerlaufenen Gesichtsausdruck, schon wieder halb im Schlaf versunken.

Meistens aber schreibt er. Schreibt Tagebuch oder Prosa über seine Erlebnisse auf den Reisen der vergangenen Jahre. Versucht, eine eigene Ausdrucksform zu finden. Immer wieder schreibt er auch Gedichte. Liest zwischendurch ein paar Zeilen seiner Vorbilder Baudelaire, Rimbaud, Heine, Villon, auch Hölderlin und Brecht, selten Rilke, den alten Faschisten.

Er liest seine Gedichte immer wieder. Vergleicht sie mit den Werken der von ihm Bewunderten. Dann steckt er sie in die untere Schublade im Wohnzimmerschrank. Neben die ausgelesenen *Spiegel*-Hefte. Vielleicht werden sie ja über Nacht besser. Vielleicht sind sie ihrer Zeit auch so weit voraus, dass er nur ein paar Monate oder Jahre abwarten muss, um eines Tages die Schublade zu öffnen und dort die modernste Lyrik der Gegenwart zu finden. Die beste Prosa der Literaturwelt. Man wird ihn veröffentlichen. Und bepreisen. Und für immer verehren. Aber bis dahin muss er Schnaps verkaufen, damit die Leute bumsen.

Mit Maulwurf ist es nicht einfach. Es gibt eine dunkle Quelle in ihr, etwas, das sie keine Ruhe finden lässt, etwas Zerstörtes, das nach weiterer Zerstörung sucht. Sie redet nicht über ihre Vergangenheit, Wolli weiß nicht, was aus ihrer Schwangerschaft geworden ist. Jedes Mal, wenn er sie nach ihrem Leben vor St. Pauli fragt, weicht sie aus. Nicht mal, warum sie Maulwurf genannt wird, weiß Wolli. Wenn sie betrunken ist, bellt sie Wolli an, manchmal schlägt sie ihn ins Gesicht, und er, wenn er betrunken ist, schlägt sie zurück ins Gesicht. Sie zerreißen sich die Kleidung und beschmeißen sich mit Geschirr. Meist geht es um nichts. Und wenn es um etwas geht, können sie darüber nicht vernünftig sprechen.

»Mauli, erklär mir mal, warum stehst du eigentlich immer noch an der Wand?«

»Fängst du schon wieder mit dieser Drecksleier an?«

»Ja, weil ich es nicht wirklich verstehe. Ich meine, du hasst das doch, oder?«

»Allerdings hasse ich das. Ich hasse die jämmerlichen Freier mit ihren kleinen Portemonnaies und ihren krummen Schwänzen, wie die riechen und aussehen, wie sie mich anschauen, wie sie mich anfassen, das hasse ich. Ich hasse eure dumpfe Lust, ihr seid so billig und einfach zu bedienen, ihr Männer.«

»Warum tust du es dann? Du müsstest das doch gar nicht tun. Erstens könnte ich jetzt das Geld verdienen …«

»Ich scheiß auf dein scheiß Geld …«

»Und zweitens könntest du ja auch 'nen normalen Beruf machen. Du bist jung, siehst gut aus, bist nicht dumm …«

»Ich will mein eigenes Geld, und ich brauch viel davon!«

»Aber wofür denn? Für die bescheuerten Stilettos, auf denen du kaum laufen kannst? Für die nächste Ozelot-Jacke, die du so gut wie nie trägst? Oder für den Champagner, den du nie trinkst?«

»Halt's Maul, Wolli, ich sag's dir nur noch einmal, halt dein Maul.«

Wolli kann sein Maul nicht halten. Wie kann man denn einen Job machen, den man so sehr verachtet wie sie den ihren, wenn man jederzeit einen anderen machen könnte.

»Ich biete es dir ja nur an, dass ich ab jetzt das Geld verdiene.«

Ein Weinglas fliegt haarscharf an seinem Kopf vorbei.

»Halt dein scheiß Maul, du Idiot.«

Sie greift sich einen Aschenbecher und schmeißt nach ihm. Sie trifft ihn an der Schulter, Wolli zuckt zusammen, er springt zu ihr und fährt ihr mit der Hand durchs Gesicht. Sie tritt ihm mit ihrem spitzen Schuh so vor das Schienbein, dass er in die Knie geht vor Schmerzen.

»Mauli, du dämliche Schlampe, dir ist nicht zu helfen.«

»Jetzt hast du es endlich begriffen, du hirnloser Trottel, mir ist nicht zu helfen, was ist denn daran so schwer zu verstehen?«

Sie zündet eine Zigarette an und wirft sie vor ihn auf den Boden. Dann füllt sie beiden ein Glas Wein ein. Sie trinken schweigend, bis sie die Wohnung verlässt. Am nächsten Morgen ist alles vergessen.

Manchmal ruft Ikke Wolli bei Mauli in der Wohnung an. Er ist der Typ mit dem Überblick, mit den Kontakten. Und er meldet sich immer, wenn es was Neues gibt, was Spannendes.

»Du, Wolli, es gibt 'nen neuen Laden auf der Reeperbahn, heißt *Top Ten*, da wo früher dieser olle Pferdeschuppen, das *Hippodrom*, drin war, der is jetzt das neue Ding, kommst du mit?«

»Was ist daran besonders?«

»Hoddel Fascher macht den.«

»Hä, der macht doch den *Kaiserkeller* mit Koschmider.«

»Der is nich mehr im *Kaiserkeller*, hat sich wohl mit Koschmider zerstritten. Der hat jetzt mit 'nem anderen Typen, Eckhorn heißt der, diesen neuen Laden aufgemacht, ich war schon da, totale Bruchbude, is wirklich cool. Alle Bands sind mitgegangen. Tony Sheridan hat den Laden sogar mit ausgebaut, der spielt da als Headliner, *Rory Storm*, *King Size Taylor*, die *Beatles*, einfach alle. Vergiss den *Kaiserkeller*.«

»Irre. Fascher hat's echt raus, oder?«

»Ja, der is immer in England, in den Clubs, in London, in der *2i's Coffee Bar*, in Liverpool im *Cavern*, da wo die neuesten Sachen der Welt entstehen, die holt der sich dann immer direkt und bringt sie hierher. Hamburg ist die Stadt mit den angesagtesten Bands der Welt! Ist das nicht irre? Ausgerechnet Hamburg. Ich geh heut Abend mit Astrid und den Jungs hin, kommst du?«

»Natürlich. Vor allem, wenn Astrid kommt.«

»Ach so. Mach dir keine Gedanken über Astrid, die ist jetzt mit Stu zusammen.«

»Mit wem?«

»Mit dem Bassisten von den *Beatles*.«

»Oh, wie traurig.«

»Na ja, wie man's nimmt. Also was ist, kommst du?«

»Klar.«

Wenn Wolli ausgehen will, übernimmt Onkel seine Rolle im *Chez Lianne*, auf ihn kann er sich hundertprozentig verlassen.

Abends trifft Wolli sich mit Ikke und Astrid vor dem *Top Ten* auf der Reeperbahn. Es hat sich eine beachtliche Schlange gebildet, viele Teenies sind da, der Laden scheint wirklich angesagt zu sein. Am Eingang steht ein Warnschild, dass unter Einundzwanzigjährige den Laden ab 22 Uhr verlassen müssen. Genau wie im *Kaiserkeller* wird um 22 Uhr das Licht eingeschaltet und die Lokalität nach Minderjährigen gefilzt, das ist Bedingung der Behörde. Dahinter steckt Amtmann Falck, die strenge moralische Instanz der Hamburger Justiz. Der Chef des Wirtschafts- und Ordnungsamtes des Bezirks Mitte würde diese Art von Clubs am liebsten sofort schließen, hat aber keine wirkliche Handhabe, also versucht er, die

Jugend vor derlei Verrohung zu schützen. Im *Chez Lianne* sind seine Beamten noch nicht aufgetaucht. Heute Abend spielt Tony Sheridan zusammen mit den *Beatles*, das ist eine kleine Sensation. Der größte Held der neuen Musik, zusammen mit einer der angesagtesten Bands, das wollen alle sehen.

Astrid freut sich, Wolli zu sehen, und begrüßt ihn lächelnd. Er findet sie noch faszinierender als vorher, vielleicht auch deshalb, weil sie jetzt vergeben zu sein scheint. Sie ist unnahbar und dennoch verbindlich, das ist eine aufregende Kombination. Jürgen und Klaus sind auch dabei. Jürgen trägt eine merkwürdige Frisur, er hat sich die Haare in der Art von Prinz Eisenherz schneiden lassen, sie hängen ihm bis über die Ohren, es sieht ein wenig lächerlich aus, und die Jungs in der Menge machen sich über ihn lustig. Aber eigentlich sind die meisten neidisch auf diese Idee, etwas Verwegenes steckt darin, etwas Neues und Modernes. Er ist der einzige Langhaarige unter lauter Kurzhaarigen und Tollenträgern. Die Mädchen finden ihn cool.

Über Peter Eckhorn, den Betreiber des neuen Ladens, den Klaus kennt, kommen alle fünf umsonst rein, sogar ein Tisch vor der Bühne ist für sie bereitgestellt. Kurz nachdem sie Platz genommen haben, beginnen die *Beatles* mit Sheridan als Sänger ihr Set. Vom ersten Ton an geben sie Vollgas, sie haben sich noch mal deutlich verbessert, im Vergleich zu ihrem Niveau im *Kaiserkeller*, spielen sehr genau, energievoll, singen unglaublich gut – dreistimmig – und können wahnsinnigen Lärm erzeugen. Die Mädchen vor der Bühne sind hin und weg, es wird wild getanzt und mit den Musikern geflirtet. Einige der Fans, so wie Astrid und ihre Gang, sind nicht hier, um zu tanzen, sondern um den Bands zuzusehen und zuzuhören. Ihnen ist klar, dass hier gerade etwas Größeres passiert, als dass eine nette Jukebox-Band zum Tanz aufspielt, dass sie Teil von etwas Neuem und sehr Aufregendem sind: dem Beat.

Wenn die Bands Zeit haben, weil eine kurze Pause ist oder sie sich den Abend mit einer zweiten Band im Stundentakt teilen, dann setzen sie sich ins Publikum zu ihren Freunden, so auch heute Abend. Stu läuft immer sofort zu Astrid. Offenbar sind sie sehr verliebt. Paul setzt sich auch häufig mit an den Tisch, Ikke kennt ihn ganz gut und hat 'nen Draht zu ihm. Paul scheint ein netter Vogel zu sein, auch wenn er ein wenig eitel wirkt, aber gleichzeitig ist er sehr bodenständig, offen und neugierig. Er flirtet viel mit den Mädchen, manchmal lässt er sich auch auf ein Techtelmechtel ein. John kann Wolli nicht so gut einschätzen, er ist eher laut, manchmal aggressiv, hat einen schnellen und harten Humor, ist immer für einen verbalen Schlagabtausch zu haben, aber eigentlich bleibt er scheu. George ist sowieso ruhiger, hält sich etwas zurück, ist der jüngste und unerfahrenste in der Runde. Er ist noch nicht volljährig und muss aufpassen, nicht von der Polizei aufgegriffen zu werden, sonst würde er sofort nach England geschickt werden, also hält er sich bei auffälligen Aktionen eher zurück.

Spät in der Nacht gehen alle noch zusammen los, Paul, John und Stu sind auch dabei. Sie wandern zur »Kopfschussbar«, so nennt Onkel die Kneipe *Zum Silbersack*. In der Kopfschussbar ist zu später Stunde immer was los, hier landen all die Säufer und Irren, die anderswo schon längst keine Heimat mehr finden. Astrid steht im Kreis all ihrer Verehrer am Tresen, man trinkt Pineau und redet. An einem Tisch sitzen Ikke und John und sprechen über Literatur. Genau genommen, zählt Ikke die Schriftsteller auf, die er liebt.

»John Steinbeck.«

John nickt mit dem Kopf.

»Tennessee Williams.«

Lennon nickt.

»Graham Greene.«

Wieder Nicken.

»But the greatest of all is Henry Miller.«

John nimmt seine Brille ab, lehnt sich zu Ikke rüber und küsst ihn wortlos. Paul und Wolli setzen sich dazu. Alle vier unterhalten sich radebrechend weiter über Literatur. Und über den Beat. Paul und John reden viel von schwarzer Musik. Von Platten aus Amerika, aus New Orleans, die sie beeinflusst haben. Platten, die man zwar in England kaufen kann, aber niemals in Hamburg.

Nach einiger Zeit verabschieden sich Astrid und Stu. Alle Männer sind neidisch auf Stu, jeder wäre gern an seiner Stelle. Aber alle müssen sich eingestehen, dass sie es nicht mit ihm aufnehmen können, dass sich Astrid den wahrscheinlich Smartesten von ihnen geschnappt hat. Stu sieht wirklich blendend aus, wie ein französischer Filmstar. Er ist klüger als alle anderen hier und gebildeter sowieso und darüber hinaus unglaublich talentiert. Zwar nicht als Bassist, aber als Maler. Für alle ist klar, dass er eine große Zukunft vor sich haben wird. Eine große Karriere an der Seite der aufregendsten Frau dieser Stadt. Auch die anderen *Beatles* blicken ihm neidvoll hinterher. Astrid bemerkt diese Blicke und lächelt alle noch einmal huldvoll an.

Gegen Morgen fahren Ikke, Wolli, Paul und John zu Ikkes Hütte nach Rahlstedt. Sie halten ihre benebelten Köpfe unter die Schwengelpumpe und duschen sich gegenseitig. Dann breiten sie ihre Sachen auf dem Boden der Hütte aus, John liegt auf dem Sofa. Man erzählt sich noch ein wenig in deutsch-englischem Kauderwelsch ein paar Guten-Morgen-Geschichten, dann schlafen alle ein.

Ein paar Tage später klingelt das Telefon in Maulis Wohnung. Als Wolli abhebt, erklingt Chinesen-Babs' Stimme.

»Hey, Wolli, du, ich will nicht groß rumreden, wir brauchen dich, kannst du helfen?«

»Worum geht's denn, Babs?«

»Die Cartacala dreht durch. Sie sitzt wieder in der Weide neben ihrer Hütte, sitzt da seit zwei Tagen und schreit und redet wirres Zeug. Die Nachbarn wollen sie jetzt endgültig loswerden, die haben die Polizei gerufen und die Feuerwehr, aber die kommen alle nicht an sie ran. Sie hat das Kostüm an und pisst von oben runter, und 'n paarmal hat sie nach dir gerufen. Könntest du kommen und sie von dort runterholen? Ich hab Angst, dass sie abstürzt, dass ihr was passiert.«

»Gut, ich fahre direkt los, bis gleich, Babs.«

Nach Hagenbeck fährt Wolli mit dem Bus, nicht länger als vielleicht 'ne halbe Stunde, den Rest des Weges läuft er. Als er bei der Parzelle der Cartacala ankommt, sieht er schon von Weitem die Leute rumstehen und glotzen, es sind viele, bestimmt fünfzig. Oben in der Weide sitzt die Cartacala, in ihrem Showkleid, mit schwarz bemaltem Gesicht, man sieht nur das Weiße in ihren Augen blitzen, sie ist heiser, sie schreit wie ein alter Esel, dann spricht sie laut wie ein besessener Prediger mit geschlossenen Augen:

»Doch in dieser Nacht, in dieser ersten kommenden Schreckensnacht, wird keiner mehr schlafen, und sie wissen immer noch nicht, wer ich bin ... Wer ich bin, weiß leider keiner hier ... und das Schiff mit den acht Segeln ist lange überholt schon ... Wir leben in der modernen Zeit des Atomzeitalters, und eine einzige Atombombe wird genügen, und die Städte werden gemacht dem Erdboden gleich ... Nur ein lumpiges kleines Haus, um dieses Kleinsthaus ist jetzt schon jahrelang Putz, Gedöns und Geschrei ... Warum wohl? Wer wohnte wohl Besonderes darin? Wer könnte das sein? In dieser Nacht wird noch viel mehr Geschrei sein um das kleine Haus, und dann sehen sie den Hexenmeister mutig treten aus der Tür wie jeden Morgen schon seit Jahren … Was, dieser böse Mann hat darinnen gewohnt?

Acht Jahre Zwangsräumung, und der wohnt immer noch drin? Das geht doch zu weit! Der ein Doppelleben führt, nachts eine Maske trägt und dem Satan dienen soll? Und Sie wissen immer noch nicht, wer ich bin?«

Ein Polizist versucht, die Cartacala mit einem Megafon zu unterbrechen.

»Hallo, hier spricht die Hamburger Polizei. Bitte steigen Sie sofort vom Baum, oder wir werden unsere Einsatzkräfte einsetzen …«

Bei dieser jämmerlichen Formulierung lacht die Cartacala höhnisch und schreit dann weiter, während das polizeiliche Megafon schweigt:

»Und dann kommen Hunderttausende Rotchinesen ins Land, und alle werden in den Schatten treten, denn man klopft an jeder Tür! Und man schleppt sie reihenweise, diesmal vor die schamloseste Person der *Roxy Bar* … Man schleppt sie alle diesmal aber kniend in Ketten vor mich, vor die schamloseste Person, die den schlechtesten Ruf in dieser Stadt hat, und man fragt mich: Welchen sollen wir töten? Den leitenden Oberstaatsanwalt als Ersten, den ersten Kopf, dann den Senatspräsidenten … Ja, alle Schuldigen!«

Jetzt schnappt der Einsatzleiter der Polizei sich das Megafon.

»Kommen Sie sofort von dem Baum, oder wir lassen Sie auf eigene Kosten von dort entfernen.«

Die Cartacala nimmt einen Schluck aus einem Trinksack, den sie umhängen hat, und pinkelt dann in Richtung des

Polizisten. Die Kinder und Jugendlichen lachen, ein älterer Schreber steht daneben und fängt an zu schreien:

»Spring doch endlich! Los, komm, spring, dann hast du es hinter dir und wir auch, du Stück Dreck.«

Andere schließen sich an:

»Spring endlich, spring endlich, spring endlich …«

Der Einsatzleiter kann sich ein Grinsen nicht verkneifen. Wolli tritt auf den Baum zu, legt den Zeigefinger an die Lippen, und die Meute verstummt. Dann schaut er nach oben, die Cartacala entdeckt ihn, und Wolli sagt nur:

»Jetzt komm, wir wollen nach Hause.«

Umständlich klettert die Cartacala wie ein kaputtes altes Eichhörnchen vom Baum, ergreift Wollis Hand und lässt sich von ihm in die Hütte führen. Das Publikum bleibt stehen und gafft erwartungsvoll, vielleicht passiert ja noch was. Der Einsatzleiter drängt sich mit hinein.

»Also das sage ich Ihnen: Die Einsatzkosten wird der Herr komplett zu tragen haben. Und dann wird diese Hütte geräumt, der endgültige Räumungsbefehl geht ihm in ein paar Tagen zu. Ich rate Ihnen dringend, Ihren Freund ins Heim zu bringen, der ist ja nicht ganz dicht.«

Wolli geht nicht darauf ein, seine Personalien werden aufgenommen, dann fahren Polizei und Feuerwehr ab. Auch das Volk verteilt sich langsam, viele sind traurig, dass sich die Cartacala nicht endlich umgebracht hat. Dann wäre dieser Schandfleck getilgt. Dann gäbe es endlich Ruhe.

Die Cartacala legt ihr Kostüm ab, legt ihre Perücke auf einen Stuhl, wäscht sich das Gesicht, und auf einmal steht da nur noch ein trauriger alter Mann.

»Willst du nicht wieder bei mir wohnen? Es ging mir viel besser, als du bei mir gewohnt hast.«

»Das kann ich nicht. Ich habe doch jetzt eine Freundin,

bei der ich wohne. Du musst dir eine eigene Freundin oder einen Freund besorgen, der bei dir wohnen will.«

Otto setzt sich mit hängenden Schultern an den Tisch, er sieht wirklich mitgenommen aus.

»Otto, du musst dir was überlegen, sie wollen dich hier raushaben, du bist zu unberechenbar für die Leute hier.«

»Ich hasse diese Stadt. Diese Stadt ist so kleinkariert. So bösartig. So ängstlich. So jämmerlich.«

»Warum kletterst du denn auf den Baum und schreist da oben rum?«

»Ich war nicht auf dem Baum. Ich war noch nie auf diesem Baum. Und was SIE macht, das liegt nicht in meinem Verantwortungsbereich.«

»Bitte sag ihr von mir, dass sie das nicht wieder machen soll, sie wird sonst weggesperrt, und sie nimmt dich mit!«

Otto nickt. Er legt sich ins Bett und schläft erschöpft ein. Wolli macht sich Sorgen. Er schaut den schlafenden Otto an. Eigentlich sollte er nicht allein sein. Aber Wolli kann auch nicht hierbleiben und den Aufpasser spielen. Damit muss Otto selber klarkommen. Kurz überlegt Wolli sich, ob er ihn vielleicht mit zu Mauli in die Wohnung nehmen kann, verwirft die Idee jedoch gleich wieder.

Karl trifft sich nachmittags mit Wolli im *Chez Lianne*. Karls Frau ist auch dabei, eine sehr attraktive Frau mit langen roten Haaren und einem engen dunkelblauen Kostüm, sie lehnt sich betont gelangweilt an den Tresen und schminkt sich die Lippen. Wolli hat noch nie ein Wort mit ihr gewechselt, sie kommt nur selten mit und hält sich immer abseits. Karl meint, dass es jetzt an der Zeit wäre, die Sache mit dem Livesex auszuprobieren.

»Ich habe zwei Frauen und zwei Männer gefunden, die

bereit und dazu in der Lage sind, auf der Bühne loszumachen. Die Frage ist bloß: wo und wie?«

»Du, Karl, wir stellen ein Kanapee auf die Bühne, dann lassen wir ein Paar drum herum tanzen, die strippen, kommen sich näher, alles schön mit Musik und im Dämmerlicht, und dann, irgendwann, machen die los. Ich würde vorschlagen, das probieren die nachher hier mal aus, und ab morgen starten wir dann offiziell.«

Karls Frau lächelt Wolli an. Karl ignoriert das.

»Sehr gut. Ich werde es übrigens nicht ankündigen, das soll sich rumsprechen, dann ist das konspirativer, das zieht die Leute an. Und noch eins: Die Schmiere darf das auf keinen Fall spitzkriegen, sonst zieht uns Falck die Konzession ein, das kostet viel Geld und Nerven. Mach das den Portern klar, dass sie die Augen aufhalten sollen!«

Am Nachmittag kommen die beiden Paare und proben auf der kleinen Bühne zusammen mit Wolli. Die Männer schaffen es tatsächlich, auf Befehl eine Erektion zu bekommen, die Frauen haben sich vorher mit Öl vorbereitet, bei den Proben funktioniert alles.

Abends hinter der Bühne kriegt der eine der beiden Akteure Muffen, und sein Gemächt will nicht mehr. Die eine der beiden Tänzerinnen, sie scheint ihn gut zu kennen, versucht ihn zu erregen, massiert ihn, bläst ihn an, das zeigt irgendwann Wirkung.

Zu später Stunde, nach einigen Strips kommt das erste Paar auf die Bühne. Der Laden ist voll, es ist laut, das Publikum ist nur halb aufmerksam. Nach dem Vortanz nähern sich die beiden Akteure dem Kanapee und lassen ihre Hüllen fallen. Der Mann ist nicht erigiert, aber langsam wird das Publikum aufmerksam. Die Tänzerin spielt übertrieben erregt, kreist mit ausladenden Tanzschritten um den Mann, führt mit ihren Händen Zauberbewegungen in Richtung seines Schwanzes aus, kniet vor ihm nieder, zaubert weiter, und tatsächlich beginnt sich das Organ aufzustellen, das Publikum johlt, so etwas haben sie noch nie gesehen. Dann legt sich die Tänzerin nach einigen mondän gemeinten Bewegungen auf das Kanapee, und der Tänzer dringt in sie ein, sie kopulieren tatsächlich, dabei gibt sie übertrieben erregte, spitze Schreie von sich. Die Zuschauer können es kaum fassen, hier wird gerade eine Grenze übertreten, echten Livesex hat es in dieser Stadt noch nicht gegeben. Nach diversen Positionen spielt das Paar einen Orgasmus, zwar nicht sehr glaubhaft, aber sie kommen zumindest zu einem choreografischen Abschluss und verlassen unter begeistertem Klatschen, Pfeifen und Brüllen die Bühne. Wolli steht hinter dem Vorhang und beglückwünscht sie, die beiden sind so stolz, als hätten sie gerade eine große Oper absolviert. Karl kommt auch hinter die Bühne und hält eine kleine Rede.

»Freunde, das war mit großer Wahrscheinlichkeit eine Deutschlandpremiere, das hat sich vor euch noch niemand getraut, darauf stoßen wir jetzt an, auf euer Spezielles!«

Er öffnet eine Flasche Champagner und schenkt allen Anwesenden großzügig ein. Alle miteinander haben das Gefühl, etwas Besonderes vollbracht zu haben.

Das zweite Paar etwas später erleidet Schiffbruch. Es ist der Typ, der vorher schon Probleme hatte, bei dem sich jetzt alles sperrt, der Stress ist zu viel für ihn. Für Wolli und Karl ist das nicht weiter schlimm, die beiden gehen halt unbezahlt nach Hause, anstatt die doppelte Stripgage einzustecken. Der erste gelungene Akt wird ausreichen, um die Neuigkeiten in der Stadt zu verbreiten.

Bereits am nächsten Abend ist es noch voller, und das an einem Sonntag, draußen vor der Tür hat sich sogar eine kleine

Schlange gebildet. Die Gespräche der Anstehenden drehen sich nur um das eine Thema: Bringen die das wirklich? Das hat's noch nie gegeben. Wie reagiert denn die Polizei? Die Kasse im *Chez Lianne* klingelt unentwegt.

Schnell lassen sich auch weitere Paare finden, die bereit sind, auf der Bühne loszumachen. Nach eingehenden Tests mit den männlichen Darstellern bleiben einige übrig, die wirklich dazu in der Lage sind, vor Publikum und in jeder Situation Flagge zu zeigen.

Wolli trägt das Geld bündelweise nach Hause, überall in der Wohnung liegen kleinere Hügel herum, einige von ihm, mehr noch von Mauli, sie kommen kaum dazu, das Geld wieder auszugeben, und eigentlich will Wolli das ja auch gar nicht, er weiß nicht, was er sich kaufen sollte, all die Prestigeobjekte der anderen Luden interessieren ihn nur wenig. Aber über ein Auto denkt er nach, irgendetwas Sportliches.

Karl bietet ihm seinen silbernen Porsche 356 A an, der sieht wirklich scharf aus, Karl will 10 000 Mark dafür, das sei ein Spottpreis, meint er. Wolli bespricht sich mit Mauli, sie rät ihm, den Wagen zu kaufen, mit dem Cabriolet könne man am Wochenende auch mal aufs Land fahren, und auf der Reeperbahn mache sich das Gefährt auch nicht grade schlecht, sie lege auch etwas zum Kaufpreis dazu. Dass der Wagen nur 44 PS hat, serienmäßig zu großen Teilen aus VW-Käfer-Bestandteilen besteht, noch nicht mal eine Tankuhr besitzt – man muss mit einem Holzlineal das Benzin nachmessen –, und neu nur 11 500 Mark gekostet hat, das alles teilt Karl Wolli natürlich nicht mit, warum auch, Wolli kennt sich eh nicht aus mit Autos. Wolli kauft Karl den Porsche ab und ist anfänglich sehr stolz. Das ist der erste wirkliche Höhepunkt seiner beruflichen Laufbahn. Vor einem Jahr noch hat er im

Pik As gewohnt, jetzt ist er mit einer sehr gut aussehenden Frau zusammen und hat einen eigenen Sportwagen. Zumindest sieht der Porsche aus wie ein Sportwagen. Denn an den Kreuzungen auf dem Kiez lässt ihn fast jedes andere Auto stehen. Das merkt Wolli schon nach wenigen Tagen, der Porsche ist total schlapp. Und er weiß nie, wann der Sprit alle ist, ständig muss er mit dem Holzlineal im Tank rumstochern, man belächelt ihn von allen Seiten, ah, der feine Herr Porschefahrer weiß nicht, wie weit er heute noch kommt. Mauli ist stolz, wenn sie neben Wolli sitzt, aber auch sie ist enttäuscht, an der Ampel immer den zweiten Gewinner zu machen. Schon nach kurzer Zeit kommt der Wagen in die Garage. Bei den kurzen Wegen auf St. Pauli braucht man ihn eh kaum. Und zu dem Idiotenstrom zu gehören, der ewig die Bahn rauf und runter fährt, um gesehen zu werden, darauf haben Mauli und Wolli definitiv keine Lust.

Nachdem der Livesex bereits seit einigen Wochen im *Chez Lianne* läuft, bekommt die Schmiere irgendwann davon Wind, zu groß sind die Wellen, die das Ereignis schlägt. Amtmann Falck ist außer sich, das ist der endgültige Untergang der abendländischen Sitten, es reicht ja schon, was da in den Jugendclubs auf St. Pauli läuft, aber diesem Treiben wird er ein Ende setzen. Der Amtmann vergibt die Konzessionen auf St. Pauli, einige Läden hat er schon schließen lassen. Er setzt zwei Zivilbeamte auf den Fall an, sie sollen den Laden so bald wie möglich aufsuchen und ihm Bericht erstatten. Da beide Beamte hinreichend auf St. Pauli bekannt sind, erkennt der Portier sie schon von Weitem und gibt ein vereinbartes Klingelzeichen nach innen durch. Sofort wird der Koitus auf der Bühne beendet, die beiden Akteure ziehen sich Slips an, das Publikum versteht intuitiv, worum es geht, und bleibt zurückhaltend. Als die Zivis den Laden betreten, tanzt das Paar die gelangweilte Karikatur eines Erotiktanzes, und solange die Beamten im Laden sind, gibt es auch nichts anderes zu sehen. Jeder im Raum kennt die Spielregeln, alle sind genervt, dass sie nicht das bekommen, wofür sie gekommen sind, und so gehen die beiden Polizisten nach einer sinnlos vertrödelten Stunde ergebnislos auf die Wache zurück. Amtmann Falck riecht den faulen Braten und beschließt, demnächst zwei Beamte zu schicken, die im Milieu nicht bekannt sind. Aber auch Wolli und seine Mitarbeiter wissen, dass dies nicht der letzte Besuch gewesen sein wird, im Gegenteil, man rechnet mit schwereren Geschützen.

Kubanische Exilanten sind mit Unterstützung der USA und John F. Kennedys auf Kuba in der Schweinebucht einmarschiert. Kennedy will Castro beseitigen lassen. An einem Nachmittag im April liest Wolli davon in der Zeitung, er ist unglaublich enttäuscht.

»Dieser Lügner, dieses Verräterschwein, isser halt doch 'n ganz normaler reaktionärer Kapitalist, so wie alle anderen vor ihm auch, all die großen Worte, nichts als heiße Luft!«

»Ich dachte, du stehst so auf diesen Typen.«

Mauli sitzt im Morgenmantel am Küchentisch und blättert in einer Illustrierten. Sie hört nur mit halbem Ohr hin.

»Dieser Typ sollte die Hoffnung des neuen freien Amerika sein. Gegen die Rassentrennung. Gegen die Kommunistenverfolgung à la McCarthy. Für die Indianer wollte er sich einsetzen. Von wegen. Einen verdammten Staudamm hat er durch ein Reservat bauen lassen. Und Castro will er von den eigenen Leuten ermorden lassen.«

»Wer ist denn nun wieder Castro?«

Mauli schaut ihn gelangweilt an. Sie nimmt einen Schluck

Kaffee und einen Zug von ihrer Zigarette. Wolli hebt an, dann seufzt er.

»Ach was, ist doch egal. Du könntest es zwar verstehen, aber du willst nicht. Du setzt dich nie mit den Hintergründen auseinander. Weder in der Politik noch bei dir selber.«

»Lass mich da raus, Wolli, ich warne dich.«

Mauli schaut ihn mit zusammengekniffenen Augen an, und da Wolli keine Lust auf Scherben hat, schweigt er. Manchmal hat er das Gefühl, dass sie sich voneinander entfernen. Vielleicht begehrt Mauli ihn auch nicht mehr richtig.

»Du wolltest doch den Porsche haben, Wolli, oder? Wer ist denn nun hier der Kapitalist?«

»Ach was, der dämliche Wagen, das ist doch kein Statussymbol mit dem mickrigen Motor, das is eher 'n Witz, deshalb hab ich den auch gekauft. Die Firma Porsche wird keine fünf Jahre mehr existieren, das sag ich dir, ich hab 'n Gespür für so was.«

Am Nachmittag holt Onkel Wolli ab, um ihm in der Innenstadt einen Laden zu zeigen.

»Der Laden heißt *Palette*, is am Gänsemarkt, wirklich cool da, ich sag es dir!«

»Jetzt fängst du auch noch an mit diesem ›cool‹, ich hasse das!«

»Ach was, du musst mit der Zeit gehen, auch sprachlich, Amigo, das is die Sprache des Beat!«

»Ich scheiß auf den Beat, da is mir die Sprache von St. Pauli viel lieber.«

Es ist ein warmer Tag, die beiden gehen zu Fuß von der Talstraße aus in Richtung Neustadt, dann durch Planten un Blomen und später die ABC-Straße runter. Schon von Weitem sieht man einen Pulk von Leuten am Ende der Straße rumlungern; als sie näher kommen, sehen sie, dass es Jugendliche sind, die sich dort breit gemacht haben, einige sitzen auf dem Boden, andere lehnen an der Wand und trinken Bier, einer steht vor den anderen auf der Fahrbahn und singt ein Lied, neben ihm sein Mädchen in einem Sheriff-Kostüm, alle rauchen. Wolli und Onkel steigen über die Beine eines besonders langen Mädchens, das quer vor dem Eingang sitzt, und gehen die vier Stufen hinab in den Gastraum. Hier herrscht hingegen Trostlosigkeit. An einem runden Tisch sitzen ein paar Mittelalte und spielen Karten, neben ihnen an der Wand lehnt ein großer Typ, lockige Haare, Vollbart und etwas bessere Klamotten. Er beobachtet die anderen beim Spielen. Aus einer Musikbox leiert ein abgewetzter Schlager, die Wände, die Möbel, die Lampen, überhaupt alles wirkt durch und durch abgewetzt.

»Komm, wir gehen weiter durch, da is mehr los.«

Onkel bestellt zwei Bier und drängt Wolli durch zu einem weiteren Raum, der aber fast leer ist, nur ein Paar hockt in der Ecke auf Stühlen und flüstert miteinander.

»Komisch, verstehe nicht, warum hier heute nur Totentanz ist, wahrscheinlich weil alle gerade draußen sind.«

Wolli und Onkel setzen sich an einen der Tische.

»Du, es gibt was Neues auf'm Markt, neue Pillen, wirken ähnlich wie Prelus, heißen aber Captagon, die gibt's sogar rezeptfrei in der Apotheke, willst 'n paar?«

»Lass rüberwachsen.«

Beide schmeißen sich zwei Pillen rein.

»Ich verkauf die Prelus weiter, aber ich hab jetzt auch immer 'n paar Capis dabei, das wollen viele, nur so als Tipp, falls du im Laden was verkaufen willst.«

Ein Teil der Truppe, die eben noch vor dem Laden hing, kommt rein, einige trinken Cola, andere Bier, sie verteilen sich auf die Stühle und Tische im Raum. Onkel macht sich sofort daran, Pillen zu verticken. Wolli sackt ein wenig in sich zusammen und wartet auf die Wirkung des Captagons. Schließlich schnappt er ein paar Gesprächsfetzen vom Nebentisch auf.

»Kirsch ist viel besser als Ginsberg und Kerouac! Hast du *Mit Haut und Haar* überhaupt gelesen?«

Eine junge Frau blickt ihr Gegenüber, einen kleinen stämmigen Mann mit flammenden Augen, entspannt an.

»Natürlich hab ich das gelesen, Cäsar, wer hier hat das nicht? Aber du hast Ginsberg nicht gelesen, sonst würdest du ihn nicht mit Kirsch vergleichen! Ginsberg ist ein Dichter, Kerouac so wie Kirsch sind Schriftsteller, das ist 'n Unterschied, Bürschlein. Außerdem hat Kirsch einfach *On the Road* kopiert, wo ist da die schriftstellerische Leistung?«

»Du verzogene Bürgertochter. Immer nur alles besser wissen. Erst Einser-Abi machen, dann in die *Palette* gehen, oder wie? Du warst doch noch nicht mal in Paris!«

Die junge Frau starrt mit missmutiger Miene in ihr Bier.

»Wer bist'n du?«

Cäsar mustert Wolli leicht gelangweilt. Langsam wirkt das Captagon, und Wolli spürt ein steigendes Energielevel in sich.

»Ich bin Wolli aus St. Pauli.«

»St. Pauli, das gibt's doch gar nicht. Ich hab gehört, dass St. Pauli nur ein Phantasma ist, eine Erfindung.«

»Das kann man so sagen, ja. Es ist eine Phantomstadt, ein Gedankenspiel der Reichen aus Pöseldorf und Blankenese.«

Der bärtige vornehme Typ von vorne kommt in den Hinterraum und setzt sich an einen Seitentisch. Vor ihm liegt ein kleines Notizbuch, in das er hineinschreibt. Onkel bietet Cäsar Captagon an, der kauft gleich fünf Stück und auch noch'n Stückchen Haschisch.

»Und was machst du in der Phantomstadt?«

»Ich verkaufe Träume. Visionen. Fantasien.«

»Na, das passt doch. Was für Träume?«

»Zum Beispiel den Traum von der unbestraften Erfüllung sexueller Fantasien und Wünsche. Ich lasse Leute übereinanderkriechen und andere dabei zuschauen.«

»Das klingt nach Kunst.«

Cäsar springt auf und ruft in die Runde:

»Hey, hört mal alle, nachher ist in der Elbchaussee in 'ner leer stehenden Villa eine wahnsinnig gute Aktion von Schuldt, Titel: Erste internationale Ausstellung von Nichts! Wer kommt mit?«

Die meisten aus der Runde reagieren interessiert, einige wussten schon davon, man beschließt, gemeinschaftlich dort aufzutauchen.

Nach weiteren Getränken und angeregten Gesprächen über Hans Henny Jahnn und Antonin Artaud machen sich Cäsar und Wolli mit dem ganzen Haufen auf in Richtung Elbchaussee, nur Onkel fährt ins *Chez Lianne*, ihn interessiert das »Gelaber über Bücher« nicht wirklich.

In der Elbchaussee ist ein leer stehendes Haus kurzfristig zur Galerie umfunktioniert worden, ein junger Künstler namens Herbert Schuldt ist der Aussteller, er hat viel Werbung für diese Veranstaltung gemacht, und vor dem Eingang stehen kunstinteressierte Menschen verschiedensten Alters. Über dem Eingang prangt ein großes Schild:

ERSTE INTERNATIONALE AUSSTELLUNG
VON NICHTS!

Die Palettianer mischen sich unter die Gäste und dringen in die mondäne, aber leicht verfallene Villa ein. In einem großen leeren weißen Raum steht ein uniformierter Mann mit einem Tablett, der Sekt und Orangensaft verteilt. An den Wänden hängen lauter Bilderrahmen, in denen nichts ist. Einfach gar nichts. Auf verschiedenen Sockeln stehen mit ungeformtem Lehm gefüllte Plastikbeutel, und in den Regalen befinden sich leere Bucheinbände. Das Publikum flaniert vollkommen ratlos durch den Raum, bleibt vor dem einen oder anderen Rahmen stehen, einige regen sich auf, beschimpfen die Veranstaltung als »Verarschung«, »Kulturpfusch«, »Verlegenheitslösung für fehlendes Talent«, andere empfinden es als »genial«, »unerhört radikal«, »einen revolutionären Bruch mit den Sehgewohnheiten«, einen »scharfen Verweis auf die Ausgehöhltheit des zeitgenössischen Kunstbetriebes« und so weiter. Der Künstler ist entweder abwesend oder gibt sich nicht zu erkennen. Ein Ausstellungsleiter steht bereit, um Gespräche mit Kaufinteressierten zu führen, freilich spricht ihn niemand an. Am späteren Nachmittag stürmt eine kleine Truppe von Demonstranten die Ausstellung, sie tragen Schilder, auf denen steht:

GEGEN DEN AUSVERKAUF VON NICHTS!

und

SPIESSBÜRGER, LASST NICHTS IN RUHE!

Einer ruft: »Lasst eure dreckigen Kunstfinger von Nichts! Es ist das Einzige, was noch rein ist! Ihr habt doch schon alles! Was wollt ihr denn jetzt auch noch mit Nichts! Ihr habt Nichts nicht verdient!«

Cäsar raunt Wolli zu: »Der da schreit, das is Schuldt, der hat das alles hier veranstaltet.«

Niemand reagiert auf diese Ansagen. Die Demonstranten verschwinden nach einiger Zeit wieder. Wolli freut sich über das versammelte Unverständnis und empfindet die Veranstaltung insgesamt als gelungen. Er wandert mit Cäsar von Werk zu Werk und unterhält sich fachmännisch über Duktus, Farbmelodie, Form und Inhalt. Cäsar hat natürlich ebenfalls Captagon genommen. Alles mündet am Ende des Nachmittages darin, dass Wolli vor den Augen der erstaunten Anwesenden ein Bild mit dem Titel »Nichts« für 3500 Mark ersteht, der Ausstellungsleiter kann es nicht fassen, versucht sich seine Erregtheit aber nicht anmerken zu lassen. Die Palettianer mustern Wolli erstaunt. Was ist das für ein merkwürdiger Vogel, der da so viel Geld für nichts ausgibt? Cäsar bricht in schallendes Gelächter aus. Wolli schnappt sich seinen leeren Bilderrahmen, winkt Cäsar zu und verschwindet.

Am Ende des kommenden Monats wird wieder mit Karl zusammen abgerechnet. Dieses Mal sind die Einnahmen, vermutlich durch den Livesex, noch höher als vorher. Fast fünfhundert Mark verdienen beide pro Kopf und Tag. Wolli kann sein Glück kaum fassen. Er fragt sich, warum Karl ihn nicht ausbootet, warum er ihm nicht weniger zahlt. Wo ist der Haken an der ganzen Sache? Karl lässt wieder Schabau öffnen. Sie trinken viel, später kommt Onkel dazu, und gemeinsam mit Schweine-Hans machen sie einen Zug über die Reeperbahn und durch die Seitenstraßen, vor allem die Bordelle werden inspiziert. Karl grüßt viele seiner »Kollegen«, mit den meisten scheint er auf gutem Fuß zu stehen, überall gibt's Getränke umsonst, und auch die Damen freuen sich über den hohen Besuch. Onkel erweist sich überraschend als unglaublicher Charmeur und Damenbeschwörer, die meisten der Tillen auf der Freiheit kennen ihn in seiner Rolle als Porter, Dealer, Wirtschafter, aber privat legt er eine ganz andere Platte auf. Karl blinzelt Wolli zu.

»Komm, heute machen wir einen los, lass uns mal ein bisschen feiern, schauen, wie die Konkurrenz so arbeitet.«

Er legt den Arm um eine der Tillen, gibt ihr ein Küsschen auf die Wange, zwinkert Wolli zu und verschwindet mit ihr über die Treppe. Onkel tut es ihm nach mit zwei Frauen links und rechts in den Armen. Wolli bleibt unentschlossen stehen, eigentlich hat er keine Lust, es reicht ihm, auf dem Kiez zu arbeiten, aber der Alkohol hat seine Widerstandskräfte bereits stark erodiert. Vor ihm steht eine bildhübsche junge Frau, ziemlich klein, sehr weiblich, mit kurzen schwarzen Haaren, sie mustert ihn lächelnd und nimmt ihn bei der

Hand, während sie sich mit der anderen eine Flasche Champagner hinter dem Tresen greift. Wolli folgt ihr zögerlich die Treppe hinauf. In einem großen, vollkommen rot gestrichenen Zimmer lässt sie sich auf das runde Bett mitten im Raum fallen und öffnet die Flasche.

»Du bist also der Wolli, ich hab schon von dir gehört, du machst mit Karl das *Chez Lianne*, oder?«

»Ja, das stimmt, das is unser Ding.«

»Schön, dass wir uns mal kennenlernen.«

Sie reicht ihm ein Glas mit Champagner und ext das ihre.

»Hast du Lust, dich ein bisschen zu entspannen? Karl meinte, dass ihr heute feiern wollt, stimmt doch, oder?«

»Ja, schon, nur dass ich eigentlich privat hier bin.«

Wolli ext sein Glas ebenfalls und lässt sich nachschenken. Nach all den anderen Getränken steigt ihm der Champagner schnell zu Kopf.

»Na, gerade deshalb. Du brauchst dir um nichts Sorgen zu machen. Ich bin übrigens Chantalle.«

Sie liegt vor ihm auf dem Bett, hat nur noch BH und Slip an, Wolli versucht, sie nicht anzublicken, weil ihm ihr Anblick fast den Atem verschlägt.

»Was is los mit dir, du bist doch ein Mann aus dem Leben, oder? Warst du noch nie bei einer Dame?«

»Doch schon, nur nicht auf dem Kiez, ich dachte, so was würde man hier nicht machen. Unter Kollegen.«

»So was macht man nur, wenn man Lust dazu hat. Manchmal hat man eben Lust. Ich finde dich süß.«

»Mich süß?«

Wolli ist irritiert. Hat Karl sie beauftragt? Oder der Chef des Ladens, der Karls Bekannter ist? Sie trinken weiter Champagner und rauchen.

»Weißt du, die Freier interessieren mich nicht die Bohne.

Die sind für mich Business. Unter tausend Freiern gibt es vielleicht einen interessanten. Aber du bist ja kein Freier. Deshalb musst du auch nicht bezahlen. Und wenn du nicht bezahlen musst, dann kann ich dich auch interessant finden. Verstehst du das?«

Wolli versteht es nicht.

»Bist du gut im Bett, Wolli?«

Was für eine Frage. Wie soll er darauf reagieren?

»Ja, na klar, wurde mir zumindest gesagt, ich weiß es ja selber nicht.«

»Dann lass uns das doch mal überprüfen. Ich kann das ganz gut beurteilen.«

Sie schenkt Wolli erneut nach. Wolli gibt seinen Widerstand auf. Was weiß er schon, was Mauli so alles erlebt? Und selbst wenn sie etwas Wundervolles erleben würde, wäre das auch okay. Er zieht sich aus, und sie sieht ihm dabei zu.

»Ich mag es, Männern beim Ausziehen zuzuschauen. Könntest du das noch mal machen?«

Wolli zieht sich wieder an und dann erneut aus, sie lächelt genießerisch. Er legt sich neben sie und streichelt sie vorsichtig. Sie lecken sich gegenseitig ab, dann probieren sie verschiedenste Positionen aus, ab und zu müssen sie über ihre albernen Verrenkungen lachen. Wolli hat den Eindruck, als ob es ihr tatsächlich gefiele. Als sie auf ihm sitzt und sich selbst befriedigt, kommt sie ungemein heftig und lautstark. Das erregt ihn so, dass auch er kommt. Danach lässt sie sich von ihm fallen und greift sofort nach ihren Zigaretten.

»Nicht so schlecht, Wolli, das kann man zwar noch verbessern, aber das ist für den Anfang gar nicht schlecht.«

Er zündet sich auch eine Zigarette an.

»Danke, Chantalle, oder wie auch immer du wirklich heißen magst. Du warst auch nicht schlecht. Vielleicht können wir ja in Zukunft noch dran arbeiten.«

»Ich heiße tatsächlich Chantalle und würde auch gerne weiter dran arbeiten, Wolli, oder wie immer du wirklich heißen magst.«

An der Bar treffen sich Karl, Onkel, Schweine-Hans und Wolli wieder. Es wird weiter getrunken, dieses Mal Aquavit. Karl blickt in die Runde, reicht Zigarillos herum.

»Meine Herren, wir kommen jetzt zu dem etwas unangenehmen Teil des Abends, unser Freund Ochsen-Harry meint das Recht zu haben, eigene Entscheidungen fällen zu dürfen. Er hält sich momentan im Hotel *Bavaria* auf, nimmt nicht mehr an unseren Aktivitäten teil, hat angeblich ein eigenes Etablissement eröffnet und trägt neuerdings sogar Kamelhaarmantel. Ich denke, wir sollten ihm mal einen kleinen Anstandsbesuch abstatten.«

Schweine-Hans nickt stumpf, Karl setzt sich in Bewegung, die anderen folgen ihm.

Im Hotel *Bavaria* können sie tatsächlich beobachten, wie Ochsen-Harry im Kamelhaarmantel am Tresen der Eingangshalle steht und Whiskey trinkend auf den Hotelwirt und seine erwachsene Tochter einschwadroniert. Die Herrenrunde kommt langsam auf die kleine Gruppe zu. Der Hotelwirt bemerkt Karl zuerst und weicht unmerklich ein kleines Stück rückwärts. Als Ochsen-Harry das registriert, dreht er sich um. Karl blickt ihn mit freudigem Gesichtsausdruck an.

»Na, wen haben wir denn da? Unseren lieben alten Freund Ochsen-Harry, richtig? Und wir haben uns schon gefragt, warum er nicht mehr unter uns verweilt, warum er nicht zum Dienst erscheint. Und wir haben uns gefragt, woher er denn den schönen neuen Mantel wohl hat. Dürfen wir diesen Mantel mal sehen, ha?«

Ochsen-Harry geht einen Schritt rückwärts, der Wirt zieht seine Tochter zur Seite, die sich sträubt und seinen Arm abzuschütteln versucht. Ochsen-Harry räuspert sich.

»Karl, schön, dass ihr hier seid. Ich ...«

Karl unterbricht ihn gespielt höflich:

»Ob ich den schönen Mantel mal sehen darf, Harry? Ist das nicht ein bisschen zu hochgestochen für dich, Harry? Was macht denn so ein einfacher Trickbetrüger mit so einem schönen Mantel, was meinst du, Hans?«

Schweine-Hans zuckt dumpf mit den Schultern.

»Ja, ich weiß auch nicht, was der mit so einem schönen Mantel macht. Das passt doch gar nicht zusammen, was, Boss?«

»Dieser Mantel passt doch viel eher zu einem Mann von Welt, was, Harry? Gib ihn mir doch mal, bitte.«

Langsam und widerwillig zieht Ochsen-Harry den Mantel aus und überreicht ihn Karl mit wehmütigem Blick. Dieser schlüpft hinein, schlägt die Falten mit der Handkante raus, dreht sich einmal im Kreis und schaut fragend in die Runde.

»Und?«

»Vom Feinsten, Boss, steht dir wirklich erste Sahne.«

Karl blickt Schweine-Hans, Wolli und Onkel an. Onkel räuspert sich.

»Steht dir wirklich gut, Karl, der Mantel von Harry.«

»Und wie gefällt er wohl den Frauen?«

Karl blickt nun die Tochter des Wirtes an. Der Wirt will sie hinter sich verbergen, sie aber tritt nach vorne, lächelt geschmeichelt.

»Très chic, wirklich außerordentlich kleidsam an dir, Karl.«

Der Wirt blickt erstaunt zwischen seiner Tochter und Karl hin und her. Karl bietet ihr den Arm und geht mit ihr die Treppe zu den Zimmern hinauf. Im Gehen ruft er dem Wirt zu:

»Gib meinen Freunden doch bitte etwas zu trinken, sie sind so ausgetrocknet, etwas Gutes, Harry gibt heute einen aus.«

Der Wirt geht mit verlorenem Gesichtsausdruck hinter den Tresen und gießt ein paar Gläser Wein ein. Ochsen-Harry ist hoch erregt, er stürmt aus dem Laden, lässt sich von Schweine-Hans nicht aufhalten. Nach ein paar Minuten, die Runde hat sich am Tresen niedergelassen, rennt er wieder in den Laden. Er hält ein Kleinkalibergewehr im Anschlag und zielt damit auf Hans, sein Gesicht ist dunkelrot.

»So nicht, das kann der mit mir nicht machen, ich will sofort meinen Mantel wiederhaben!«

Er umrundet Hans, der langsam seine Hände hebt. Der Wirt, Wolli und Onkel tun es ihm nach.

»Beruhige dich, Amigo, is doch nur 'ne Leihgabe, der bringt dir deinen Mantel bestimmt gleich wieder.«

Onkel redet beschwichtigend auf ihn ein. Harry steht mit dem Rücken zur Treppe, er lädt das Gewehr durch.

»Das kann der mit mir nicht machen, diese ständige Gängelei, immer dieses Runtermachen, das lass ich mir nicht mehr gefallen, mir reicht's!«

Karl kommt unbemerkt die Treppe runter und schmeißt von hinten den Mantel über Harrys Kopf, der fuchtelt mit den Armen, ein Schuss löst sich und trifft den Wirt in die Schulter, der bricht schreiend zusammen. Schweine-Hans reagiert sofort und schlägt mit geballter Faust auf Harrys Gesicht unter dem Mantel ein, mehrere kurze, harte Schläge, dann geht dieser zu Boden und bleibt reglos und stumm liegen. Wolli und Onkel stehen abseits und beobachten das Treiben mit ausdrucksloser Miene.

»Los, fasst an, wir sind noch nicht fertig mit ihm. Dass er ein Gewehr geholt hat, das verzeih ich ihm nicht! Er hat die St.-Pauli-Regel gebrochen, das heißt Höchststrafe.«

Das sonst so kontrollierte Gesicht von Karl hat etwas Besessenes, seine Augen quellen hervor, die Nasenflügel beben.

»Legt ihn auf den Tisch, ich will ihn operieren!«

Karl zieht dem fachgerecht ausgebreiteten Harry die Schuhe und die Socken aus, er greift sich ein Steakmesser von einer Anrichte.

»Das kostet ihn mindestens die Achillessehnen! Hans, hoch mit dem Fuß!«

Schweine-Hans hebt in Schlachtermanier den rechten Fuß von Ochsen-Harry, Karl setzt das Messer an, Wolli wird schlecht, Onkel dreht sich zum Tresen, im gleichen Moment erwacht Harry, spuckt Blut, wimmert.

»Karl ... nicht ... Karl, das habe ich nicht verdient ...«

Er redet sehr leise.

»... nach all den Jahren ... das habe ich nicht verdient ...«

Karl lässt das Messer sinken, hebt es erneut an, blickt Harry dann voller Abscheu ins Gesicht.

»Das nennst du Treue?«

Karl lässt eine lange Pause.

»Und das nennst du nun Treue? Nach allem, was ich für dich getan habe? Was wärst du denn ohne mich, du Wurm?«

Wieder eine lange Pause.

»Da hast du recht, das hast du nicht verdient, dass ich mir die Finger an dir schmutzig mache. Du hast St.-Pauli-Verbot, auf Lebenszeit, hast du gehört, Harry, auf Lebenszeit!«

Karl hebt den vollgebluteten Mantel vom Boden auf und schmeißt ihn in den offenen Kamin. Der Mantel geht sofort in Flammen auf, das Blut kocht in der Hitze in kleinen Blasen.

»Lass dich hier nie wieder blicken. Alle anderen: Abmarsch!«

Er schaut seine Runde mit gebieterischem Blick an, alle werfen sich ihre Jacken über und verlassen das Hotel, Ochsen-Harry bleibt wie ein geschlachtetes Stück Vieh blutüberströmt auf dem Esstisch liegen. Der Wirt erhebt sich stöhnend hinter dem Tresen, greift zum Telefon und ruft die Polizei.

Auf dem Rückweg schweigt die Runde. Schweine-Hans und Onkel verabschieden sich irgendwann. Kurz vor der Talstraße nimmt Karl Wolli bei den Schultern, sein Gesicht ist wieder zurückverwandelt, fast ein wenig mitfühlend schaut er Wolli an.

»Wolli, es ging nicht anders, verstehst du das?«

Sein Ton ist versöhnlich, wie der eines Vaters, der seinem Sohn mit traurigen Augen sagt, wie sehr es ihn schmerze, dass er ihn verprügeln musste.

»Verstehst du das? Schon, oder?«

Wolli mag ihm nicht in die Augen schauen.

»Ich weiß nicht, Karl, das hätte man auch anders regeln können.«

»Du hast die Regeln noch immer nicht begriffen, mein Junge, oder? Es wird wirklich Zeit, dass du die Regeln akzeptierst, sonst wirst du hier nicht alt.«

Karl umarmt Wolli etwas zu lange, küsst ihn rechts und links auf die Wange und verschwindet in die Nacht.

Als Wolli die Wohnung betritt, ist Mauli bereits da. Sie sitzt in der Küche, trinkt Gin Tonic und raucht. Reflexhaft durchfährt Wolli ein rudimentäres Schuldgefühl, er überlegt für eine Sekunde, ob er ins Bad gehen soll, um sich den Schwanz zu waschen.

»Na, wo kommst du her?«

Mauli mustert Wolli aufmerksam.

»Ich komme vom Kiez, war unterwegs, mit Karl und Onkel.«

»Was habt ihr gemacht?«

»Getrunken. Geredet.«

»Ich möchte wissen, was du wirklich gemacht hast.«

Ihm ist, als wenn sie in ihn hineinschauen könne.

»Es stimmt, was ich gesagt habe. Aber außerdem habe ich mit einer anderen Frau geschlafen.«

Maulis Augen weiten sich unmerklich. Sie trinkt einen großen Schluck aus ihrem Glas.

»Erzähl mir mehr. Ich will es genau wissen.«

Wolli zieht abwehrend die Schultern hoch. Warum will sie mehr wissen? Will sie sich in Eifersucht suhlen? Soll das eine Szene werden? Will sie eine Prügelei? Oder dass er geht?

»Was willst du denn wissen?«

»Erzähl mir alles ganz genau.«

Sie wirkt, als ob sie ihre Energie nur mühsam unterdrücken kann. Aber jetzt, wo die Tür geöffnet ist, kann er es auch erzählen. Er wird nicht klein beigeben.

»Ich bin mit einer Tille gegangen, aber ohne Geld, sie wollte mich.«

»Wie heißt sie?«

»Chantalle.«

»Sieht sie gut aus?«

»Ja, sehr gut. Kleiner als du, aber mit einer tollen Figur, geile Brüste, eine wunderschöne Fotze, ich habe sie komplett ausgeleckt, wie eine Auster hab ich sie ausgeschlürft und ihren Saft runtergeschluckt.«

Mauli öffnet ihren Mund, atmet tief ein, schluckt, sie starrt ihn an.

»Los, weiter.«

»Dann hat sie mich geblasen, mir mein Arschloch ausgeleckt, hat ihre lange Zunge ganz reingesteckt in meinen Arsch, das war abgefahren …«

»… weiter …«

Das ist der Punkt, an dem Wolli begreift, dass Mauli nicht aggressiv ist, sondern erregt, geil, sie vergeht fast vor Geilheit.

»Dann hab ich mich aufs Bett gelegt, und sie hat sich auf mich gesetzt, ganz langsam, hat mich geritten, erst vorsichtig, dann immer härter …«

Mauli zieht sich ihre Kleidung aus.

»… und immer härter, und dabei hat sie es sich selber besorgt mit der Hand, und sie hat geschrien und mit der anderen Hand ihre Titten massiert, und dann is sie gekommen und hat abgespritzt, so was hab ich noch nie erlebt.«

Mauli ist mittlerweile nackt, sie nähert sich Wolli und zieht ihn aus, schnell, routiniert, zielgerichtet, vielleicht so, wie sie es mit den Freiern macht. Wolli hat eine harte Erektion, sie legt sich bäuchlings auf den Herd und zieht ihn an seinem Schwanz zu sich, steckt ihn in sich rein.

»Nenn mich bei ihrem Namen, los, mach schon, nenn mich so.«

Er glaubt nicht richtig zu hören.

»Los, mach schon, nenn mich bei ihrem Namen, los, tu es endlich!«

Wolli packt sie an den Hüften, stößt in sie rein.

»Wie du willst … Chantalle … ich will dich … Chantalle, du bist die Schönste, die Geilste, und jetzt werde ich dich nehmen, hart und kompromisslos, immer tiefer …«

Mauli schreit auf, krallt sich mit ihren Fingern in die Seite vom Herd, in das Geschirr rechts auf der Spüle, alles fällt unter lautem Krach zu Boden.

»Weiter, los, mach weiter, nimm mich und nenn mich bei ihrem Namen!«

Wolli tut, was sie will, ruft den fremden Namen, und Mauli kommt wie ein Orkan, noch gewaltiger, als Chantalle vorhin schon gekommen ist. Und Wolli kommt auch, kommt gleichzeitig in zwei Frauen, und ihm ist, als ob sein Unterleib explodiert. Beide keuchen wie nach einem 5000-Meter-Lauf. Er zieht sich aus ihr zurück, und sein Sperma läuft aus ihr heraus, an ihren Beinen herunter, und tropft auf den Küchenboden.

Mauli dreht sich um, und Wolli erwartet, dass sie zuschlägt, dass sie spuckt oder Ähnliches, aber sie umarmt ihn nur, küsst ihn lange auf den Mund und geht dann ins Bett. Auf eine merkwürdige Weise scheint sie glücklich zu sein.

An einem Samstag im Sommer nimmt das Schicksal seinen Lauf. Viele Menschen sind auf dem Kiez unterwegs, aber in den Läden ist es aufgrund der hohen Temperaturen relativ ruhig. Zu fortgeschrittener Stunde füllt sich allmählich das *Chez Lianne*. Die Touristen, die Freier, sie alle wollen Sensationen. Um elf Uhr beginnt die Show mit dem Livesex, vorher liefen ein paar Striptease-Nummern, ein paar Frauen stehen im Laden, sehr viele Männer, man kann ihren Hunger riechen. Wolli bedient hinter dem Tresen und beobachtet die Szenerie. Als der Akt im vollen Gange ist, sieht er einige Männer mit Fotoapparaten in den Händen fotografieren. Als er sie gerade zurechtweisen will, steht auf einmal ein Unbekannter vor ihm und hält ihm einen Dienstausweis vor die Nase.

»Polizei Hamburg. Stoppen Sie bitte sofort die Musik und machen Sie Licht im ganzen Raum!«

Wolli ist konsterniert, dann begreift er, dass die Männer mit den Fotoapparaten auch Polizisten sind.

»Bitte?«

»Sie haben mich sehr gut verstanden. Musik aus, Licht an, aber sofort.«

Wolli stoppt die Musikanlage und dreht den Lichtdimmer hoch. Es ist auf einmal ganz ruhig und sehr hell im ganzen Raum, man hört nur die Sexgeräusche der Darsteller und das Atmen, Raunen, Husten der Zuschauer.

»Polizei Hamburg. Meine Damen und Herren, verlassen Sie bitte das Etablissement.«

Einige der Besucher stürzen fluchtartig aus dem Raum, um nicht fotografiert zu werden, ein paar jüngere Männer pöbeln rum, sie sind betrunken und meinen ein Recht zu haben, weiter der Kopulation zuschauen zu dürfen. Das Paar auf der Bühne ist verschämt vom Kanapee gepurzelt und hat sich hinter den Vorhang zurückgezogen. Nach kurzer Zeit sind nur noch fünf Zivilbeamte im Lokal und das Tresenpersonal, die Huren haben sich in ihre Zimmer verdrückt. Der Einsatzleiter steht immer noch vor Wolli.

»Sind Sie hier der Chef?«

»Ja.«

»Wie heißen Sie?«

»Wolfgang Köhler. Worum geht's hier eigentlich? Was werfen Sie mir vor?«

»Das will ich Ihnen gerne sagen. Ihnen wird vorgeworfen: Erregung öffentlichen Ärgernisses, Förderung der Prostitution und planmäßige und ausbeuterische Zuhälterei. Ob Ihnen Menschenhandel vorgeworfen werden kann, wird sich noch zeigen. Sie sind auf jeden Fall schon mal festgenommen, Herr Köhler.«

Wolli ist auf diese Situation nicht vorbereitet, also lässt er das folgende Prozedere widerstandslos über sich ergehen. In Handschellen wird er abgeführt, auf die Davidwache gebracht, die er an diesem Abend das erste Mal betritt.

Von der Wache aus geht es am nächsten Tag in einer grünen Minna mit drei anderen Festgenommenen ins Untersuchungsgefängnis am Holstenglacis. Wolli weiß nicht, was jetzt zu tun ist, er hat keinen Anwalt, ihm wird keine Kontaktmöglichkeit nach draußen angeboten, er ist vollkommen ausgeliefert. Ein Beamter bringt ihn in eine kleine Zelle und verschließt hinter ihm die Tür. Der Raum ist etwa acht Quadratmeter groß, mit einer schmalen Pritsche, einem kleinen Waschbecken, einem Klo, und am Ende des Raumes ist ein schmales Fenster oben in der Wand, durch das man nur auf

Zehenspitzen die Außenwelt betrachten kann. Es ist klamm, und es riecht irgendwie alt und trist. Wolli legt sich auf die Pritsche und blickt an die Decke. Was kann er tun? Woher bekommt er einen Anwalt? Wie kann er Kontakt zu Karl aufnehmen? Zu Mauli? Gibt es wirklich die Gefahr, lange in den Knast zu kommen? Er hat noch nicht mal etwas zu lesen in der Zelle. Am Mittag gibt es ein spärliches Essen, eine undefinierbare Suppe, in der Stücke schwimmen, von denen man glauben könnte, dass sie tierischen Ursprungs sind. Nach zwei Löffeln kippt Wolli den Rest ins Klo. Er beschließt zu schlafen, bis sich etwas verändert, eine Technik, die er auch schon früher erfolgreich eingesetzt hat. Wolli verfügt über nahezu unbegrenztes Schlafvermögen, das Schlafareal in seinem Gehirn scheint überproportional ausgeprägt zu sein.

Am nächsten Vormittag öffnet sich die Zellentür, und ein Mann in biederem Anzug betritt den Raum. Er stellt sich als Wollis Anwalt vor. Er gibt ihm, ohne dass er den Namen nennt, zu verstehen, dass er von Karl beauftragt wurde. Und er instruiert Wolli, was er auszusagen hat, nämlich: nichts. Gegen ihn würde nichts vorliegen, was vor Gericht ernsthaft verwendbar wäre, vielleicht die Fotos, aber die würden niemals für eine Gefängnisstrafe ausreichen. Förderung der Prostitution und planmäßige oder ausbeuterische Zuhälterei sowie Menschenhandel wären weder beweisbar, noch gäbe es dafür Zeugen, Wolli müsse sich also keinerlei Sorgen machen, einzig die U-Haft müsse er überstehen. Nach einer Stunde geht der Anwalt wieder.

Die Tage verstreichen. Ganz langsam beginnt Wolli, das Eingesperrtsein für sich anzunehmen, die Bewegungslosigkeit zu akzeptieren. Irgendwann darf er sich ein paar Bücher in der Bibliothek ausleihen, und weil dort fast nur alte Schinken rumstehen, nichts von der neuen Beat-Literatur, holt er sich Goethes *Wahlverwandtschaften*, in die er sich in den kommenden Tagen ganz und gar versenkt.

Ab und zu wird er zu Verhören vorgeladen, kommt aus seiner Zelle, die er ansonsten nur selten verlassen darf. In den Gesprächen versucht man, in ihn zu dringen, versucht, ihm Informationen über Hintergrunddetails und Zusammenhänge zu entlocken, er aber schweigt eisern. Immer wieder versuchen die Beamten, ihn mit Karl in Verbindung zu bringen. Am schwersten belasten ihn die Zeugenaussagen eines gewissen Harald Mehlbaum, genannt »Ochsen-Harry«, der ausgesagt hat, dass er gemeinsam mit Wolli Teil einer Gruppe gewesen wäre, die für Karl als Ausputzer fungiert habe. Wolli sei auch dabei gewesen, als er, Mehlbaum, im Hotel *Bavaria* brutal zusammengeschlagen worden wäre, von Karl und einem »Schweine-Hans« Pokorny. Wolli habe sich aber nicht daran beteiligt. Wolli leugnet alles, auch wenn ihm in diesem Zusammenhang sowieso nichts vorgeworfen werden kann.

Er schweigt, liest und schreibt selbst. Gedichte, Kurzgeschichten, den Beginn eines Theaterstückes. Schreibt über den Kiez, über das Leben der Randständigen.

Irgendwann darf er sogar Besuch empfangen. Mauli kommt zu ihm. Er darf mit ihr in einem großen Besucherraum dreißig Minuten lang sprechen. Die Wiedersehensfreude ist groß. Mauli hat ihm Kuchen mitgebracht von der St.-Pauli-Bäckerei, der ist zwar ganz zerpflückt von den Gefängnisbeamten, aber er schmeckt Wolli sehr gut. Mauli erscheint ihm wieder viel näher als noch vor Kurzem, als er dachte, dass sie sich allmählich voneinander entfernt hätten. Jetzt flüstert sie ihm zu, dass sie vor Lust nach ihm vergeht. Das freut und erregt ihn, denn er begehrt sie ja nach wie vor.

Er bittet sie, den Porsche zu verkaufen, den braucht er jetzt sowieso nicht mehr.

Auch Onkel kommt ihn einmal besuchen. Er berichtet ihm vom *Chez Lianne*, dass der Laden geschlossen wurde, dass sich »ihr gemeinsamer Freund« gerade etwas zurückgezogen hat. Schweine-Hans sitzt in U-Haft. Und Onkel berichtet, was sonst noch so los ist auf dem Kiez.

Den ganzen Sommer über sitzt Wolli in seiner Zelle. Schwitzt und schweigt und liest und schreibt. Schaut ab und zu aus dem Fenster auf den Park hinter dem Gefängnis, in dem die freien Leute spazieren gehen, die Kinder spielen, die Betrunkenen abends in Gruppen zusammensitzen. Und er schwört sich unentwegt: Hier will er nie wieder landen, hier nicht und auch in keinem anderen Gefängnis. Verschwendung von Lebenszeit. Höchstens, wenn er alt ist. Aber wenn der Körper jung ist, dann muss der in die Welt, dann muss er sich bewegen, muss anderen Körpern begegnen. Wolli liest noch mehr Goethe und dann gleich noch Schiller, Brentano und Novalis. Es beschäftigt ihn, füllt ihn aus, er versucht, sich davon inspirieren zu lassen, und begreift doch immer sofort, dass es der falsche Ansatz ist. Nur weil es im Gefängnis keine moderne Literatur gibt, heißt es ja noch lange nicht, dass er wie ein Romantiker schreiben sollte. Im Gegenteil. Er möchte urbane aktuelle Literatur schreiben. Texte von ganz unten. Von der Straße. Aus dem Bordell. Oder aus dem Knast. Aber jeder seiner Anfänge erscheint ihm banal. Vielleicht sollte er über Amtmann Falck schreiben. Was für ein engstirniges Leben der führt in seinen tristen eigenen vier Wänden, in seiner öden Doppelhaushälfte, im deprimierenden Norderstedt, dessen andere Hälfte wahrscheinlich Pater Leppich bewohnt. Das Doppelflakrohr der Ödheit vereint im gemeinsamen Kampf gegen den Sittenverfall.

Onkel bringt Wolli irgendwann ein kleines Radio mit, das dieser nach eingehender Untersuchung des Gefängnispersonals auch genehmigt bekommt. Häufig sitzt er davor und lauscht der Welt beim Sein. Beim Frei-sein. Und Gefangenwerden. Denn im August wird von den Ostkräften, von der DDR um Westberlin herum eine Mauer gebaut. Ein sogenannter antifaschistischer Schutzwall. Wolli traut seinen Ohren kaum. Was ist denn das für eine bizarre Idee? Der Radiomoderator interpretiert dieses Bauwerk als eine Gefängnismauer, die alle Einwohner der Deutschen Demokratischen Republik von der Flucht in den Westen abhalten soll. Gleichzeitig werden die Grenzen zwischen den beiden deutschen Staaten geschlossen. Wolli muss an Waldheim denken. An seine Familie, seine Freunde, die, die er zurückgelassen hat. Lange hat er nichts mehr von seiner Mutter gehört, so beschäftigt war er damit zu leben. Wie mag man sich fühlen, wenn man jetzt dort im Knast sitzt? Doppelt eingeschlossen. Aber auch er ist eingeschlossen. Für etwas, das nicht konform mit der westlichen Moral zu sein scheint. Alles eine Frage der jeweiligen Moral.

Ein paar Tage später kommt es zum ersten Fluchttoten an der noch nicht einmal fertigen Mauer. Transportpolizisten (was auch immer das sein mag) erschießen den vierundzwanzigjährigen Günter Litfin, als er versucht, zu seiner Arbeitsstelle im Westteil der Stadt zu gelangen. Sie erschießen ihn im Wasser, als er dabei ist, den Humboldthafen zu durchschwimmen, während Hunderte Menschen vom Westteil des Hafens dabei zusehen. Das SED-Propagandaorgan *Neues Deutschland* verunglimpft Litfin als »kriminelle Gestalt« und »finsteres Element«, sagt der Radiomoderator. Wolli denkt, dass er auch Opfer hätte sein können. Als Flüchtender. Und dass er auch Täter hätte sein können, als Volkspolizist. Erst ist Wolli traurig, dann wird er wütend, weiß nicht, wohin mit seiner Wut. Dabei sollte die DDR doch das Alternativmodell zur BRD sein. Was ist das für eine Auslegung vom Sozialismus?

Im Radio hört Wolli, dass der Bruder des Erschossenen zur Beerdigung eine Eisenstange mitbrachte. Damit öffnete er gewaltsam den Sarg, untersuchte die Leiche und kam zu dem Schluss, dass dieser mit einem gezielten Genickschuss getötet worden sei. Wolli fragt sich, ob das alles eventuell westliche Meinungsmache ist. Ob das alles Blendwerk ist, überall, egal auf welcher Seite dieser Grenze. Was ist die Wahrheit, was ist die wirkliche Freiheit? Schreibt er in kleinen Buchstaben zwischen die Zeichnungen, die er anfertigt. Wenn Freiheit ist, das tun und sagen zu dürfen, was man tun und sagen möchte, dann dürfte er nicht hier sein. Von der Großen Freiheit zum Untersuchungsgefängnis ist es offenkundig nur ein kleiner Schritt.

Als der Sommer vorbei ist, als Wollis Haut ganz hell, glatt und sauber ist, als sein Körper dünner und seine Muskeln schwächer geworden sind, als er innerlich ganz ruhig geworden ist und seine Träume bescheidener, als seine Hefte voll mit Gedanken und Skizzen sind, als die Blätter vor seinem Fenster in der Freiheit sich braun verfärben, als klar ist, dass die Beweise gegen ihn nicht ausreichen, um ihn zu verurteilen, da wird Wolli entlassen. Steht eines Morgens mit einem kleinen Bündel auf dem Bürgersteig am Holstenglacis. Mit seinen Heften, ein paar Kleidungsstücken und seinem Radio. Nicht mal einen Prozess gab es. Man hat ihn festgesetzt, um ihn zu warnen. Um ihm die Regeln aufzuzeigen. Diese anderen Regeln von St. Pauli, die er auch hätte kennen müssen. Niemand scheint von seiner Freilassung in Kenntnis gesetzt worden zu sein. Also hebt Wolli sein Bündel auf und trabt hinein nach St. Liederlich. Einmal über das Heiligengeistfeld, auf dem der Dom steht, ein bisschen Fernweh durchfährt ihn, als er zwischen den Schaustellerwagen hindurchläuft. Dann durch ein paar Querstraßen, vorbei an den Kneipen, Bars, Bordellen, immer sein Gesicht in die Sonne haltend, bis zur Talstraße. Er fürchtet sich ein wenig davor, Maulis Wohnung zu betreten. Was wird ihn erwarten? Ist sein Posten mittlerweile schon neu besetzt worden? Durch einen durchsetzungsfähigeren Beschützer. Aber als er die Wohnung betritt, ist Maulwurf da, und sie ist allein. Sie kommt ihm im Flur entgegen, ist erst fürchterlich erschrocken und fällt ihm dann juchzend um den Hals. Sie freut sich wirklich. Und Wolli ist erleichtert, denn er hatte mit allem gerechnet. Insgeheim hatte er sich schon darauf vorbereitet, wieder auf der Straße zu sitzen. Oder im Pik As. Oder bei der Cartacala.

»Wolli, das gibt's doch gar nicht! Ich bin so froh, ich dachte, du bleibst für immer da. Aber wieso ham sie dich denn jetzt rausgelassen? Was ist mit dem Prozess?«

Wolli zündet sich seine erste Zigarette in Freiheit an. Mauli öffnet ihm ein Bier. Er setzt sich auf einen der Küchenstühle und knöpft sein Hemd auf.

»Ich weiß es nicht. Ich hab das Gefühl, die wollten ein Exempel statuieren. Amtmann Falck wollte dem Kiez zeigen: So nicht! So was lasse ich hier nicht zu! Und dann ham se mich eben weggesperrt. Als Zeichen für alle anderen. Verstehste?«

»So was hat Onkel auch gesagt.«

»Was ist mit dem *Chez Lianne*? Und mit Karl?«

»Das *Chez Lianne* heißt jetzt *Belami*. Das macht ein Typ, den ich nicht kenne. Und Karl führt wieder das *Klein-Paris*. Wolli, ich freu mich so, dass du endlich wieder draußen bist. Ich dachte schon, ich müsste mir 'nen andern nehmen, du kommst gerade rechtzeitig.«

Wolli steht auf und umarmt Maulwurf. Sie küssen sich, seit langer Zeit die erste wirkliche Berührung, lang, zärtlich, voller Inbrunst, streifen sich die Kleider gegenseitig ab und tanzen wie beim ersten Mal. Sie trinken, reden, essen, und dann lieben sie sich – auf dem Boden, auf dem Tisch und schließlich im Bett.

In den nächsten Tagen lässt sich Wolli im Viertel blicken, besucht Freunde, Bekannte, Kollegen, die Bars und Etablissements. Man freut sich, ihn wiederzusehen, und er muss viel erzählen. Ein wenig stolz ist er auch auf seine Auszeichnung, nun zum Club zu gehören, zum Club der drei Punkte, denn alle, die im Knast saßen, lassen sich drei Punkte auf die Hand zwischen Daumen und Zeigefinger tätowieren, als Auszeichnung und Geheimzeichen.

Wolli trifft Karl im *Klein-Paris*. Dieser umarmt ihn lang zur Begrüßung.

»Freund, ich weiß das zu schätzen, dass du dichtgehalten hast. Jetzt bist du einer von uns. Das vergesse ich dir nie, hörst du?«

Wolli mag darauf nichts erwidern. Er hat nicht wegen Karl geschwiegen, sondern weil es für ihn nichts auszusagen gab. Er spürt eine Abneigung gegen Karl. Sie war vorher schon da, im Knast ist sie noch gewachsen. Er fühlt sich benutzt von Karl. Und bloßgestellt. Und betrogen. Und vorgeführt. Jetzt versteht er, was Onkel gemeint hat. Er beschließt, auf Distanz zu Karl zu bleiben. Was nicht einfach ist, denn der einzige Job, den er jetzt kriegen kann, ist sein alter Posten im *Klein-Paris*. Als Porter. Glücklicherweise kann er auch hinter dem Tresen arbeiten, er hat gerade, nach der langen Zeit in der Stille, wenig Lust, krakeelend auf dem Bürgersteig zu stehen. Karl bietet ihm sogar an, den Wirtschafter im *Klein-Paris* zu geben, wenn er selbst nicht kann. Vermutlich will er Wolli weiterhin als eine Art rechte Hand einsetzen. Wolli passt das nicht, aber da er keine Alternative hat, schweigt er dazu und macht mit.

Eines Nachmittags, auf einem seiner Streifzüge durch St. Pauli, trifft er unvermittelt in der Detlev-Bremer-Straße auf Martina, das Mädchen, mit dem er beim Duke ein paar Tage auf einer Matratze verlebte. Martina trägt immer noch den kurzen blonden Jean-Seberg-Haarschnitt. Sie sieht gut aus, frisch, vielleicht ein wenig selbstbewusster als noch vor zwei Jahren. Sie tauschen ein paar Begrüßungsverlegenheiten aus.

»Du siehst wirklich gut aus, so gesund und so.«

»Das muss ich aber direkt zurückgeben, schlank bist du geworden, machst du jetzt Sport, oder was?«

»Bist du des Wahnsinns? Vorher sterb ich, bevor ich in meinem Leben Sport mach. Nee, ich war 'ne Zeit lang weg vom Fenster, habe mich zurückgezogen in eine Art Kloster, meditiert, über Freiheit und Moral und so.«

»Echt? Wow, das klingt voll cool! In welchem Kloster denn?«

»Du, nicht weit weg von hier, Kloster Holstenglacis, sehr spartanisch, hat ganz viele Zellen, mit jungen Männern, die auch meditieren.«

Wolli wartet, dass ihr ein Licht aufgeht. Martina denkt angestrengt nach.

»Echt? Kenn ich gar nicht. Da würde ich auch gerne mal hin.«

»Hallo, ich war in U-Haft. Ein paar Monate. Wegen 'ner Lappalie.«

»Oh, das tut mir leid, das hab ich nicht geahnt.«

»Nee, schon gut, woher denn auch? Und was machst du zurzeit?«

»Ich arbeite als Tänzerin in einem Varieté, gleich hier um die Ecke.«

»Aha, interessant.«

»Und ich wohn immer noch in der Seilerstraße, in der Bude vom Duke, weißt du noch?«

»Ja klar, seid ihr jetzt zusammen, oder wie?«

»Nee, ich hab die Wohnung übernommen, äh, hast du es denn nicht gehört?«

»Nein, was denn? Ich war doch weg, gerade ...«

»Der Duke ist tot.«

»Was?«

»Ja, is gestorben, an seinem scheiß Zeug. Hat immer und immer mehr davon genommen.«

»Pillen?«

»Ja, manchmal 'ne ganze Röhre pro Tag. Dann hat er sie gesnieft. Und dann hat er den Kram kleingedrückt und sich gespritzt. Das war traurig, der war so kaputt, wurde immer noch dürrer und irrer, man konnte seine Augen gar nicht mehr sehen, so tief lagen die in seinem Kopf, gegessen hat der auch nicht mehr, nur noch Wein und Speed und ab und zu ein Stück Schokolade. Dann hat er immer willkürliche Blutungen gehabt, manchmal aus der Nase oder beim Pissen, ich glaub, der hat sich innerlich einfach aufgelöst, hat sich zersetzt mit all der Säure, die er da eingenommen hat.«

Martina macht 'ne Pause, und beide schweigen. Wolli zündet sich eine neue Zigarette an.

»Wo isser begraben worden?«

»In seiner Heimatstadt, im Saarland, oder wo der herkam. Da ham die diese ausgemergelte Leiche zurückgefahren, wenn ich mir das vorstelle, wie die Eltern den in Empfang genommen haben, da krieg ich das kalte Grausen. Drei Jahre vorher fährt ein gesunder Junge los, in die große Stadt, und dann bringen sie da diesen Erster Weltkriegstoten zurück, schrecklich.«

»Das stimmt, das muss schrecklich sein. Tut mir echt leid, der arme Teufel.«

»Na ja, du hattest ja allen Grund, auf ihn sauer zu sein, Wolli, ich habe die Geschichte erst im Nachhinein verstanden, es ist mir so peinlich, entschuldige noch mal.«

»Es war nicht deine Schuld, Martina. Ich hätte ihn nicht so brüskieren dürfen.«

Er blickt ihr ins Gesicht und sieht so etwas wie eine fern zurückliegende Vertrautheit in ihren Augen. Sie lächelt ihn an, dann umarmt sie ihn, und als er ihr nah ist, riecht er ihren Geruch und erinnert sich wieder ganz und gar an sie. Ein kurzer Moment der Zärtlichkeit umstreicht beide, dann lösen sie sich voneinander und verabschieden sich.

Den ganzen Herbst über arbeitet Wolli im *Klein-Paris*. Macht alles, was dort anfällt. Mauli arbeitet auch viel, ihnen geht es finanziell sehr gut. Ab und zu fahren sie am Wochenende mit einem geliehenen Auto an die Ostsee. Zum Timmendorfer Strand. Oder nach Scharbeutz.

Einmal lädt Weissleder sie ein, bei sich mitzufahren. Er hat ein großes weißes amerikanisches Cabriolet, in dem man bequem zu fünft sitzen kann. Weissleder ist großzügig, er spendiert allen alles, er begleicht die Rechnungen, nur selbst hält er sich zurück. Seine einzige Schwäche ist Coca-Cola. Überall, wo er sich aufhält, muss er Coca-Cola trinken, ständig hat er eine Flasche in der Hand, über den Tag verteilt trinkt er bestimmt fünfzehn davon. Weissleder kommt aus ganz kleinen Verhältnissen, ist aber sehr schnell reich geworden auf dem Kiez, er hat einen guten Riecher für das, was angesagt ist, und verdient sein Geld im Rotlicht mit dem jeweils neuesten Schrei. Seit einiger Zeit trifft er sich mit Horst »Hoddel« Fascher, der ihn dazu überreden will, einen neuen

Laden auf dem Kiez aufzumachen, einen Beatladen, größer als alle anderen, einen Laden, wo all die Bands spielen können, die es in Hamburg jetzt schon gibt, viel wichtiger aber: ein Laden, der groß genug ist, damit endlich die Amis kommen – Bill Haley, Gene Vincent, Fats Domino, Little Richard und vor allem Elvis! Es muss ein Laden sein, der groß genug, gut genug, angesagt genug ist, dass Elvis nach Hamburg kommt. Dafür würde Weissleder alles tun. Nicht, dass er sich mit Musik auskennen würde, aber er hat das unbestimmte Gefühl, dass er mit seinem schmutzigen Geld etwas Sinnvolles anfangen sollte, etwas, wovon alle was haben, etwas, wofür ihn alle lieben. Er will der Mann mit dem angesagten Laden sein, der Mann, der den King nach Hamburg holt!

Weissleder besitzt den *Erotic Night Club* im zweiten Stock in der Großen Freiheit Nr. 39, in dem er selbst produzierte Erotikfilme zeigt, vor allem seine »3-D-Freikörperkultur-Filme«. Untendrunter ist ein großes altes Kino, das sogenannte Stern-Kino, und in diesem Laden überlegen Weissleder und Fascher einen neuen Club zu eröffnen, DEN Club schlechthin. Einen Namen haben sie auch schon: Sie wollen ihn *Star-Club* nennen – nach dem alten Schild des Stern-Kinos, das aus einem großen Neonstern besteht. Groß genug ist der Laden auch, und der Standort ist perfekt. Weissleder müsste allerdings das gesamte Gebäude kaufen. Er ist sich nicht sicher, ob er das wagen soll. Das alles erzählt er bei ihrem Ausflug. Und Wolli freut sich, dass Weissleder ihn für vertrauenswürdig hält. Weissleder ist ein anderes Kaliber als Karl. Der ist seriös, findet Wolli.

Nach langer Zeit geht Wolli mal wieder in die *Roxy Bar*. Er hat Chinesen-Babs und die Cartacala ewig nicht gesehen. Er betritt den Laden an einem Freitagabend zu fortgeschrittener

Stunde, der Betrieb ist bereits in vollem Gange, und viele Fummeltanten, Stricher, Huren und Freier bevölkern dicht gedrängt den Laden. Babs entdeckt ihn schon von Weitem und winkt ihm freudig zu.

»Wolli, wie schön, dich wiederzusehen!«

Sie umarmen sich fast wie ein altes Liebespaar.

»Ich hab viel von dir gehört. Dass du Karriere machst auf dem Kiez. Und dass du 'nen Sportwagen fährst.«

Wolli löst sich von ihr und zündet sich eine Zigarette an. Sie reicht ihm ein Bier.

»Ach was, es läuft okay. Und der Wagen war 'ne alte lahme Kiste, hab ich schon wieder verditscht.«

Die Tür zum Hinterzimmer öffnet sich, und die Cartacala kommt zum Vorschein. Sie hat abgenommen, sieht ausgezehrt aus. Sie blickt Wolli direkt in die Augen, er lächelt sie an, ihre Miene bleibt versteinert, so als ob sie Wolli noch nie gesehen hätte. Als sie kurz den Mund öffnet, kann Wolli sehen, dass sie vorne gar keine Zähne mehr hat, auch nicht ihre merkwürdige Kauleiste.

»Wie geht es ihr?«

»Sie haben wieder versucht, ihre Hütte zu räumen. Dann hat ein Nachbar Feuer gelegt. Aber sie ist dort nicht zu vertreiben, um nichts in der Welt. Sie hat gesagt, die einzige Behausung, die sie gegen ihre Hütte eintauschen würde, wäre ein eigener Käfig bei Hagenbeck.«

Die Cartacala betritt die Bühne und kniet sich nieder, das Licht erlischt, nur ein paar Kerzen bescheinen ihr dunkles Antlitz. Die Musik beginnt, fließt durch den Raum, Wagner, *Lohengrin*, das Vorspiel, unendlich sanft und zart durchfluten die Töne den Raum, und langsam hebt die Cartacala ihr Gesicht. Ihr Blick scheint zerbrochen, erloschen, ihre Bewegungen vollziehen sich in Zeitlupe, doch ganz langsam erblüht sie, erhebt sich, breitet die Arme aus, bewegt sich wie eine Meerespflanze unter Wasser. Die Musik hebt weiter an, und die Cartacala spricht:

»An einem Gestell kriecht das Licht zur Erde herab, kriecht wie ein schwaches, brennendes Tier in die Felder und zwischen die Ruinen und entzündet eure ledernen Herzen mit seinem Gift, die Tropfen haben meine Lippen benetzt, und jeder Kuss schmeckt nach harziger Säure, schmeckt nach eingelegten Föten und abgegriffenem Spielzeug …«

Die Cartacala macht einen Schritt nach vorne ins Publikum, und die Leute weichen zurück, niemand redet, nur sie, sehr leise und konzentriert. Sie bewegt sich langsam durch den Raum, die Musik steigert sich weiter, man kann ihr Gesicht kaum erkennen, da die einzige Lichtquelle hinter ihr ist.

»Ich verfluche diese Stadt, die da heißt Hamburg, die große Radiererin, die erst uns radiert und dann alles Edle, was sie besitzt, und dann sich selbst ganz ausradiert. Ich will, dass sie bestraft wird für all die Sünden, die sie jeden Tag vollführt an mir, an uns, an allen alten Kindern, und ich bete jeden Tag, lieber schwarzer Gott, bitte …

(sie macht eine lange bedeutungsschwangere Pause)

… lass die Elbe rückwärts fließen! Bitte lass die Elbe rückwärts fließen! Bitte lass die Elbe endlich rückwärts fließen, denn dieses Zeichen werden sie verstehen. Gib uns ein Zeichen, lass die Elbe rückwärts fließen!«

Mit dem letzten Ton des »Prelude« beendet auch die Cartacala ihren Vortrag und verschwindet wortlos hinter dem Tresen in ihrem Raum.

Am 11. Dezember wird Adolf Eichmann in Israel zum Tode verurteilt. Wolli hört davon im Radio und findet es richtig: Er kann kein Mitleid für den Mann aufbringen, diesen maximal kalten Mann, diesen Untertan, diesen Anführer aller Ausführer. Der sich keiner Schuld bewusst ist, weil er immer nur Befehle empfangen und ausgeführt hat. Der Paradedeutsche des Dritten Reiches. Wolli verachtet Eichmann aus tiefstem Herzen. Kurz nach Ende des Krieges hatte er in der Bibliothek seines Vaters gestöbert und das Buch *Weltgeschichte in Umrissen* von Graf Yorck von Wartenburg gefunden, einem sogenannten Judenfresser aus den Zwanzigerjahren. Darin stand ein Kapitel über das Judentum, das Wolli in seiner jugendlichen Verblendung richtig und logisch erschien. In der Schule, vor der kommunistischen Direktorin, hielt Wolli also einen Vortrag, dass es doch eigentlich ganz gut gewesen wäre, wenn es dem Herrn Hitler und dem Herrn Eichmann gelungen wäre, die Juden auszurotten. Und die Direktorin wurde erst ganz still, dann wich ihr das Blut aus dem Gesicht, und sie nahm die Brille ab, kam auf ihn zu und brüllte ihn an, immer lauter, fast hysterisch, und schmiss ihn aus der Klasse. Und von dem Moment an setzte sich Wolli etwas genauer mit der Nazizeit auseinander, schließlich verstand er die Wut der Direktorin. Und wünschte Eichmann die Pest an den Hals. Und nun hat der sie.

Mauli ist das alles wie immer egal.

Zwischen ihnen ist es wieder kühler geworden, die anfängliche Wiedersehensfreude hat sich schnell verflüchtigt, beide fallen in alte Muster zurück. Wolli kann Mauli nicht verstehen, und Mauli will von Wolli nicht verstanden werden. Manchmal bleibt er zwei Tage und Nächte fort, es scheint ihr egal zu sein. Nur wenn er erzählt, dass er mit anderen Frauen geschlafen hat, erwacht sie, erregt es sie. Eigentlich will sie es auch gern initiieren. Immer wieder spricht sie ihn darauf an.

»Würdest du es auch vor mir tun?«

»Weiß nicht.«

»Oder wenn ich in der Nähe bin?«

»Willst du das wirklich?«

»Ich will, dass du fremde Frauen fickst und es mir dann sagst. Oder dass du es vor mir machst.«

»Aber warum willst du das?«

»Das kann dir doch egal sein. Oder stehst du nicht drauf?«

»Doch, schon, aber ich finde es merkwürdig, dass du mich nur dann willst, wenn von anderen die Rede ist.«

»Andere Männer würden sich dafür bedanken. Die meisten Männer, glaube ich. Nur du nicht. Ich mache dir das größte Geschenk, das eine Frau einem Mann machen kann, ich lasse dich frei, ich geb dir die Erlaubnis zu uneingeschränkten Abenteuern, und du willst nicht? Du bist ja nicht ganz sauber.«

»Doch, doch, ich will schon, nur nicht auf Befehl, sondern dann, wenn ich will.«

»Sag mir einfach Bescheid, wenn du willst, dann will ich es auch.«

Wolli verspricht ihr, sie das nächste Mal mitzunehmen, sie daran teilhaben zu lassen, aber richtig gut fühlt er sich dabei nicht.

An einem Samstagabend arbeitet Wolli hinterm Tresen im *Klein-Paris*. Der Laden ist voll, das Wetter ist schlecht, die Leute sind aus irgendeinem Grund aggressiver als sonst.

Zweimal springt Wolli hinter dem Tresen hervor und schlichtet Streitigkeiten, einmal muss er handgreiflich werden, der Aggressor ist zwei Köpfe größer als er, es dauert eine ganze Weile, bis Wolli und Onkel den Betrunkenen vor die Tür bugsiert haben. Erst nach vier Uhr leert sich der Laden, dafür dann zügig, um halb fünf trollen sich die letzten Gäste. Wolli geht die Kasse durch und kommt dann in das Hinterzimmer. In der Mitte des Zimmers sitzt Karl mit einem fremden Mann und spielt Karten, hinter dem Tresen steht Danuta, eine Bedienung, die Wolli kennt, sonst ist niemand mehr da. Der Fremde, in feinen Zwirn gekleidet, ist betrunken, er hat einen großen Stapel Geld vor sich liegen, den er Karl augenscheinlich abgespielt hat, vielleicht ist er ein Trickbetrüger, wie kann es sonst sein, dass er gewinnt? Karl ist erregt, genervt von dem Fremden, von seiner laxen, leicht überheblichen Art, von dessen Lässigkeit. Wolli kann um Karls Augen herum einen Zug erkennen, der ihm Angst macht, diesen Audruck hat Wolli immer dann gesehen, kurz bevor Karl sein anderes Gesicht zeigt. Er möchte den Fremden am liebsten davor warnen, weiter zu gewinnen, denn dann wird es nicht mehr lange dauern, bis sich Karl verändert. Der Fremde aber ist bester Laune und gewinnt auch das nächste Spiel. Wolli sieht, wie Karls Nasenflügel weiß werden und leicht zu beben beginnen.

Als der Fremde gerade die Karten neu austeilt, springt Karl auf, greift sich vom Tresen einen schweren Marmoraschenbecher und zieht ihn mit einem weiten Schlag durch das Gesicht des Fremden. Der Aufprall verursacht ein trocken knackendes Geräusch, zugleich fliegt der Mann mitsamt seines Stuhls nach hinten über. Karl bückt sich über ihn und schlägt ihm den Aschenbecher noch einmal ins Gesicht. Erst bricht die Nase, dann hört man das steinige Bersten der

Zähne. Dabei stöhnt der Mann ganz leise, während das Blut nach allen Seiten aus seinem Gesicht quillt. Karl springt auf, wirft den Aschenbecher zur Seite und öffnet mit der linken Hand eine hölzerne Bodenklappe, es tut sich ein Schacht auf, der in die Tiefe führt. Er zieht den Mann zu dem Schacht und stopft ihn mit Füßen und Beinen voran hinein. Der Mann aber versucht, sich mit letzter Kraft zu wehren, und stößt sich mit den Händen vom Schachtrand ab, sodass sein Oberkörper noch hinausragt. Karl hechtet zu einer alten schweren gusseisernen Registrierkasse, trägt sie mit beiden Händen durch den Raum und malträtiert damit den Kopf des Verletzten, mehrfach lässt er die Kasse daraufknallen, bis das Opfer unter kläglichem Aufschrei in den Schacht stürzt. Karl schaut hinunter, ob noch Leben in seinem Gegner ist. Dann schnappt er sich volle Schnapsflaschen hinter der Bar und schmeißt sie mit voller Wucht in die Tiefe. Wolli und Danuta stehen vollkommen regungslos auf ihren Positionen, wagen kaum zu atmen. Wolli kann der Frau ansehen, dass ihr schlecht wird von all der rohen ungezügelten Gewalt. Karl dreht sich zu Wolli.

»Ich gehe jetzt. Überkippt ihn mit Stroh Rum und zündet ihn an. Macht richtig Feuer. Es darf nichts übrig bleiben von dem. Ich verlass mich auf euch.«

Mit ausdruckslosem Gesicht verlässt Karl den Raum. Das Geld lässt er auf dem Tisch liegen. Der Boden des Raumes ist voller Blut. Langsam nähern sich Wolli und Danuta dem Schacht. Am Grund, etwa vier Meter tief, erstreckt sich ein kleiner Raum, dort liegt der Fremde in seinem Blut, umgeben von zersplitterten Flaschen. An der Schachtwand gibt es ein paar Metallstiegen, über die Wolli und Danuta zu dem Mann herabsteigen. Wolli berührt seine Halsschlagader, der Fremde lebt. Danuta hält eine Flasche Stroh Rum in den

Händen und kippt sie über dem Fremden aus, übergießt ihn vollständig, damit er anständig brennen kann. Wolli zündet sich eine Zigarette an und blickt Danuta in die Augen.

Der Fremde stöhnt leise, er dreht sich auf den Rücken, in dem zerstörten Gesicht blitzen seine Augen. Wolli schaut sich um. Auf der einen Seite mündet der Raum in einen Gang, der mit einer Tür verschlossen ist. Als Wolli sich an ihr zu schaffen macht, stellt er fest, dass sie auf den Hinterhof des *Klein-Paris* führt. Er geht zurück zu dem Fremden, Danuta blickt ihn fragend an. Gemeinsam tragen sie den Mann durch den Gang und durch die Tür, tragen ihn über den Hinterhof bis zur Kleinen Freiheit und legen ihn dort auf den Bürgersteig. In wenigen Minuten wird er gefunden werden. Wird das Ganze überleben. Auf dem Rückweg muss sich Wolli übergeben, ihm ist durch und durch schlecht, alles an ihm scheint besudelt, verdreckt, verkommen, verschmiert, zerbrochen und verreckt. Er wird Karl nie wieder in die Augen schauen können. Er muss ihn loswerden. Etwas anderes muss beginnen.

Am nächsten Morgen erwacht Wolli früh. Der 17. Februar ist ein kalter verregneter Frühjahrstag, Sirenen schallen durch das Viertel. Etwas Finsteres hat ihn aus dem Schlaf getrieben. Mauli liegt neben ihm und schläft mit halb geschlossenen Augen.

Wolli zieht sich warm an, windet sich einen dicken Schal um den Hals und wandert durch St. Pauli. Etwas Unbestimmtes treibt ihn durch den Nieselregen, gegen den starken Westwind in Richtung Elbe. Am Schauermannspark bleibt er stehen und richtet seinen Blick auf den Strom. Der Himmel ist finster, die Wolken treiben tief, als ob sie flüchteten, landeinwärts, vor etwas Großem, Unsichtbarem, das sie verfolgt.

Nirgends ist Buntes zu sehen, alles erscheint grau oder schwarz, der Regen hat alle Farbe aus der Welt gewaschen. Das Wasser steht sehr hoch, so hoch, wie Wolli es noch nie gesehen hat. Es hat sich nach allen Seiten ausgebreitet, die Kaimauern überspült, es durchflutet die Hafenstraße, den Fischmarkt, Holzplanken, Fässer, Autos, Tiere kreiseln chaotisch durch die Straßen, Menschen versuchen, ihr Hab und Gut aus den Fluten, aus ihren halb versunkenen Fahrzeugen, ihren Wohnungen zu retten, Hubschrauber kreisen über dem Hafen, das Licht, das durch die dichten Wolken dringt, ist schwach und dreckig.

Und dann sieht Wolli etwas, was ihm endgültig die Haare zu Berge stehen lässt: Die Elbe fließt rückwärts! Der Fluch der Cartacala ist eingetroffen. Ihr finsteres Mantra, ihr Rachefluch gegen die Stadt Hamburg und ihre Bürger, die sie so schlecht behandelt haben, löst sich tatsächlich ein. Es scheint, als ob die Stadt von der Weltoberfläche geputzt werden würde. Vom blanken Hans, dem großen Senser. Draußen auf der Elbe treibt eine hölzerne Tür, auf der ein Lamm steht. Das Lamm ist ganz ruhig, als ob es wüsste, dass diese Strafe nicht abzuwenden sei. Polizeiwagen rasen die Bernhard-Nocht-Straße entlang gen Osten, Krankenwagen folgen ihnen. Wolli bleibt an einer Kneipe stehen, in der sich ein paar Menschen um ein kleines rauschendes Radio versammelt haben, sie lauschen gebannt dem Sprecher:

»… deshalb fordern die Hamburger Sicherheitskräfte die Bürger auf, ihre Häuser und Wohnungen nicht zu verlassen. Wenn Sie in den Notstandsgebieten in Elbnähe wohnen sollten, so begeben Sie sich bitte in die oberen Stockwerke Ihrer Häuser. Lassen Sie alles Überflüssige zurück und retten Sie sich und Ihre Angehörigen. Helfer des Roten Kreuzes und des Technischen Hilfswerkes errichten überall in Wilhelmsburg und in Hafennähe Zelte, um Lebensmittel für die Evakuierten bereitzustellen und um Erste Hilfe leisten zu können. Bitte räumen Sie alle Straßen und Zufahrtswege, damit das Rettungspersonal in die Notstandsgebiete gelangen kann. Jeder Bürger ist darüber hinaus berechtigt, Plünderer sofort festzunehmen, die Polizei schießt auf Plünderer ohne Warnung! Die Schulen bleiben bis auf Weiteres geschlossen, sie dienen als Notunterkünfte. Liebe Hörer, wenn Sie nicht unmittelbar von der Katastrophe betroffen sind, möchten wir Sie um Kleiderspenden für die geretteten Opfer bitten, Sie können diese bei der Rot-Kreuz-Station am Behrmannplatz in Lokstedt abgeben. Und falls Sie noch Platz haben, so nehmen Sie Obdachlose auf!«

Man ordert Bier und Schnäpse, um sich zu beruhigen, für einige ist die Flut aber auch ein willkommener Anlass zum Besaufen. Wolli bestellt sich eine Flasche Holsten.

»Vorhin haben die von viele Tote geredet, viele Tote, da sin Hunderte ersoffen, sach ich euch!«

»Ach was, das is doch bloß alles Sensationsmache, hier ersäuft doch keiner in der Elbe, der das nich will.«

»Doch, doch, und der neue Innensenator Schmitz fliecht mitn Hubschrauber über alles rüber, immer hin und her, damit er Übersicht hat!«

»Der heißt Schmidt. Hartmut Schmidt heißt der.«

»Ich sach euch, das is das Ende der Welt. Das hat der Pater Leppich vorausgesagt!«

»Ach was, Pater Leppich, der hat doch nicht mehr alle Pfeifen anner Orgel, so 'n Tünkram!«

Es dauert Tage, bis das gesamte Ausmaß der Katastrophe sichtbar wird: Die Sturmflut Vincinette – die Siegreiche – hat meterhohe Flutwellen nach Hamburg hineingetrieben, an über sechzig Stellen sind die Deiche gebrochen. Dreihundervierzig Menschen haben ihr Leben gelassen, davon dreihundertfünfzehn allein in Hamburg. Mehr als 20 000 Menschen sind obdachlos. Der Sachschaden beläuft sich auf über drei Milliarden Mark. Das ist die größte Katastrophe seit dem Zweiten Weltkrieg für die Hansestadt. Wolli mistet seinen Kleiderschrank aus und trägt die Spenden zur Rot-Kreuz-Station in St. Pauli. Mauli legt ein paar ihrer sündhaft teuren Stiefel, die sie nur einmal getragen hat, obendrauf.

»Mauli, schön, dass du helfen willst, aber im Ernst: Welches Flutopfer will denn in zehn Zentimeter hohen Hurenstiefeln aus der Rot-Kreuz-Station tippeln?«

»Na ja, es geht doch um das Zeichen, oder? Wichtig ist, dass man überhaupt helfen will.«

Irgendwie muss Wolli die ganze Zeit an die Auslöserin dieses Irrsinns denken. Was macht die Cartacala? Wo ist sie? Ist sie jetzt zufrieden? Schließlich, etwa zwei Wochen nach dem Unglück, macht sich Wolli auf den Weg zu ihr. Fährt wie früher mit dem Bus und wandert dann Richtung Hagenbeck. Als er zu ihrer Parzelle kommt, muss er erstaunt feststellen: Das Haus steht nicht mehr. Nichts ist geblieben, nur ein leeres Grundstück mit einem quadratischen unbewachsenen Flecken, wo einmal ihr Häuschen stand. Keine weitere Spur von ihr. Vielleicht hat der Pöbel sie aufgehängt? Sie angezündet? Sie in die Elbe geschmissen? Vielleicht hat es sie nie gegeben?

Wolli sehnt sich danach, dass nach all dem Elend etwas Neues passiert. Vielleicht sollte er die Stadt verlassen? Alles stehen und liegen lassen und nach Waldheim zurückkehren, in die Sicherheit des ewigen Knastes. Vielleicht sollte er wieder auf Reisen gehen, mit einem Schaubetrieb, einem Jahrmarkt, einem Zirkus. Was soll er noch in dieser abgesoffenen Stadt, im kaputten St. Pauli und vor allem: mit dem verdammten Karl?

Zu Wollis großer Erleichterung begegnet er Karl in den kommenden Tagen nicht im *Klein-Paris*. Irgendwann erfährt er von Onkel, dass Karl dort gar nicht mehr arbeitet. Dass er nach Berlin gegangen ist, um einen eigenen Laden zu eröffnen. Was genau passiert ist, weiß niemand. Ob Weissleder ihn gefeuert hat, ob er vor den Bullen geflüchtet ist, weil Ochsen-Harry gegen ihn ausgesagt hat, Wolli kann es nicht rauskriegen. Aber er ist zufrieden damit.

Weissleder leitet das *Klein-Paris* nun wieder selbst. Wolli bekommt mit, wie nervös er in diesen Tagen ist, denn die Eröffnung seines neuen Ladens steht kurz bevor, immer wieder verlässt er das *Klein-Paris*, um nach nebenan auf den Bau des *Star-Club* zu eilen, Anweisungen zu geben, neue, letzte Ideen auf den Plan zu werfen und selbst mit Hand anzulegen. Oft muss Wolli ihm dabei helfen. Onkel wird dazu verdonnert, überall in St. Pauli Plakate aufzuhängen, dort steht in Schwarz auf orangefarbenem Papier:

DIE NOT HAT EIN ENDE!

Die Zeit der Dorfmusik ist vorbei!

Am Freitag dem 13. April eröffnet der STAR-CLUB!

Fascher schwänzelt immer um Weissleder herum, berät ihn, versucht, den Laden so optimal wie möglich auf die Bedürfnisse der großen Stars aus dem Ausland einzustellen, ihm ist klar, wenn sie erst mal ein paar große Fische an Land gezogen haben, dann kommen alle anderen nach. Dafür muss der Laden tipptopp ausgerüstet sein. Die Bühne muss groß und glamourös sein. Die Anlage muss ihresgleichen in Europa suchen. Die Tresen müssen ein Maximum an Besuchern mit Getränken versorgen können, denn hier wird die Kohle abgemolken, das sagt Fascher mit glänzenden Augen, hier wird der Cash gemacht. Weissleder versucht, Fascher in seinem Erneuerungsrausch zu bremsen. Er ist eher sparsam, deshalb hat er auch den Neonstern des alten Kinos als Erkennungszeichen und Leuchtreklame behalten, ebenso das quer über die Straße gespannte Banner – voher wurden dort die Filme weithin sichtbar bis zur Reeperbahn angekündigt –, auf dem jetzt die Bandnamen stehen werden. Erwin Ross, der legendäre Erotikmaler, der »Rubens von St. Pauli«, der auch die Eingangstafeln der meisten Bordelle gemalt hat, entwirft als Bühnenhintergrund die Skyline von Manhattan, damit sich die Amistars gleich richtig zu Hause fühlen. Und damit das Publikum weiß, woher der Wind weht.

Weissleder wirbt alle Stars der Konkurrenz ab, Koschmider und Eckhorn können ihm nichts entgegensetzen, er bezahlt so viel, dass die Bands ihre Verträge brechen. Weissleder zahlt die Konventionalstrafe, die Gage ist bei ihm sowieso weitaus höher. Mit Brian Epstein, dem *Beatles*-Manager, trifft er »Special Arrangements«, um die *Beatles* zu übernehmen, viel Geld wechselt unter dem Tisch die Besitzer.

Eines Nachmittags hilft Wolli Horst Fascher, einen Filmprojektor in das Büro von Weissleder zu tragen. Weissleder sitzt am Schreibtisch, ihm gegenüber Roy Young, einer der angesagtesten englischen Pianisten und Sänger. Weissleder stellt eine kalte Flasche Cola vor sich auf den Tisch und ein Glas Whiskey vor Young.

»Roy, wenn du bei mir für drei Jahre unterschreibst, wirst du der Hauspianist im angesagtesten Club der Welt, verstehst du das? Hier wird eines Tages Elvis Presley auftreten. Und das überzeugt dich nicht?«

Wie die meisten der englischen Musiker kann Roy nach diversen Monaten Aufenthalt in der Hansestadt recht gut Deutsch sprechen.

»Dok, das klingt sehr gut, aber ik habe eigentlik schon eine Vertragunterschr… wie sagt man?«

»Roy, gibt es irgendwelche persönlichen Wünsche, die ich dir erfüllen könnte?«

Roy überlegt einen Moment.

»Also, suers mögte ik einen weißen Flugel mit meine Name drauf auf der Buhne haben …«

»Kein Problem.«

»Und eine eigene Hammond Organ muss dort auk sein …«

»Kein Problem.«

Roy blickt Weissleder erstaunt an, überlegt eine Sekunde und räuspert sich.

»Also, un ik hätte gerne einen weißen Ford Taunus TS, das wäre ein ektes Argument.«

»Roy, du hast einen weißen Ford Taunus TS, seit genau diesem Moment, jetzt unterschreib, und Horst holt den Wagen mit dir ab!«

Roy schaut eine Sekunde ungläubig zwischen Weissleder und Fascher hin und her, dann schnappt er sich den Füller und unterschreibt den Vertrag. Er verlässt mit Fascher den Raum, um sich sein Auto kaufen zu lassen. Weissleder blickt Wolli belustigt an.

»Was für ein Depp. Ich hätte ihm auch einen Mercedes bezahlt, oder einen Lamborghini, dafür dass er mir jeden Abend die Hütte vollmacht, aber er will einen jämmerlichen Taunus, dem is nicht zu helfen.«

»Na ja, immerhin kaufst du ihm einen Wagen.«

»Schon, aber nicht umsonst, das is ja wohl klar, der wird

ihm natürlich in Raten von der Gage abgezogen, ich bin doch nicht Krösus, hahaha!«

Weissleder lacht brüllend über Wollis Naivität.

»Aber das Wichtigste ist, Roy Young kennt alle Stars, die wir brauchen, privat, und er hat vertraglich unterschrieben, sie anzuwerben. Ich schicke ihn nach England und nach Amerika, mit einem Packen meiner Verträge, und dann bringt er mir die Crème de la Crème nach Hamburg: Gene Vincent, Bill Haley, Ray Charles, Little Richard, Chuck Berry, Fats Domino, Duane Eddie, Jerry Lee Lewis, Brenda Lee. Und wenn die alle kommen, dann kommt auch Elvis Presley!«

Weissleder lehnt sich zurück und trinkt genüsslich die Flasche Cola aus. Mit diesem Laden wird er den Coup seines Lebens landen. Vielleicht nicht finanziell, aber vor der Geschichte.

Einige Tage vor der Eröffnung des *Star-Club* trifft Wolli im *Paradieshof* auf der Großen Freiheit auf Ikke. Sie haben sich lange nicht gesehen und begrüßen sich herzlich. Ikke sieht etwas mitgenommen aus.

»Ikke, wie geht's dir, du machst einen traurigen Eindruck.«

»Hast du denn noch nichts von dem Unglück gehört?«

»Welches Unglück denn nun schon wieder? Nach all den Unglücken der letzten Zeit?«

»Die Sache mit Stuart Sutcliffe?«

»Was ist passiert? Ich hab nichts mitbekommen.«

»Stuart ist ja zu Astrid unters Dach gezogen, als die anderen Beatles nach England zurückgekehrt sind, er hat gemalt und an der Hochschule für bildende Künste studiert, muss toll gewesen sein für die beiden.«

»Hab ich auch so gehört, was für ein Glückspilz, hab ich gedacht.«

»Und dann hat er immer stärkere Kopfschmerzen bekommen, und keiner hat gewusst, woher die sind. Die Ärzte haben ihn untersucht, aber nix gefunden, und alle haben gedacht, dass er 'ne Art Migräne hat, nur Astrid hat sich wirklich Sorgen gemacht um ihn. Das ging dann so weit, dass er auf einmal nicht mehr sehen konnte und nur noch gestöhnt hat vor Schmerzen. Und Astrid hat ihn umsorgt, aber zwischendurch musste sie auch arbeiten gehen. Vor einigen Tagen dann hat Astrids Mutter sie angerufen, sie möge sofort nach Hause kommen, Stuart gehe es sehr schlecht. Astrid ist direkt hingefahren, und Stuart lag am Boden und konnte nicht mehr sprechen. Dann haben sie einen Krankenwagen gerufen, aber auf der Fahrt … ist er in ihren Armen gestorben.«

Ikke hält inne und starrt mit leerem Blick zu Boden. Wolli kann nicht verstehen, was er da gerade gehört hat.

»Wie, gestorben?«

»Er ist einfach gestorben, in ihren Armen, als sie im Krankenhaus ankamen, war er tot.«

»Aber wieso, ich verstehe das nicht.«

»Ich weiß es auch nicht. Sie sagen, er hatte ein Blutgerinnsel im Kopf, vielleicht ist ihm da auch 'ne Ader geplatzt, niemand weiß was Genaues.«

Wolli weiß nicht, was er sagen soll. Er kannte Stuart kaum, verachtete ihn am Anfang für sein Nichtkönnen, aber am Ende bewunderte er ihn für seine Eleganz und seinen Stil, und vor allem beneidete er ihn um Astrids Liebe.

»Oh Mann, das ist echt hart. Und was ist mit Astrid? Was macht sie?«

»Ich weiß es nicht, sie ist für niemanden zu erreichen, sie

hat sich zu Hause eingeschlossen, oben, in der Dachkammer, wo Stu gewohnt hat.«

»Und was sagen die Beatles dazu?«

»Keine Ahnung. Vielleicht wissen sie es noch gar nicht. Sie müssten bald hier eintreffen, sie spielen am Eröffnungsabend des *Stars-Clubs*.«

»Was für 'ne traurige Geschichte, der Typ war doch so jung, und alle haben ihm die große Kunstkarriere vorausgesagt, und er hatte die tollste Frau der Stadt, und nun …«

»Nun ist er tot. So geht das.«

Wolli ist konsterniert. Aber insgeheim macht er sich auch Hoffnung. Auf Astrid.

Am Abend des 13. April 1962 öffnet der *Star-Club* zum ersten Mal seine Pforten. Vor dem Einlass, unter dem Neonstern, hat sich eine lange Schlange gebildet, Hunderte junge Leute stehen die Große Freiheit hinunter und warten geduldig auf Einlass in den glamourösesten Schuppen der Rock-'n'-Roll-Welt. Viele besorgte Eltern haben ihre Kinder begleitet, Mütter blicken sich beunruhigt um, St. Pauli, die Große Freiheit, die maximale Gefahr für die kleinen, noch unverdorbenen Seelen. Die kleinen noch unverdorbenen Seelen allerdings hoffen genau auf diese maximale Gefahr, sie wollen in das Sündenbabel eingelassen werden, sie suchen Wildheit. Auch die gesamte Musikprominenz und die Hautevolee des Rotlichts haben sich heute hier versammelt. Alle wollen sehen, was Weissleder auf die Beine gestellt hat. Die Oberen aus dem Rotlicht interessiert das besonders, weil so ein Laden die perfekte Geldwaschmaschine ist, so etwas möchten sie auch besitzen. Sofern es funktioniert.

Tex Roberg und seine Band eröffnen die Rock-'n'-Twist-Parade. Später spielen die *Beatles* und räumen richtig ab, die

Mädchen im Publikum drehen förmlich durch, als sie auf die Bühne kommen. Wolli und Mauli stehen rechts von der Bühne und schauen sich gemeinsam das ganze Spektakel an. Wolli muss sich und ihr eingestehen, dass die Band wirklich gut geworden ist, sie spielen laut, schnell, wild, singen fantastisch – das alles im Angesicht des Todes ihres Freundes Stuart. Oder vielleicht gerade deshalb. Paul hat den Bass übernommen, wiederholt widmen sie Stücke Stuarts Andenken. Die letzten Monate haben sie ja bereits ohne ihn gespielt und sind dadurch sogar noch besser geworden, nun ist ihrem ungestümen Talent kaum noch eine Grenze gesetzt.

Der Eröffnungsabend des *Star-Club* wird – wie erwartet – ein voller Erfolg. Manni Weissleder muss sich nun ständig um seinen neuen Laden kümmern, die Abläufe strukturieren, neue Bands besorgen, er ist nur noch selten im *Klein-Paris*. Wolli übernimmt so etwas wie die Position des Geschäftsführers, auch wenn das nicht ausgesprochen wurde. Sobald er Zeit hat, geht er selbst in den *Star-Club*, trifft sich hinter der Bühne mit Fascher und Weissleder und lernt die Bands kennen. Eines Abends nimmt Weissleder ihn in einer ruhigen Minute zur Seite.

»Wolli, du arbeitest ja nun schon länger für mich, und ich muss sagen, dass ich sehr zufrieden mit dir bin, du bist einer, dem man vertrauen kann. Da ich weiß, dass du schon seit Längerem auf Wohnungssuche bist, möchte ich dir etwas vorschlagen. Das Haus, in dem das *Klein-Paris* ist, die Große Freiheit Nr. 11, dieses Haus hat ja noch zwei Stockwerke oben drüber. Diese Stockwerke stehen leer beziehungsweise werden sie als Lager benutzt, aber eigentlich brauche ich die nicht. Willst du sie dir nicht als Wohnung einrichten? Das hätte den Vorteil, dass du direkt über'm Laden wohnst und so immer ein Auge drauf haben könntest. Was meinst du?«

Wolli kann es kaum glauben, das kommt seinem Traum davon, wie er leben möchte, ziemlich nahe, eine eigene Wohnung – auf der Großen Freiheit und dann noch auf zwei Etagen. Wer kann schon von sich behaupten, so leben zu dürfen?

»Ich weiß nicht, ob ich mir das leisten kann.«

»Am Geld soll's nicht scheitern, wenn du erst mal Geschäftsführer des *Klein-Paris* bist.«

»Wie bitte?«

»Und für die ersten drei Monate wohnst du umsonst, bis du eingerichtet bist, dann zahlst du mir für alles zusammen zweihundert Mark. Was sagst du?«

»Was ich dazu sage? Ich sage natürlich Ja!«

Wolli ist so glücklich, dass er Weissleder am liebsten umarmen würde.

Die nächsten Wochen verbringt Wolli damit, sich einzurichten. Mauli beobachtet das argwöhnisch. Sie versteht nicht, warum er nicht einfach bei ihr wohnen bleibt. Im oberen Geschoss, unter dem Dach, richtet Wolli seine Privatwohnung ein, er hat dort zwei Zimmer mit Fenstern zur Großen Freiheit, ein schönes kleines Bad und eine Küche. Die Möbel bekommt er von Weissleder, der davon massenweise in diversen Kellern unter seinen Läden herumstehen hat. Im unteren Geschoss richtet Wolli eine Art Salon ein, im großen Hauptraum stehen verschiedene Sofas, eine kleine Bar und ein Filmprojektor mit Leinwand, auf dem Wolli ab und zu Filme für Freunde vorführen möchte. Wenn er nachts mit seiner Schicht im *Klein-Paris* fertig ist, braucht er nur noch ein paar Stufen nach oben zu rennen und ist zu Hause. Mauli braucht länger, um diese Situation annehmen zu können.

Über Onkel bekommt Wolli skandinavische 8-Millimeter-Sexfilme angeboten. Onkel war vor Kurzem in Flensburg, dort hat ein skandalträchtiges neues Geschäft eröffnet, das sogenannte »Fachgeschäft für Ehehygiene«, gegründet von der ehemaligen Pilotin Beate Uhse. In diesem Geschäft gibt es verschiedene Sexspielzeuge, Zeitschriften, Bücher und eben auch Filme zu erstehen. Es ist der erste Sexshop der Welt.

Aber die Filme bei Beate Uhse sind nur bessere Schmusepornos, es gibt keine wirkliche Aktion zu sehen. Also ist Onkel nach Kopenhagen gefahren und hat dort einen Händler ausfindig gemacht, der wirklich schmutzige Filme verkauft. Filme, in denen es jede Spielart der körperlichen Liebe zu sehen gibt. Filme, die inspirieren und anregen sollen.

Wolli zeigt Mauli die Filme auf dem Projektor in seinem Salon. Mauli fährt voll auf die Filme ab, und außerdem geben sie ihr einen Grund, ihn in der neuen Wohnung zu besuchen. Sie möchte immer weitere Streifen sehen, um mit Wolli das Gesehene nachzustellen.

Dazu kommt: Mauli nimmt neuerdings spezielle Tabletten vom Chemiegiganten Schering, sie heißen Anovlar und sind angeblich ein Mittel zur »Behebung von Menstruationsstörungen«. Aber in Wahrheit verhindern sie Schwangerschaften. Viele der Tillen nehmen diese Tabletten, weil sie dann nicht mehr empfänglich sind, selbst wenn bei einem Freier mal das Präservativ reißt. Mit dem eigenen Mann können sie so ohne Verhütung schlafen. Einige nennen das Medikament »Antibabypille«, aber Mauli findet diesen Begriff merkwürdig.

»Ich nehm doch keine Tabletten, um Babys zu töten, sondern um über mein Leben und meinen Körper selbst bestimmen zu können.«

Wolli gefallen diese Tabletten, sie verschaffen ihm völlige

Handlungsfreiheit beim Sex, über Konsequenzen muss er nicht mehr nachdenken. Allerdings kriegen nur verheiratete Frauen die Pillen vom Arzt verschrieben, und so muss Mauli sich die ihren von Onkel schwarz besorgen lassen.

Ende Mai kommt einer der größten Weltstars des Rock 'n' Roll nach Hamburg, um einige Wochen im *Star-Club* aufzutreten: Gene Vincent!

Weissleder und Fascher sind stolz und aufgeregt. Diesem amerikanischen Superstar in ihrem Club werden andere Stars folgen. Dass Gene Vincents Stern in Amerika bereits wieder sinkt, weiß im fernen Deutschland kein Mensch, seine Hit-Single »Be Bop A Lula« ist zwar schon sechs Jahre alt, aber in Europa immer noch ein absoluter Brenner. Weissleder bittet Wolli in diesen Tagen ab und zu, im *Star-Club* auszuhelfen. Es soll alles perfekt sein, und so lässt Weissleder den Backstage-Raum seines Stars besonders schön herrichten, Wolli baut dort einen kleinen Kühlschrank auf und bestückt ihn mit den speziellen Getränkewünschen Vincents, vor allem Whiskey und Weinbrand müssen bereitstehen.

Am 25. Mai 1962 fährt Gene Vincent mit seinem Manager Henry Henroid in einem von Weissleder gemieteten Rolls-Royce vor. Bereits seit dem Nachmittag lungern einige Fans vor dem Club herum, nun jubeln sie ihrem Giganten zu.

Gene, in Jeans und Lederjacke gekleidet, unrasiert und übernächtigt, mit zerzauster Tolle und hohlem Blick, steigt aus, ohne sich weiter umzuschauen, er humpelt die Treppe zum Eingang hinauf, schnipst eine brennende Zigarette zur Seite und wartet darauf, dass man ihm die Tür öffnet. Sein Manager wirkt gestresst.

»Gentlemen, wo is die Backstage-Raum, Mister Vincent hat kaum geslafen.«

Henroid spricht ein ziemlich gutes Deutsch. Wolli hält die Tür auf, und Weissleder führt den Sänger und seine Entourage in die Räumlichkeiten, wo Vincent sich sofort auf ein Sofa fallen lässt und stöhnend ein Bein auf den Tisch legt.

»Mister Weissleder, wir brauken Schmerzmiddel und etwas sum Schlafen, können Sie das besorgen?«

Weissleder blickt Wolli an, dieser nickt nur.

»Sie müssen wissen: Mister Vincent hatte einen Motorradunfall, und sein linkes Bein wurde dabei zertrümmert, seitdem leidet er unter unerträglichen Schmerzen«, raunt Henry Henroid den *Star-Club*-Männern zu.

Wolli besorgt sich von Onkel umgehend die ganze Klaviatur moderner Pharmaka. Gene Vincent zeigt sich darüber sehr erfreut, er lächelt Wolli anerkennend an.

Die Beatles sind wahnsinnig aufgeregt, ihrem Idol begegnen zu dürfen, er ist einer ihrer absoluten Helden, gehört definitiv zu den Erschaffern des Rock'n'Roll. Sie ahnen nicht, dass sie dabei sind, ihm mit ihrer eigenen Musik sein Grab zu schaufeln. John und Paul schauen sich jede seiner Shows an, beobachten ihn genau, lernen von seiner energiegeladenen Bühnenpräsenz. Auch Wolli ist von Gene beeindruckt, hinter der Bühne ist er unberechenbar, cholerisch, manchmal gewalttätig, er trinkt viel und versucht vergeblich, mit Drogen und Medikamenten sein Befinden zu steuern. Auf der Bühne aber ist er konzentriert, scheint alle seine Sorgen, Probleme und Schmerzen zu vergessen, er verrenkt sich ekstatisch am Mikrofonständer, singt ausdrucksstark und energetisch und starrt dabei lächelnd die ganze Zeit nach oben an die Decke, so als ob er eine Vision habe, als ob er einen Engelschor in einem imaginierten Himmel erblicken würde, manche Fans tun es ihm nach, schauen ebenfalls nach oben, aber sie können dort nichts entdecken, es ist etwas, das nur Gene Vincent sehen kann: die himmlischen Heerscharen des Amphetamin. Nach der Show, hinter der

Bühne bricht er zusammen, das Endorphin verlässt ihn, sein Serotoninspiegel sackt binnen Minuten ins Bodenlose, die Applausdroge verebbt, und er muss nachtanken, mit hartem Alkohol oder mit Tabletten. Manchmal schmeißt er sich eine Handvoll Captagon ein, er zählt die Tabletten nicht einmal mehr, er stopft sie sich in den Mund und legt sich auf sein Backstage-Sofa, um die heilende Wirkung abzuwarten. Häufig redet er von Eddie Cochran, wiederholt dessen Namen, wünscht ihn herbei. Eddie Cochran ist zwei Jahre zuvor bei einem gemeinsamen Autounfall in England ums Leben gekommen, mit einundzwanzig Jahren. Gene hat schwer verletzt überlebt. Eddie war genauso alt wie Stuart Sutcliffe, als er starb.

Henroid muss Gene Frauen zuführen, die er von weiter unten stehenden Bediensteten, manchmal auch von Onkel oder Wolli auf der Straße ansprechen lässt. Junge deutsche Frauen, die alles für eine Begegnung mit Gene Vincent tun würden. Sie werden in sein Backstage geführt, danach darf für längere Zeit niemand stören. Bald darauf müssen die Frauen wieder gehen. Gene könnte sich sowieso nicht mit ihnen unterhalten, sie interessieren ihn auch nicht wirklich. Hin und wieder nimmt er mal eine mit, sofern sie ein bisschen Englisch spricht, ins Hotel *Pazifik* am Pferdemarkt, hier bringt Weissleder seine amerikanischen Stars unter. Ab und zu bekommt Weissleder Rechnungen für angebranntes Mobiliar und Bettzeug, weil Vincent total benommen einschläft und seine brennenden Zigaretten vor sich hin kohlen.

Hoddel Fascher hat Mühe, seine Stars unter Kontrolle zu halten, denn alle speisen aus den gleichen Quellen. Bei den *Beatles* ist John Lennon derjenige, der am hemmungslosesten mit Stimulanzien experimentiert, er verschwindet sogar während der Show von der Bühne, sobald ein sexueller Gewinn in Aussicht steht. Eines Abends beauftragt Weissleder Hoddel und Wolli, nach Lennon zu schauen, der mal wieder nicht zum Dienst auf der Bühne erschienen ist. Hoddel entdeckt John unbekleidet mit einem weiblichen Fan auf einem Backstage-Klo. Er kippt einen ganzen Eimer kalten Wassers über die Toilettentrennwand auf den Köpfen der beiden Liebenden aus, um Lennon aus seiner sinnlichen Tagträumerei zu erwecken. Dieser ist darauf höchst beleidigt. Zu seiner Arbeit auf der Bühne erscheint er nur in Unterhosen und mit einer aus der Wand gebrochenen Klobrille, die er sich über den Kopf gezogen hat. Während er den ganzen Saal mit wüsten Nazibeschimpfungen eindeckt, johlt das Publikum vor Freude. So weit geht sonst keiner der Musiker, Lennon ist der Wildeste.

Den ganzen Sommer über arbeitet Wolli im *Klein-Paris*, er genießt mittlerweile das Ansehen von allen Angestellten, den Kellnern, den Koberern und den Tillen. Er ist da, wenn man ihn braucht, und findet für jedes Problem eine Lösung. Auch Onkel freut sich über den Aufstieg seines Freundes, er weiß, dass er davon nur profitieren kann. Selbst Mauli ist ein bisschen stolz darauf, dass ihr Hahn jetzt zur guten Gesellschaft gehört, inzwischen genießt sie es auch, in seiner schicken Wohnung zu übernachten. Die Geschäftsführer der anderen Läden, die Loddel, sogar die Puffbosse kennen Wolli und respektieren ihn. Dafür muss Wolli jederzeit seinen Mann stehen, er muss vor allem nachts stets präsent sein, muss sich die Sorgen und Ängste seiner Angestellten anhören, aber auch mit den anderen Männern aus dem richtigen Leben rumhängen, trinken, spielen, feiern.

Wolli muss zwar aus gesellschaftlichen Gründen viel trinken, privat aber, zu Hause, um runterzukommen, hascht er lieber. Das macht ihn ruhig und geschmeidig. Ab und zu schreibt er sich Briefe mit seiner Mutter, er vermeidet allerdings, ihr zu erzählen, wovon er lebt.

Als ihm Mauli eines Tages eine Omega über das Handgelenk streift, wehrt er sich nicht mehr. Er gibt das Geld mit vollen Händen aus, wenn es eine Kiezregel gibt, dann die, sich nicht lumpen zu lassen. Geiz ist die Todsünde Nummer eins. Geiz ist Kleinheit, Geiz ist Schwäche, Geiz ist Jämmerlichkeit. Jede Mark, die zu viel ausgegeben wird, ist eine Provokation des Schicksals, Sicherheit ist der Tod.

Ganz langsam sickert St. Pauli in Wolli ein, durchdringt sein Wesen und Handeln und füllt jede Pore in ihm aus, nur sein sächselnder Dialekt verrät seine wirkliche Herkunft.

Eines späten Nachmittages im Herbst klingelt das Telefon bei Wolli zu Hause. Eine bekannte Stimme erklingt. »Hey, Wolli, wie geht's, wie steht's, mein alter Freund?«

Wolli erkennt Karl sofort.

»Wolli, hey, hat's dir die Sprache verschlagen?«

»Nein, hallo, Karl, schön, dass du dich mal meldest.«

»Du, ich hatte Sehnsucht. Bin jetzt in Berlin. Wie ich höre, hast du meinen Posten im *Klein-Paris* übernommen?«

Für eine Sekunde bleibt es still zwischen den beiden.

»Na ja, du warst ja dann auf einmal weg. Keiner hat gewusst, warum. Und der Posten war frei. Und dann hat Weissleder mich halt gefragt.«

»Wolli, Wolli, tststs, du brauchst dich doch nicht bei mir zu entschuldigen, ha? Ich nehm es dir auf jeden Fall nicht übel, alter Freund.«

Wieder entsteht eine längere Pause, das Schweigen dehnt sich unangenehm aus.

»Wolli, Hamburg is ja schön und gut, aber willst du nicht mal nach Berlin kommen? Berlin hat ganz andere Möglichkeiten als Hamburg. Ich hätte 'nen Job für dich, ich könnte einen guten Mann gebrauchen.«

Wolli weiß, dass er ablehnen muss, aber ohne Karl zu beleidigen. Das ist fast unmöglich.

»Karl, ich danke dir sehr herzlich für das Angebot, aber ich kann hier grade nicht weg, ich hab zu viel um die Ohren, weißt du … Wenn ich jetzt gehe, würde ich wirklich Stress mit dem Boss kriegen, der braucht mich grade hier …«

Erneut bleibt es einige Sekunden still in der Leitung.

»Das ist sehr schade, mein Freund. Ha? Wäre doch wirklich schade, wenn der Kontakt zwischen uns abbrechen würde, oder?«

»Oh ja, Karl, das stimmt, das wäre wirklich schade.«

Wolli setzt sich aufs Sofa und zündet sich einen Joint an.

»Wolli, meine Frau kommt demnächst nach Hamburg, sie würde gerne ein paar alte Freunde besuchen, kannst du ein wenig auf sie achten?«

»Na, das ist ja wohl selbstverständlich, Karl, sie kann sich jederzeit bei mir melden. Und falls sie ein schönes Zimmer braucht, lass es mich wissen.«

»Gut zu wissen, dass ich auf dich bauen kann, alter Junge, ha? Wir beiden, da kommt nichts dazwischen, oder?«

»Nein, da kommt nichts dazwischen, Karl.«

In der Leitung klickt es, Karl hat unvermittelt aufgelegt. Wolli hat ein mulmiges Gefühl, warum hat sich Karl jetzt auf einmal wieder gemeldet, was will er von ihm, warum schickt er ihm seine Frau? Wolli beschließt, das Ganze vorerst zu vergessen.

Ende Oktober werden die Räume des *Spiegel* im Hamburger Pressehaus von der Polizei besetzt. Bundesstaatsanwalt Siegfried Buback lässt mehrere Redakteure und den Chefredakteur Rudolf Augstein festnehmen und inhaftieren. Ihnen wird vorgeworfen, mit der zuletzt erschienenen Titelgeschichte »Bedingt abwehrbereit« Staatsgeheimnisse über den militärischen Zustand der Bundesrepublik und der NATO der Öffentlichkeit und somit auch dem Gegner im Ostblock preisgegeben zu haben. Alle Arbeitsstätten des *Spiegel* werden besetzt und durchsucht, die Druckfahnen der laufenden Ausgabe müssen der Polizei ausgehändigt werden.

Am Abend liegt Wolli, nur mit einem offenen Bademantel bekleidet, in seiner Wohnung auf dem Sofa und schaut die Berichterstattung über den Polizeieinsatz im Fernsehen.

»Da geht's schon wieder los, Mauli, hast du das mitbekommen, ich sag's dir, das sind die ersten Anzeichen!«

Mauli macht sich für ihre Schicht an der Wand fertig, sie steht vor dem Spiegel und frisiert sich die Haare.

»Was für Anzeichen? Wofür sollen das Anzeichen sein?«

»Dafür, dass die andere Seite wieder an Boden gewinnt.«

»Welche andere Seite?«

»Na, die alte deutsche Seite. Ich will nicht sagen, die Naziseite, aber eben der alte deutsche Geist.«

»Hä, welcher alte deutsche Geist denn? Klingt nach Märchenstunde.«

»Gerade dieser Bayer Strauß, ich sage dir, der ist brandgefährlich, ein Lügner durch und durch, noch vor 'n paar Jahren hat er gesagt: Dem Deutschen, der noch mal eine Waffe in die Hand nimmt, dem soll diese Hand abfallen! Und jetzt ist er Verteidigungsminister und will aufrüsten, amerikanische Atomraketen nach Deutschland bringen und in jeder deutschen Hand mindestens eine Waffe sehen!«

»Strauß? Du meinst diese fette, hässliche Kröte aus München? Ja, der is widerlich, das stimmt.«

Mauli kaut wie immer Kaugummi und müht sich damit ab, eine blonde Langhaarperücke in ihren eigenen Haaren zu verankern. Wolli zündet sich einen Joint an und inhaliert tief.

»Wenn die den *Spiegel* schließen können, dann ist nichts mehr sicher, dann gibt es keine objektive Berichterstattung mehr!«

»Berichterstattung worüber?«

Mauli klingt gelangweilt. Wolli legt sich rücklings hin und starrt an die Decke.

»Über alles. Ach, egal, vergiss es einfach.«

Mauli verdreht die Augen, schmeißt sich ihren Mantel über und rauscht aus der Tür.

Wolli kleidet sich ebenfalls an und streunt durch die kühle Herbstluft in die Innenstadt. Nach einiger Zeit kommt er beim Hamburger Pressehaus an, in dem auch der *Spiegel* sitzt. Tatsächlich stehen vor dem Eingang mehrere Einsatzwagen und diverse Polizisten. Akten und Unterlagen werden aus dem Haus getragen. Einige Demonstranten halten Schilder hoch: »Befiehlt Strauß der Justiz?« und »Maulkorb für die Presse« oder »Es geht nicht nur um den Spiegel, es geht um die Pressefreiheit!«. Manche schwenken *Spiegel*-Hefte mit dem Konterfei von Strauß auf der Titelseite. Wolli beobachtet das Treiben von der gegenüberliegenden Straßenseite, nach einer Weile wandert er langsam und gedankenverloren weiter in Richtung des Gänsemarktes.

Ohne ein Ziel gehabt zu haben, steht er auf einmal vor der *Palette*, die gut besucht zu sein scheint, die Scheiben sind beschlagen, und aus dem Inneren dringt laute Musik. Wolli betritt den Laden, und für eine Sekunde verschlägt es ihm fast den Atem, so verraucht und schweißverhangen ist die Luft. Viele jungen Leute stehen im Vorderraum und diskutieren, einige tanzen zur »Sauerkraut-Polka« von Gus Backus, die aus der Jukebox klingt. An einem Tisch auf der linken Seite sitzt wieder der große Typ mit dem Vollbart, er macht sich wie immer Notizen und lauscht aufmerksam den Gesprächen um ihn herum, vor ihm steht ein Glas Traubensaft. Wolli bestellt sich ein Bier, er fängt einige erregte Gesprächsfetzen einer Gruppe von studentisch aussehenden jungen Leuten um sich herum auf.

»Das ist Adenauers Ende, ich sag's euch, das bringt ihn zu Fall!«

»Glaub ich nicht, is doch alles noch voll mit den alten Nazis hier, in den ganzen führenden Positionen sitzen die, und die wollen keinen Journalismus, der über die wirkliche Wahrheit berichtet! Vor allem nicht das Militär. Der irre Strauß wird sich dagegen zur Wehr setzen, der is 'n Handlanger der Amis und verdammt machtgeil, und der wird den *Spiegel* zerschlagen.«

»Wenn wir nichts dagegen tun, könnte das passieren. Wir sollten auf die Straße gehen.«

»Für wen, für Rudolf Augstein? Der mit den Mächtigen an einem Tisch sitzt? Mit den ganzen Snobs und Reichen. Ich sag euch, der gehört doch schon längst zur anderen Seite. Geh mal abends ins Restaurant *Coelln*, in der Innenstadt, in den Austernkeller, da kannst du die ganze Bagage sehen. Paul Nevermann und Helmut Schmidt und Rudolf Augstein, und wie sie alle heißen. Da sitzen sie alle und stopfen sich voll mit Austern und Kaviar. Die stecken alle unter einer Decke.«

Wolli meint einige der Anwesenden wiederzuerkennen, vom Kunstausflug vor einiger Zeit, er ist sich aber nicht sicher. Seinen Bekannten Cäsar kann er nirgends entdecken. Einer der Diskutierer ruft zu dem bärtigen Zeichner herüber: »Und, Hubert, was meinst'n du zu der *Spiegel*-Sache?«

Hubert schreckt hoch. Er überlegt kurz, dann antwortet er ruhig: »Adenauer wird Strauß opfern, damit ist die Sache erledigt.«

Seine Ansage wirkt so klar, für einen Moment ist Ruhe in der Runde. Die Diskutanten wenden sich von Hubert ab, was sollen sie darauf erwidern? Wolli beobachtet den Bärtigen eine Weile. Klug sieht er aus, schlank, groß, über der hohen Stirn kraust sich sein lockiges kurzes Haar, das Gesicht wirkt unverbraucht, etwas Distanziertes liegt in seinem Blick, vielleicht ist es auch eher Scheu, eine Maske. Kurz trifft sich Wollis Blick mit dem des Bärtigen, sie bleiben für eine Sekunde aneinander hängen, dann senkt dieser wieder den Kopf und schreibt in sein Heftchen.

»Schuld an allem sind sowieso die verdammten Amis!«, kräht ein Jungspund neben Wolli.

»Die waren grade kurz davor, die Welt zu vernichten mit ihren verdammten Atomwaffen. Ich bin kein Fan von Nikita Chruschtschow, aber wenn der seine Raketen nicht aus Kuba abgezogen hätte, wären wir jetzt alle tot!«

»Na ja, aber er hat sie ja auch da aufgestellt. Heimlich. Das is doch auch schon völlig krank.«

Die junge Sprecherin nimmt einen Schluck aus ihrer Bierflasche.

»Klar, weil die Amis ihre Atomraketen in der Türkei stehen haben, mit Zielrichtung Moskau, was soll den Chruschtschow da machen, ha?«, blafft der Jungspund ihr ins Gesicht.

Wolli schnappt sich sein Bier und drängelt sich durch die Diskutanten in den Gang zum Hinterzimmer. Auch hier ist es voll. Gleich am Eingang, am ersten Tisch sitzt Cäsar, er blickt Wolli an und springt auf.

»Hey, mein Kunstfreund ist wieder da, na, das freut uns aber, willkommen, altes Schmierauge!«

Cäsar umarmt Wolli und küsst ihn auf beide Wangen, Wolli klopft ihm herzlich auf den Rücken.

»Freund, setz dich zu uns, wir brauchen gute Leute in diesen schwierigen Zeiten, darf ich dir vorstellen: Willi Hurter.«

Cäsar weist auf einen neben ihm sitzenden Typen, jung, schlank, mit einem sehr schönen, ein wenig indianisch anmutenden Gesicht, er trägt eine Samthose und ein Rüschenhemd. Schüchtern hebt der Typ die Hand und sagt mit leiser

Stimme: »Reimar heiße ich. Willi war mein früherer Name. Jetzt heiße ich Reimar.«

»Stimmt, Entschuldigung, Reimar Renaissancefürstchen, so heißt er.«

»Nein, nicht Renaissancefürstchen, einfach nur Reimar!«

Cäsar prustet vor Lachen.

»Reimar Renaissancefürstchen, so sei dein Name, Bursche!«

Wolli kann sich ein Lächeln nicht verkneifen, Reimar blickt verzweifelt zu Boden. Cäsar fasst sich wieder, er räuspert sich: »Ähem, Entschuldigung, Reimar, ich wollte nicht unterbrechen.«

Reimar blickt weiter zu Boden.

»Wolli, unser Reimar ist der größte Drogenkenner, den ich persönlich bisher in meinem Leben getroffen habe. Er kennt jede Droge, weiß, woraus sie besteht und wie man sie herstellen kann.«

Interessiert mustert Wolli Reimar.

»Drogen herstellen kann ich nur theoretisch, an die meisten Zutaten kommt man aber nicht einfach so ran. Aber wenn man mir Norephedrin, Iod und roten Phosphor besorgen würde, könnte ich daraus sehr schönes Amphetamin basteln. Es funktioniert auch mit Phenylessigsäure, wenn kein Norephedrin vorhanden ist. Und ich hab's auch schon mit Phenylaceton gemacht.«

Cäsar nickt wie ein Vorschuljunge.

»Mit Phenylaceton hat er's auch schon gemacht!«

Beschämt blickt Reimar wieder zu Boden, Cäsar grinst überheblich und haut dem Schmalen auf den Rücken.

»Eines Tages kochen wir mal so 'nen richtig großen Pott von diesem Zeug und fahren damit nach Kaltehofe, da, wo das Hamburger Wasser gemacht wird, und dann klettern wir da nachts über den Zaun und kippen den ganzen Pott in das Becken. Da wollen wir mal sehen, was am nächsten Tag für 'ne Party in dieser Stadt beginnt, was, Reimar?«

Reimar lächelt gequält.

»Das wird nicht funktionieren, zu große Verdünnung, da kommt nichts an bei den Leuten.«

Wolli lehnt sich interessiert zu Reimar.

»Und könntest du auch Drogen besorgen? Ich kann immer mal wieder was für den Verkauf auf St. Pauli gebrauchen.«

Reimar blickt Wolli schüchtern an.

»Klar, ich hab 'n paar ganz gute Quellen, sag mir doch Bescheid, wenn du was brauchst.«

Der Bärtige betritt den Raum und setzt sich an einen freien Tisch in der Ecke. Er öffnet sein Heftchen und beginnt zu schreiben. Wolli blickt Cäsar an.

»Was macht der da eigentlich?«

»Er schreibt unsere Gespräche auf. Er findet, dass unsere Gespräche eine historische Dimension besitzen, deshalb hält er sie für die Nachwelt fest, nicht, Hubert?«

Hubert schaut nur kurz zu Cäsar rüber und schreibt dann gleich weiter.

»Wenn daraus je ein Buch wird, will ich aber meine Prozente bekommen, ich sag es dir! Ich erkenne jeden meiner Sätze wieder, da kommt dann so ein Copyright-Zeichen ran, so ein C für Cäsar, damit auch jeder weiß, von wem die großen Sprüche kommen, klaro?«

Der Bärtige blickt nicht einmal mehr auf. Wolli wendet sich wieder an Reimar.

»Komm mich doch mal besuchen, in der großen Freiheit Nr. 11. Ich wohne in den oberen beiden Etagen, die Tür unten steht immer offen, kannst einfach reinkommen. Ich stell dich meinem Freund und Mitarbeiter Onkel vor. Bei uns kannst du 'n bisschen Geld verdienen.«

Reimar nickt Wolli dankbar zu und trinkt einen großen Schluck Cola aus seiner Flasche.

In den folgenden Tagen und Wochen breiten sich die Proteste und Demonstrationen um die *Spiegel*-Besetzung über das ganze Land aus. In Frankfurt, Mannheim, München, Lübeck, Berlin und anderen Städten kommt es zu Versammlungen und Aktionen, von allen Seiten wird das »Ende des Obrigkeitsstaates« ausgerufen. Das Ende der Herrschaft der alten Männer. Diejenigen, die schon vor dem Kriegsende mitgemischt haben. In Hamburg formieren sich die Studenten und protestieren vor dem Untersuchungsgefängnis, in dem Augstein einsitzt.

Am 31. Oktober spitzt sich die Lage derart zu, dass die Demonstranten kurz davor sind, das Gefängnis zu stürmen. Die Tore werden von innen verschlossen, immer größere Polizeikräfte zusammengezogen. Als Helmut Schmidt von der Situation erfährt, eilt er sofort zu den Demonstranten vor den Gefängnismauern und redet beschwichtigend mit einem Megafon auf die aufgebrachte Menge ein. Er gesteht ein, dass seiner Ansicht nach Rudolf Augstein gerade ein großes Unrecht widerfährt, warnt jedoch davor, dieses Unrecht durch ein anderes – wie den Sturm des Gefängnisses – wettmachen zu wollen. Er überredet die Demonstranten, ihm zu einem der großen Hörsäle der Universität zu folgen, um gemeinsam über die Situation zu diskutieren.

Ein paar Tage später sitzen Wolli und Onkel in der unteren Etage der Großen Freiheit Nr. 11 im Salon. Sie treffen sich häufig hier, um Geschäftliches zu besprechen, manchmal auch nur, um ein wenig zu plaudern. Mauli liegt auf einem

Sofa und raucht Zigarette. Wolli liest in der *Morgenpost* über die Ereignisse der letzten Tage.

»Das war ein Fehler, das sag ich dir, dass die Demonstranten Schmidt gefolgt sind.«

»Wieso war das ein Fehler?«

Onkel blickt Wolli abwesend an.

»Sie hätten den Knast stürmen sollen. Aber dafür sind die Deutschen zu brav, zu feige, zu obrigkeitshörig, auch die Studenten, das können die dann nicht. In Paris wäre das anders abgelaufen.«

Onkel trinkt einen Schluck Kaffee. Er nickt versonnen.

»Richtig, Amigo. Das hätte dieser Stadt ganz gut tun können, so eine kleine Revolution.«

»Ach was, kleine Revolution, das hätte sich ausweiten müssen, auf alle möglichen Ebenen, um sie alle hinfortzuschwemmen, diese alten Nazis, mit ihren dicken Posten, die so tun, als wenn sie mit nichts etwas zu tun gehabt hätten.«

Onkel mustert ein Foto von F. J. S., das in der *Morgenpost* abgedruckt ist.

»Ich finde vor allem schlimm, dass der Strauß uns zur Abschussrampe der Ami-Atomraketen machen will. Das heißt doch, dass wir auch das erste Ziel für die russischen Atomraketen sein werden. Und damit hier das ganze Szenario nicht überleben werden, während die Amis sicher auf ihrem eigenen scheiß Kontinent sitzen.«

Wolli ist erstaunt, dass Onkel so in Rage gerät. Noch nie hat er ihn sich vorher politisch äußern hören.

»Na bravo, Onkelchen, endlich wachst du auf, Respekt!«

Schritte tappen die Treppe nach oben, die Blicke der Anwesenden richten sich auf die offene Tür, in der nach einigen Sekunden Reimar Renaissancefürstchen erscheint. Schüchtern betritt er den Raum und blickt sich um.

»Hey, Wolli.«

Wolli springt auf.

»Reimar, schön, dich hier begrüßen zu dürfen, das ging aber fix.«

Mauli mustert Reimar sehr interessiert und richtet sich langsam auf, sie zieht sich ihre Bluse zurecht und drapiert sich mit aufgestützten Armen auf dem Sofa. Reimar reicht ihr artig die Hand, dann Onkel.

»Onkelchen, das ist Reimar, ich habe ihn in der *Palette* kennengelernt, er kennt sich gut mit Sprechkörnern und all dem Zeug aus, er könnte uns was besorgen, vielleicht sogar selber machen.«

Onkel mustert Reimar distanziert, Mauli erhebt sich und umrundet die Gruppe.

»Du kannst Tabletten herstellen?«

»Na ja, man holt mich eher zum Überprüfen. Wenn du Zeugs angeboten kriegst, dann fragst du mich, und ich überprüf es und sag dir dann, wie gut es ist und wie rein, und dann kannst du einen passenden Preis dafür aufrufen.«

Onkels Augen leuchten.

»Das klingt spannend, so einen Mann könnten wir gut gebrauchen. Bist du Chemiker oder so was?«

»Eher: so was.«

Mauli schmunzelt.

»Wo kommst du 'n her, Reimar?«

»Aus Frankfurt, bin aber schon lange hier.«

Er lächelt Mauli schüchtern an. Mauli baut einen Joint, zündet ihn an und raucht, danach reicht sie ihn Reimar, der sehr fachgerecht inhaliert. Mauli mustert ihn dabei.

»Du, wir haben hier abends ab und zu einen kleinen Filmtreff, Wolli nennt das erotische Lichtspiele, wenn du magst, komm uns doch dabei mal besuchen.«

Mauli beobachtet Wollis Reaktion, der aber lächelt sie nur entspannt an. Reimar windet sich.

»Wann finden denn eure Vorführungen statt?«

»Zum Beispiel heute Abend, so um zehn, was ist, hast du schon was vor?«

»Nein, eigentlich nicht.«

Reimar knetet verlegen seine Hände.

»Dann komm rum, du kannst auch Freundinnen mitbringen, wenn du magst.«

Maulis Augen blitzen unverhohlen.

Am Abend, zu fortgeschrittener Stunde, erscheint Reimar tatsächlich erneut in Wollis Salon. Wolli und Mauli sitzen auf dem Sofa und trinken Rotwein, vom Tonband läuft »My favorite things« von John Coltrane. Im Hintergrund sitzt Onkel mit einer jungen Dame auf dem Fußboden, sie trinken Cola Whiskey. Mauli umarmt Reimar und nimmt ihm den klammen Mantel ab. Reimar schaut schüchtern an Mauli vorbei, ungelenk setzt er sich auf den Rand eines Sessels und blickt zu Boden. Er trägt wieder sein Rüschenhemd, dazu eine enge schwarze Cordhose und schwarze Wildlederschuhe. Mauli bietet ihm einen Joint an, den Reimar verlegen entgegennimmt. Nach einigen Zügen beruhigt er sich etwas. Sie reicht ihm ein Glas Rotwein.

»Reimar, was machst du denn eigentlich, wenn du nicht grade Pillen drehst?«

»Ich studiere, Psychologie. Komme aber nicht wirklich voran, bin wohl zu oft in der *Palette* …«

Er nippt an seinem Rotwein.

»Und was machst du so?«

Wolli hat sich etwas von den beiden entfernt, um ihnen die Möglichkeit für ein Gespräch zu lassen. Er fragt sich: Wird

Mauli es wagen, ihm Hörner aufzusetzen, und: wie sollte er damit umgehen?

»Was ich mache? Nun, ich arbeite als Modell.«

Reimar traut sich nicht weiter nachzufragen. Ab und zu blickt er zu Wolli, der sich an einem Schreibtisch niedergelassen hat, um ein paar Fotos zu begutachten. Mauli und Reimar unterhalten sich eine Weile, trinken Rotwein, Reimar wird langsam entspannter. Irgendwann steht Wolli auf und hebt sein Glas.

»Liebe Freunde, willkommen zu meinen erotischen Lichtspielen, heute möchte ich euch eine neue schwedische Produktion vorführen, einen Naturfilm über die Wonnen der Freikörperkultur, ich habe ihn gestern erst aus Schweden erhalten, der vielsagende Titel lautet *Der Strand ist für die Liebe da* …«

Onkel und seine Begleitung setzen sich auf zwei Stühle im Hintergrund des Raumes. Reimar und Mauli sitzen gemeinsam vorne auf dem Sofa, Wolli legt den Film ein und startet den Projektor, der laut zu knattern beginnt, eine Tonspur gibt es nicht, also lässt Wolli weiter Jazz vom Tonband laufen. Man sieht eine Dünenlandschaft, durch die ein blondes, hellhäutiges Paar schlendert, sie unterhalten sich. Unvermittelt beginnt sich das Paar zu entkleiden, ab und zu wechselt die Kamera die Perspektive, die Bilder sind steif und unbeweglich, augenscheinlich vom Stativ gedreht. Es gibt Nahaufnahmen von Körperteilen, die Liebenden lachen immerzu stumm, dann beginnen sie sich zu küssen. Onkels Begleitung lacht ebenfalls spitz und vernehmlich, sie scheint so einen Film noch nie gesehen zu haben.

Wolli setzt sich neben Mauli auf das Sofa, sie sitzt in der Mitte zwischen den beiden Männern. Das Darstellerpaar streichelt sich am ganzen Körper, man kann sehen, dass der

Mann einen steifen Schwanz hat, die Frau fährt mit ihrer Hand darüber und massiert ihn. Die Filmschnitte sind grob, im nächsten Bild liegt der Mann auf einer Decke im Sand, die Frau thront über ihm und hat seinen Schwanz in sich, beide wirken erregt. Onkels Begleitung ist ganz leise geworden, als Reimar sich umblickt, sieht er, dass die beiden dabei sind, sich zu entkleiden. Zwischendurch werfen sie gebannte Blicke auf die Leinwand, auf der das Geschehen immer ekstatischer wird. Wolli blickt ab und zu zu Mauli, die wiederum vorsichtig zu Reimar hinüberschaut.

Wolli beginnt, Mauli zu entkleiden, knöpft ihr Kleid auf, dabei legt sie ihre Hand auf Reimars Schenkel. Der zuckt zusammen, nimmt einen großen Schluck aus seinem Weinglas. Wolli küsst Mauli, zieht ihr das Kleid über ihre Schultern, es löst sich, fällt herab, Wolli öffnet ihren BH, Mauli schaut auf die Leinwand, auf der der Mann die Frau von hinten nimmt. Mauli holt hörbar Luft und schaut Reimar ins Gesicht. Reimar ist schockgefroren, Mauli senkt langsam ihren Hinterkopf auf seinen Schoß, breitet ihre Arme aus, spreizt ihre Schenkel und lässt sich von Wolli lecken. Wolli beobachtet dabei Reimar, er lächelt ihn an. Mauli stöhnt, sie hebt ihren Kopf etwas an, mit der einen Hand öffnet sie ganz langsam Reimars Hose, den Knopf, den Reißverschluss, zieht mit der anderen Hand die Unterhose herunter, und Reimars ebenfalls steifer Schwanz entspringt befreit dem engen Verlies.

Reimar schließt die Augen, kein Ton kommt über seine Lippen. Mauli legt den Kopf etwas zur Seite und nimmt Reimar in den Mund. Wolli hat sich entkleidet und dringt nun in Mauli ein. Mauli stöhnt laut auf, ihre Augen sind geschlossen, zwischendurch hebt sie ganz kurz die Lider, um einen Blick auf die Leinwand zu werfen und dann in Reimars Gesicht. Sie beginnt ihn zu wichsen, er kann seine Erregung nicht mehr verbergen, Maulis Stöhnen wird lauter. Auf einmal springt Reimar auf, zwängt seinen Schwanz wieder in die Hose, seine Augen sind weit geöffnet.

»Ich kann das nicht … Entschuldigt bitte, ich weiß auch nicht, warum… ich kann das einfach nicht, es tut mir so leid, es tut mir so leid, Scheiße, verdammte Scheiße …«

Er reißt seinen Mantel an sich und stürzt aus der Tür. Wolli und Mauli schauen sich an. Erst wirkt Mauli enttäuscht. Dann aber müssen beide doch lachen.

Im November kommen die *Beatles* wieder nach Hamburg, sie haben einen neuen Schlagzeuger, Ringo Starr, der vorher bei *Rory Storm & the Hurricanes* spielte. In Liverpool gibt es deshalb Proteste der Fans, sie wollen weiterhin Pete Best in der Band sehen und wittern Verrat. In Hamburg hält sich der Ärger in Grenzen, die Fans kennen und lieben Ringo sowieso, ob nun in dieser oder jener Band ist ihnen fast egal. Die erste *Beatles*-Single »Love me do« ist bereits in England erschienen, und ihr Bekanntheitsgrad steigt unaufhaltsam. Zur großen Freude der *Beatles* spielen sie im *Star-Club* im Vorprogramm von Little Richard, dessen ausgesprochene Fans sie sind. Little Richard ist immer noch einer der ganz großen amerikanischen Rock-'n'-Roll-Stars, alle englischen Bands können seine Songs auswendig spielen. Er ist ein exaltierter Typ, schwul, äußerst erotoman und gleichzeitig stark gläubig, was ihn in einen ständigen Widerspruch bringt, der womöglich der Ursprung seines Glanzes ist. John Lennon und Paul McCartney bewundern alles an ihm, sie beobachten jede seiner Bühnenshows genau, und hinter der Bühne hängen sie die ganze Zeit in Richards Backstage-Raum ab und lassen sich Anekdoten aus dem Showbiz erzählen.

Auch Wolli schaut sich eine Show an und ist begeistert, denn Richard ist ein echter Bühnenmagier. Er ist ein extrem guter Sänger und hat einen speziellen Scream, um den ihn die *Beatles* sehr beneiden. Er trägt seine Haare zu einem Tollenturm nach oben toupiert, und wenn er grinst, strahlen seine weißen Zähne und die großen Augen wie Scheinwerfer aus seinem Gesicht. Auch Mauli fährt auf Little Richard ab, es hat sich in *Star-Club*-Kreisen schon herumgesprochen, dass er nur auf Männer steht, aber das macht ihn in ihren Augen nur noch attraktiver.

Für die Show hat sich Little Richard von Horst Fascher zwei goldene Manschettenknöpfe ausgeliehen, denn seine eigenen hat er bereits am Abend zuvor ins Publikum geschleudert. Hoddel bittet ihn inständig, auf die Manschettenknöpfe achtzugeben, sie seien Familienerbstücke, und Little Richard verspricht es ihm hoch und heilig.

Zum Höhepunkt der ausverkauften Show steigt Little Richard auf seinen Flügel und beginnt sich zu entkleiden, langsam öffnet er sein Hemd Knopf für Knopf, während im Hintergrund seine Band einen wahnsinnigen Krach verursacht. Er entblößt seinen kräftigen und schönen schwarzen Körper, und die weißen Mädchen kreischen ihm zu, was ihn absolut kaltlässt. Als er die Manschettenknöpfe auch nach Sekunden nicht öffnen kann, reißt er sie mit Gewalt aus den Ärmeln und schleudert sie ins Publikum. Hoddel steht am Bühnenrand und ist den Tränen nahe. Gleichzeitig drängelt sich von hinten George Harrison durch das Publikum nach vorne in Richtung der Bühne, einer der Knöpfe fällt genau vor seine Füße, es entsteht sofort ein Strudel aus Menschenfleisch. Noch bevor die anderen Taucher den Knopf fassen können, greift George zu und steckt das Heiligtum in die Tasche. Ein Manschettenknopf von Little Richard, unvorstellbar, hier, in seiner Tasche, für immer wird er ihn aufbewahren, als Glücksbringer für seine eigene Karriere.

Wenn Hoddel wüsste, dass sein Manschettenknopf von nun an George Harrisons Glücksbringer sein wird, ginge es ihm vielleicht besser.

Richard schmeißt sein Hemd ebenfalls ins Publikum und entkleidet sich weiter, langsam öffnet er seine Hose. Am hinteren Bühnenrand erscheint Weissleder neben Hoddel.

»Sag mal, muss der sich hier jetzt komplett ausziehen, oder was?«

»Na, ich kann ja auch nichts dafür.«

»Also, ich finde das schrecklich. Ich finde das billig. Außerdem kann das Ärger mit der Schmiere für uns bedeuten. Kannst du das nicht unterbinden?«

»Ja, wie denn? Ich kann ja jetzt nicht auf die Bühne gehen und ihn wieder anziehen!«

Little Richard zieht sich nun auch die Hose vom Leib, streift sie über die Beine und steht schließlich in enger schwarzer Unterhose auf seinem Flügel. Wolli und Mauli gefällt, was sie sehen, auch das Publikum ist äußerst erhitzt, die Mädchen kreischen, die Jungs grölen, so viel Sex haben sie auf einer Rockbühne noch nie gesehen. Nur Manni Weissleder steht im Hintergrund und ärgert sich unendlich.

»Hoddel, das hört auf, das will ich in meinem Laden nicht, zumindest nicht in diesem. Ich habe neun Stripläden, da gehört das hin, da muss das passieren, aber dies ist der einzige Laden, wo genau das nicht passieren soll, ham wir uns verstanden?«

Hoddel nickt ab, was kann er sonst tun?

An diesem Abend spielen die *Beatles* nach Little Richard. Sie tragen neuerdings helle, hochgeschlossene Anzüge mit Krawatten. Das letzte Mal, als sie in Hamburg waren, hatten sie diese Anzüge schon nach wenigen Tagen wieder gegen ihre alte Ledergarnitur eingetauscht, in der sie sich augenscheinlich wohler fühlten, aber dieses Mal überwacht ihr Manager Brian Epstein sie. Wenn er selbst nicht anwesend ist, findet er jemanden, der sie an ihre Pflichten erinnert. Außerdem tragen sie diese neuen, merkwürdigen Frisuren. Astrid Kirchherrs Freund Jürgen Vollmer hat sie ihnen geschnitten, vor Kurzem in Paris, seitdem sehen die *Beatles* aus wie Pilzköpfe, merkwürdig androgyn, bubihaft, irgendwie unmännlich, aber anders als alle anderen. Die Jungs im Publikum lachen darüber, aber die Mädchen kreischen, wenn die *Beatles* ihre Köpfe beim Spielen schütteln und die Haare durch die Luft fliegen. Dann schauen die Jungs im Publikum neidisch und hören auf zu lachen.

Die *Beatles* haben ihren Stil noch mal verändert, spielen durch die Zusammenarbeit mit Ringo Starr noch genauer, aber gleichzeitig auch härter, wilder, sie gehen weiter als je zuvor. Ihre Satzgesänge werden immer besser, alle Bewegungen, Gesten und Gags auf der Bühne sitzen hundertprozentig, sie sind in den letzten zwei Jahren zu ausgebufften Showhasen geworden. Als sie ihre eigene Single »Love me do« spielen, flippen die Fans komplett aus, alle Anwesenden spüren: Das hier ist keine einfache Tanzband mehr, die nur fremde Songs nachspielt, das sind die Stars der Zukunft. Ihre Songs gehen in der Komposition und vom Arrangement weiter als die bisher gängigen Rock-'n'-Roll-Schemata der alten Stars. Auch Little Richard steht an der Bühnenseite und ist begeistert. Ausgerechnet diese Jungs sind seine größten Fans.

»Was sagst du denn jetzt zu denen, Wolli? Ich dachte, die halten nur ein paar Wochen durch …«

»Na ja, etwas verbessert haben die sich schon, aber ich glaub trotzdem nicht, dass die es lange machen werden. Nur weil die jetzt EINEN eigenen Song haben, heißt das ja noch lange nicht, dass die Karriere machen werden. Und der Song ist ja auch nicht so doll. Ich glaube nicht, dass die gute Songs schreiben können.«

Wolli schreit Mauli ins Ohr, weil das Publikum beim Endapplaus zu »Love me do« gerade völlig durchdreht.

In den folgenden Wochen und Monaten baut Weissleder sein *Star-Club*-Imperium aus. Er gründet eine Firma für Fanartikel, druckt T-Shirts und Postkarten, ein eigenes Label, auf dem er Live-Aufnahmen seiner Bands herausbringen möchte, und sogar eine eigene Zeitung, die mit News über die auftretenden Stars viele Fans erreichen soll. Außerdem beginnt er Ableger des *Star-Clubs* in anderen Städten aufzubauen, unter anderem in Berlin, Köln, Bielefeld, Bremen, Kiel und Flensburg. Manche seiner Stars wie Gene Vincent begeben sich auf Deutschland-Tourneen und treten jeden Abend in einem anderen *Star-Club* auf. Nirgendwo sonst, nur in *Star-Clubs*, ein perfektes, in sich geschlossenes System.

Weissleder schickt Wolli als Begleiter und Tourmanager für Gene Vincent mit auf Tour. Wolli muss drauf achten, in was für einem Zustand Gene während der Reise und vor allem vor der Show ist, er soll Gene in Form halten, sodass dieser nicht zu viele Drogen einnimmt, keinen harten Alkohol bekommt und vor allem nicht an Waffen gerät. Durch sein steifes Bein ist Gene nicht wirklich gefährlich, aber wenn er bewaffnet und betrunken ist, kann es zu bizarren und brenzligen Situationen kommen.

Ein einziges Mal bringt ein verwirrter Fan Gene eine Waffe als Geschenk in den Backstageraum, niemand weiß, wie er dorthin gelangen konnte. Gene ist schon so betrunken, dass er sofort zu schießen beginnt. Erst auf den Fan, von dem er bizarrerweise behauptet, dass dieser ihm seine Waffe hätte klauen wollen. Der Fan flüchtet unverletzt, wenn auch verzweifelt, aus dem Gebäude. Dann schießt Gene auf alles, was leuchtet: Lampen, Glühbirnen, Neonröhren. Schließlich ist sein Revolver leer, und der Raum um ihn herum vollkommen schwarz. In der Dunkelheit muss Wolli Gene davon überzeugen, ihm die Waffe auszuliefern. Während er sich ihm annähert, klickt es unentwegt. Wolli ist äußerst angespannt, obwohl die Revolvertrommel leer ist.

Wolli muss mittrinken und Pillen klinken, um in Genes Universum ernst genommen zu werden, nicht gerade ideal für seine Rolle als Aufpasser, schließlich kämpft er selbst mit seiner exzessiven Veranlagung.

»Hauptsache, der Mann geht abends auf die Bühne!«, sagt Weissleder immer wieder zu Wolli.

»Mir ist egal, wie du das anstellst, mir ist auch egal, was der den ganzen Tag über macht, mir ist egal, was er denkt und wie er lebt, aber am Abend muss der Mann auf der Bühne stehen, und zwar pünktlich um acht Uhr!«

Auf Überlandreisen verfolgen Gene und Wolli manchmal im Radio den kometenhaften Aufstieg ihrer Freunde, der *Beatles*. Nach »Love me do« erscheint »Please Please Me« als Single und kommt in England bis auf Platz 2 der Charts. Das dazugehörige Album »Please Please Me« erklimmt sogar die absolute Spitze der englischen Charts. Gene ist eifersüchtig, er mag diesen neuen Sound nicht, für ihn hat er nichts mehr mit dem original Rock 'n' Roll zu tun. Gene beschimpft die *Beatles* als Verräter und grölt im Bus herum, dass er ihnen die Freundschaft kündigen wird. Dass sie die Totengräber des Rock 'n' Roll seien. Wolli versucht ihn zu beruhigen, indem er ihm recht gibt.

Langsam aber sicher kippt das Verhältnis zwischen Wolli und Gene. Nach der Sache mit dem Revolver ist in Wolli etwas verändert. Immer wieder hört er nachts das Klicken des Waffenhahnes in seinem Kopf. Wenn nun doch noch eine Kugel in der Trommel gesteckt hätte, er wäre jetzt tot. Wolli spürt, dass er sich von Gene trennen muss. Aus dessen dunklem Nebel treten muss. Gene ist auf Abschiedstour. Vom Leben.

Weil die Geschäfte so gut laufen, lädt Weissleder Wolli und Mauli im Mai '64 in die Ernst-Merck-Halle zu einem Boxkampf ein. Wilhelm Prinz von Homburg gegen Ulli Ritter. Von Homburg ist der erste Popstar des Sports in Europa, ähnlich wie Cassius Clay in Amerika ist er ein Showman, modern und smart angezogen, er trägt ebenfalls eine Pilzkopf-Frisur und wird deswegen auch manchmal der Beatles-Boxer genannt. Er ist ein blonder Hüne mit einem brutalen und arisch wirkenden Gesicht, der gerne auf der Bühne provoziert. Ulli Ritter hingegen gilt als biederer Essener Kleinbürger. Hier prallen also Welten aufeinander. Weissleder ist maximaler von Homburg-Fan, nicht zuletzt, weil dessen Auftreten ihn an seine Musiker erinnert.

»Das is 'n Mann, den wir für den *Star-Club* brauchen. Der kommt auch aus'm Showgeschäft, hat jahrelang in den USA mit seinem Vater zusammen Wrestling-Shows veranstaltet, als *The Vikings*, der weiß, wie man 'n Publikum aus den Sitzen kriegt. Wenn alles passt, laden wir den nach der Show in den Club ein!«

Mauli interessiert sich ebenfalls stark für von Homburg.

»Und wie kommt's, dass ein ›Von und zu‹ boxen muss? Verarmter Adel, oder was?«

»Ach was, der heißt doch in Wahrheit gar nicht von Homburg. Der heißt Norbert Grupe und kommt aus dem tiefsten Proletariermilieu! Das is alles Show bei dem.«

Mauli ist begeistert, und auch Wolli gefällt die Idee, dass da einer mit adeligem Shownamen das schaulustige Publikum narrt.

Am Abend trifft man sich in Anzug und Abendkleid vor der Halle. Weissleder hat eine seiner jungen Gespielinnen dabei, die er in irgendeinen wertvollen Fummel gesteckt hat, den sie nicht zu tragen gewohnt ist, was man ihr deutlich anmerkt. Er hat ein paar Plätze in der dritten Reihe gekauft, teure Plätze, sie sitzen unter lauter gewichtigen Leuten aus Sport, Geschäft und Milieu. Mauli ist wahnsinnig aufgeregt, sie hat sich ausgiebig herausgeputzt und sieht in ihrem engen schwarzen Kleid mit dem Hermès-Tuch um den Kopf sehr attraktiv aus, die Blicke der Männer machen Wolli stolz. Die Geschäftswelt schaut respektvoll auf Weissleder, als er mit seiner Entourage die Plätze einnimmt, er ist schließlich der Mann der Stunde, der Emporkömmling der letzten Zeit, niemand ist in Hamburg häufiger in den Medien aufgetaucht als er.

Der Boxkampf beginnt. Von Homburg stürmt in den Ring und verbeugt sich nach allen Seiten, so, als ob er den Kampf schon gewonnen hätte. Als ein paar Pfiffe ertönen, steigt er sogar auf die Seile und hebt die Arme in Siegerpose. Sein selbstherrliches Grinsen wird immer breiter, je aufgebrachter das Publikum brüllt.

»Das ist genau mein Mann, Wolli, den brauchen wir für uns!«, raunt Weissleder Wolli zu.

Ritter hingegen wirkt zurückhaltend, normal, bescheiden, konzentriert. Der Kampf ist unspektakulär, technisch gesehen, gehören beide Boxer eher zum Mittelfeld. Ab und zu dreht von Homburg mal eine kleine Showrunde, dann scheint er auf seinen Gegner einzureden, vielleicht will er ihn provozieren, er lockt ihn, winkt ihn heran und weicht dann im letzten Moment aus. Einige harte und gezielte Schlagabtäusche sind allerdings dabei, sie lassen das Publikum aus den Sitzen springen. Als der Schiedsrichter nach der zehnten Runde tatsächlich ein Unentschieden der Punktrichter als Endergebnis bekannt gibt, kommt es zu einem größeren Buhkonzert, das von Homburg in vollen Zügen zu genießen scheint, wieder rennt er im Ring herum und verbeugt sich in

Richtung der Buhenden, ja, er trommelt sich sogar auf die Brust. Wolli und Mauli müssen lauthals auflachen.

Zu fortgeschrittener Stunde trifft der Boxer mit einer kleinen Gruppe von Freunden im *Star-Club* ein. Von Homburg sieht wirklich extravagant aus mit seinem engen schwarzen Maßanzug, dem weißen Rüschenhemd, der schwarzen Melone, die er schräg auf dem Kopf trägt, einem Stock mit Silberknauf in der rechten Hand und der Zigarre, die ihm im Mundwinkel hängt. Er wirkt verwegen und brutal, in seinem Gestus liegt etwas Ironisch-Gebrochenes. Wolli hat den Eindruck, als ob Mauli den Boxer mit ihren Augen direkt mit einem Bissen verzehren würde, ihre Eitelkeit ist geweckt, sie will diesen Mann. Weissleder bittet von Homburg und seine Begleiter in eine Sitzecke und lässt Champagner servieren.

»Das ist also der *Star-Club*, unser zukünftiges Zuhause, wenn wir in der Stadt sind, was?«

Von Homburg schaut seine Begleiter erwartungsfreudig an, sie nicken eilfertig. Von der Sitzecke aus hat man einen hervorragenden Blick auf die Tanzfläche und die anwesenden Damen, die schmachtende Blicke zum Boxprinzen hinaufwerfen. So hat er sich das vorgestellt, einen ganzen Abend im Rampenlicht und direkten Zugriff auf die sexuell Interessierten, er bräuchte nur mit dem Finger auf eine von ihnen zu zeigen, um sie mit hinter die Bühne nehmen zu können.

»Ganz fantastisch, alabonneur, dein Laden, mein lieber Manni, hier könnte ich mir vorstellen, alt zu werden.«

Von Homburg grinst Weissleder durch seine vom Boxen leicht verschwollenen Augen an. Wolli beschließt, das Schlachtfeld Mauli zu überlassen, er spürt deutlich, dass er ihr im Weg steht und wie viel sie von diesem Abend erwartet. Er sieht auch, wie von Homburgs Augen über Mauli gleiten, hungrig, lüstern. Wolli möchte das Gefühl von Eifersucht gar nicht erst aufkommen lassen, also verlässt er unter einem Vorwand die Sitzecke und den *Star-Club*, er wird sich anderswo einen schönen Abend machen.

Im Sommer '64 kommt es im *Star-Club* zu Problemen. Genauer gesagt, gibt es ein Problem: Amtmann Falck. Der Leiter des Wirtschafts- und Ordnungsamtes, auch genannt der »eiserne Besen von St. Pauli«, ist auf den *Star-Club* aufmerksam geworden und beginnt, sich auf Weissleder einzuschießen. Und der *Star-Club* bietet jede Menge Anlass dazu, es gibt häufig Prügeleien. Oft sind die Kellner des Hauses darin verwickelt, die sich jedes Recht gegenüber ihren Gästen herausnehmen. Manchmal zwingen sie das jugendliche Publikum regelrecht dazu, Getränke zu kaufen, die Kellner laufen zu zweit durch die Gegend, der eine trägt eine Kiste Cola, der andere eine Kiste Bier, sobald sie einen Gast mit leeren Händen erblicken, bleiben sie in bedrohlicher Pose stehen – so lange, bis derjenige etwas kauft. Pro verkauftem Getränk verdienen sie dreißig Pfennige. Manche der Jugendlichen sind so schlau, dass sie dem Kellner gleich fünfzig Pfennige geben und sich damit zumindest für ein oder zwei Stunden ihre Ruhe erkaufen. Hält sich irgendjemand nicht an die Regeln, gibt's körperliche Ahndung, und zwar nicht zu knapp, das Regiment ist streng. Die Losung lautet: Getränke umsetzen!

Amtmann Falck, der »viel gepriesene Standgerichtsexperte für Gastwirtexekutionen«, wie ihn Weissleder nennt, will diesem Treiben und der Verwahrlosung der Jugend in seiner Stadt ein Ende setzen. Im Juni gibt es die größte Razzia, die St. Pauli je gesehen hat. Über hundert Beamte stürmen den Laden, kontrollieren Ausweise, filzen die Klamotten der Besucher und nehmen über sechzig Personen fest. Die Ausbeute ist mager: Fünf Jugendliche unter achtzehn Jahren werden im Laden entdeckt, ein paar ausgerissene Fürsorgezöglinge und ein paar Musiker ohne gültige Aufenthaltsgenehmigungen. Trotzdem entzieht Amtmann Falck Weissleder die Konzession und ordnet an: Bis zum 22. Juni ist der *Star-Club* endgültig zu schließen.

Der Schock ist groß. Weissleder aber geht in die Gegenoffensive, kämpft mit allen juristischen Mitteln. Wolli, Onkel und alle ihre Bekannten und Freunde stehen hinter Weissleder bei seinem privaten Kampf, selbst Mauli ist es mal nicht gleichgültig, immerhin geht es um ihren Laden und die Art, wie sie leben wollen. Der Konflikt schlägt in der bundesdeutschen Presse hohe Wellen, alle großen Zeitungen berichten darüber, auch im Fernsehen treten die beiden Kontrahenten gegeneinander an. Von überall treffen Solidaritätsbekundungen im *Star-Club* ein, sogar die *Welt am Sonntag* ist in diesem Fall auf der Seite des Aufrührers:

»Was werden jene jungen Leute stattdessen unternehmen, wenn sie am Abend nicht mehr ihren Twist-Schuppen aufsuchen können? So zwielicht die Person Manfred Weissleder erscheinen mag, so war er es doch, der den Wagemut und das Selbstvertrauen besessen hat, immer wieder Bands und Show-Musiker von internationalem Ruf nach Hamburg zu verpflichten und dafür horrende Gagen zu riskieren. So wurde Hamburgs *Star-Club* nicht nur zu einer populären Massenvergnügungsstätte, sondern auch zu einer Marke, die im internationalen Musikgeschäft in hohem Kurs steht. Damit dürfte es nun aller Voraussicht nach bald vorbei sein.«

Das Verwaltungsgericht ist an alldem nicht interessiert, der Konzessionsentzug wird bestätigt, Weissleders Einspruch abgelehnt. Am 24. Juni werden die Pforten des Clubs tatsächlich geschlossen.

Wolli kann es kaum glauben, als er am Abend zusammen mit Onkel aus dem *Klein-Paris* tritt und auf der Großen Freiheit eine unübersehbare Menschenmenge sieht, zumeist aufgebrachte Jugendliche, die in Richtung ihres Tempels strömen und immer wieder »*Star-Club* auf!« skandieren. Auf der Reeperbahn und den umliegenden Straßen staut sich der Verkehr, von überall strömt Polizei zum Ort des Geschehens, die Einsatzkräfte bereiten sich auf einen Großeinsatz vor, Wolli kann sich eines grimmigen Lächelns nicht erwehren.

»Sie haben Angst. Das gefällt mir daran, sie haben vor den Kindern Angst, Onkel. Falck hat Angst vor unserer Jugend. Die Zeiten ändern sich, das haben wir ja schon bei Strauß gesehen, der musste seinen Hut nehmen, Falck wird auch nicht mehr lange bleiben.«

»Höchste Zeit, dass der Knecht zu Fall gebracht wird, der legt uns sonst noch den ganzen schönen Sumpf trocken.«

Onkel spuckt verächtlich aus. Sie lassen sich durch die Straßen treiben und lauschen den aufgebrachten Gesprächen der Jugendlichen, der Musikfans und der Anwohner, die stolz auf ihren Stadtteil und ihren berühmten Club sind, alle sind einer Meinung: Falck muss weg!

Später machen dic beiden einen kurzen Abstecher in die *Palette*. Der Laden ist wie immer gut gefüllt, hier gibt es die gleichen Gespräche wie schon vorher draußen auf der Straße. Am Tresen steht Reimar Renaissancefürstchen und nickt Wolli etwas verschämt zu. Da der Vorderraum zu voll ist, drängeln sich Wolli und Onkel in den Hinterraum durch. Cäsar sitzt umgeben von ein paar Mädchen auf einer Eckbank und winkt Wolli sofort zu.

»Na, wird bald geschlossen, euer schönes St. Pauli, oder? Habt wohl den falschen Käptn am Steuerrad, oder?«

»Das is nich unser Käptn, das is 'ne Blindschleiche, 'n

ganz mieser Schmiermichel, 'n hohles Windei, der wird bald von Bord gekippt, der Knecht.«

Onkel ist sauer. Er hasst Amtmann Falck inbrünstig. Auf der linken Seite des Raumes sitzt wieder der Bärtige und schreibt in sein Heftchen. Er nickt Wolli kurz zu. Neben ihm sind noch zwei Plätze frei, Wolli und Onkel setzen sich und bestellen Bier. Nach einer Weile hört der Bärtige auf zu schreiben. Er lehnt sich zurück und nimmt einen Schluck Traubensaft.

»Was macht ihr denn eigentlich auf St. Pauli?«

»Wir arbeiten im *Klein-Paris*.«

»Aha.«

»Das is 'n Nachtlokal mit Fickmöglichkeit.«

Onkel grinst anzüglich. Wolli zündet sich eine Zigarette an.

»Darf ich dich auch mal was fragen?«

»Ja bitte.«

»Was schreibst du da eigentlich die ganze Zeit in dein kleines Heftchen?«

»Gedanken. Zurzeit kann ich gut unter Menschen nachdenken. Vielleicht, weil mir dann die Worte leichter zufallen.«

»Und was soll das werden?«

»Ich versuche, durch das Schreiben die Zeit aufzuhalten. Wenn ich jedes Ereignis zeitgleich festhalte, löst sie sich irgendwann auf.«

Onkel bückt sich vor.

»Bist du so was wie 'n Schriftsteller?«

Onkel mustert den Bärtigen skeptisch. Er misstraut allen Künstlern, er hält sie für abgehoben und unrealistisch. Die Welt ist so, wie sie ist, wozu sich eine zweite malen?

»Viele würden sagen, dass ich das nicht bin. Ich würde eher sagen, dass ich festhalte. Vielleicht bin ich ein Forscher.«

Der Bärtige lächelt die beiden freundlich an. Merkwürdigerweise wirkt er gleichzeitig distanziert und liebenswürdig.

»Und welche Richtung ist das so, in die du schreibst? Romanform oder Gedichte, oder was?«

Onkel fixiert den Bärtigen.

»Ich verfolge keine Richtung. Ich versuche, mich eher von Richtungen zu befreien. Kennt einer von euch zum Beispiel William Burroughs, Allen Ginsberg oder Jack Kerouac?«

Onkel schüttelt gelangweilt den Kopf.

Wolli freut sich über die Namen.

»Ich kenn die. Ich habe *Naked Lunch* gelesen, fand ich interessant. Burroughs ist doch der mit der Cut-up-Technik, oder?«

Der Bärtige schaut Wolli erstaunt an.

»Richtig, die Cut-up-Technik.«

»Was soll'n das sein, Kattap Technik?«, wirft Onkel genervt ein.

»Man zerschneidet die Texte mit einer Klinge und klebt die Seiten in neuer Kombination zusammen, daraus werden dann ganz eigene Inhalte.«

Wolli zieht an seiner Zigarette.

»Ganz eigene Inhalte? Quatsch mit Soße. Da kann ich ja gleich meine Buchstabensuppe lesen, das is genauso sinnvoll.«

»Das sehe ich genauso. Dürfte ich Ihre Idee eventuell benutzen?«

Der Bärtige schaut Onkel ruhig und freundlich an.

»Was? Das mit der Suppe?«

Onkel blickt verwirrt von Wolli zum Bärtigen. Er möchte nicht der Erfinder von etwas Neuem sein, ohne es mitbekommen zu haben.

»Ja. Auf die Idee mit der Suppe ist, glaube ich, noch niemand gekommen. Da könnte man ganze Bücher draus schreiben, man muss bloß die richtigen Wortkombinationen darin finden, das ist dann die Arbeit des Künstlers.«

»Also, wenn du Knecht daraus ein Buch machst, und das verkauft sich, dann will ich aber daran beteiligt sein, versteht sich ja wohl von selbst, ich bin ja der Erfinder der Methode, oder?«

Onkel plustert sich auf. Der Bärtige wendet sich an Wolli.

»Haben Sie Ginsberg gelesen? *Das Geheul*?«

»Nein, kenn ich nicht. Empfehlenswert?«

»Ich finde ja. Für Amerika ein äußerst aufschlussreiches Gedicht. Zumindest, wenn man sich für das moderne Amerika interessiert. Die Verse gingen mir durch Mark und Bein.«

»Ich werde es mir besorgen.«

Cäsar stößt zu der kleinen Truppe, er hat schon ordentlich Schlagseite.

»Wie kann es sein, dass ein Typ wie Falck einen ganzen Stadtteil in Schräglage bringt?«

Cäsar schaut Wolli an.

»Wie konnte es sein, dass während der *Spiegel*-Affäre Hamburgs Innensenator Schmidt wegen Landesverrats angezeigt wird? Was sind das für merkwürdige Zeiten?«, fragt der Bärtige Cäsar.

»Das sind die Geister der alten Zeit. Adenauer, Falck, Springer. Die Ewiggestrigen. Wir müssen die alle abschütteln, wenn wir die Freiheit wollen.«

»Die Freiheit? Wenn du die Freiheit suchst, dann geh mit den beiden hier, die arbeiten in der Freiheit.«

Der Bärtige lacht auf und verlässt den Raum.

Einige Tage darauf eröffnet der *Star-Club* wieder. Weissleder hat einfach seinem alten Freund Hans Bunkenberg die Konzession übertragen. Dieser ist neuerdings Geschäftsführer der Star-Club GmbH, die sich wiederum im Besitz der Weissleder KG befindet. Da Weissleder nun nicht mehr direkt für den Club verantwortlich ist, kümmert er sich umso mehr um den Ausbau des *Star-Club*-Universums. Er veranstaltet Wochenendausflüge für Hunderte von Jugendlichen nach Liverpool und London inklusive des Besuches eines *Beatles*-Konzertes für günstige hundertneunzig Mark. Und er plant in der Elbmündung, außerhalb der Dreimeilenzone die Gründung eines Piratensenders, mit dem er Radio Luxemburg und all den unendlich langweiligen deutschen Rundfunksendern, die immer nur den gleichen öden Schlagerschmalz spielen, Konkurrenz machen will.

»Stell dir das mal vor, Wolli, ein eigener Radiosender, auf dem nur läuft, was die Fans des *Star-Club* wollen. Das wäre der freiste Radiosender Europas, der erste reine Rock-'n'-Roll-Sender hier. Wäre das nicht 'n Ding?«

»Oh ja, ich würde nichts anderes mehr hören, Boss.«

»Und wir alle würden selber das Musikprogramm bestimmen und moderieren. Traust du dir das zu? Bestimmt, oder, du kannst doch gut reden.«

»Klar, den Job übernehme ich sofort, falls du mich dann grade nicht im *Klein-Paris* brauchst.«

»Und auf unserem Sender könnten wir alles sagen, was wir wollen. Keiner könnte es uns verbieten, und die europäische Jugend würde uns andächtig lauschen. Und wir könnten sie vereinen und zusammen ins Feld führen gegen Amtmann Falck, stell dir mal vor, wie schön das wäre, zwei Millionen Jugendliche wandern gen Hamburg auf der Suche nach Amtmann Falck und Pater Leppich.«

Weissleder schlägt sich beim Lachen prustend auf die Knie, Wolli kommen sofort viele Ideen, worüber er im Radio sprechen könnte. Über Musik und Literatur zum Beispiel, vielleicht auch über Kunst. Und über die Freiheit.

Letztlich aber zerschlagen sich die Radiopläne. Deutschland schließt sich dem Straßburger Abkommen gegen Senderpiraterie an. Wolli wird von Weissleder wieder vornehmlich im *Klein Paris* eingesetzt, führt dort die Geschäfte, Bunkenberg braucht ihn nicht im *Star-Club*.

Wenn es eng wird, steht Wolli häufig bis in die frühen Morgenstunden selbst hinter dem Tresen und schenkt aus. Er ist gut darin, den Freiern Sekt und Champagner anzudrehen, ohne dass diese sich im Nachhinein über die Preise beschweren, er spielt immer mit offenen Karten, tarnt die nackten Fakten nur geschickt vor dem unwissenden Galan, der die anwesenden Damen mit der Getränkeeinladung umwerben möchte. Die besten Geschäfte macht Wolli, wenn er selbst hinterm Tresen steht. In einer von diesen Nächten, zu fortgeschrittener Stunde, tritt eine Dame zu ihm an den Tresen. Erst als er ihre Bestellung aufnimmt, fällt ihm ihre außerordentliche Attraktivität auf, sie ist groß, hat wallend langes rotes Haar, eine von ihrem Samtkleid betonte üppige Figur und einen Mantel mit Fuchsfellkragen über ihre Schultern gehängt. Sie raucht ihre Zigarette in einer Spitze und beobachtet Wolli, während er ihr einen Martini Dry anrichtet.

»Du bist doch Wolli, oder?«

»Richtig, so nennen sie mich. Und mit wem habe ich die Ehre zu sprechen?«

»Ich bin hier bei dir schon seit Längerem angekündigt.«

Wolli überlegt kurz, kann sich aber beim besten Willen

nicht an eine Verabredung mit einer rothaarigen Schönheit erinnern.

»Pardon, aber ich bin grade nicht im Bilde.«

Wolli stellt das Glas vor der Roten ab, öffnet seinen Schlips ein wenig und zündet sich eine Zigarette an.

»Karl hat mich doch bei dir angekündigt, oder hat er das vergessen?«

Jetzt fällt es Wolli wieder ein, das ist Karls Frau. Vor langer Zeit hat er sie hier schon einmal getroffen, damals, als er noch ein kleines Licht war.

»Doch, doch, Entschuldigung, stimmt, Karl hat mich angerufen. Also, was kann ich für dich tun?«

Wolli weiß nicht, was er von ihr halten soll, einerseits ist sie so attraktiv, dass die meisten Männer ihr vermutlich nicht widerstehen könnten. Auf der anderen Seite versetzt ihn alles, was mit Karl zu tun hat, in einen inneren Alarmzustand.

»Wolli, ich bin nur für einen Abend in Hamburg. Da ich noch nicht weiß, wo ich wohnen werde, dachte ich, es wäre sinnvoll, wenn ich mich bei dir melden würde. Ich heiße übrigens Lianne.«

Wolli zuckt innerlich zusammen, mit dieser Verantwortung hat er nicht gerechnet.

»Schön, dass du hier bist, Lianne. Würdest du ein Hotel bevorzugen oder eine Pension?«

»Hast du denn kein Gästezimmer frei? Es wäre doch ganz schön, wenn ich nicht so allein in der Fremde wäre, oder?«

Zwei Gefühle konkurrieren in Wolli: Beunruhigung und Erregtheit.

»Leider habe ich in meinem Haus kein Gästezimmer, Lianne, du könntest höchstens in meinem Salon übernachten, dort steht ein geräumiges Sofa.«

Wolli fasst es kaum, er lädt die Frau von Karl ein, bei ihm

zu übernachten. Warum? Daraus kann nichts Gutes entstehen, hoffentlich lehnt sie ab, denkt er sich, was will sie überhaupt von ihm?

»Das klingt doch nach einer schönen Möglichkeit, ich nehme dankend an. Weißt du, ich muss hier einige Dinge für Karl abwickeln, dann bin ich schon wieder weg.«

Lianne verlässt kurz darauf den Laden. Wolli kümmert sich weiter um seinen Tresen, versorgt die Tillen und Freier mit Alkohol und schaut ab und zu nach, ob in den Separees alles in Ordnung ist.

Nach ein paar Stunden kehrt Lianne zurück und setzt sich wieder an den Tresen. Wolli kümmert sich um ihren Martini Dry. Die Situation macht ihn nervös, und er versucht, sich bei Cognac etwas zu entspannen. Lianne unterhält sich am Tresen mit einigen der Tillen, die sie zu kennen scheint. Zu fortgeschrittener Stunde, am Ende der Nacht verlassen die letzten Gäste das *Klein-Paris*, und auch die Angestellten machen sich zum Gehen fertig. Lianne hat sich auf ihrem Barhocker etwas zurückgelehnt und beobachtet Wolli. Dieser legt seinen Schlips ab, geht um den Tresen herum und setzt sich zu ihr mit einem Cognac-Schwenker in der einen und einem kleinen Zigarillo in der anderen Hand.

»Smart siehst du aus, kleiner Wolli, wie so 'n Geheimagent, nicht schlecht.«

Sie zwinkert ihm belustigt zu.

»Ich war ja auch mal Agent, beim englischen Geheimdienst, in Berlin, is echt wahr!«

»Na, wirklich? Wer hätte denn so was gedacht von unserem lieben Wolli? Bist du ein gefährlicher Junge, was?«

»Das will ich nun nicht unbedingt sagen.«

Wolli schämt sich bereits für seine jungenhafte Angeberei. Er möchte diesen Abend möglichst sauber hinter sich bringen.

»Ich hole nur kurz meine Sachen, dann können wir zu mir nach Hause gehen, und ich zeige dir, wo du schlafen kannst.«

Wolli schließt den Laden ab, wofür er ziemlich lange braucht, weil der Cognac seine Wirkung zeigt. Durch den Nebeneingang gehen sie nach oben in den Salon. Mauli ist nicht da, Wolli zeigt Lianne das Sofa und gähnt dabei ostentativ.

»Lianne, ich bin hundemüde, ich werde mich jetzt nach oben begeben. Hast du alles, was du brauchst?«

»Klar, mach dir um mich keine Sorgen.«

Lianne hat ihren Mantel auf den Boden gleiten lassen, sich auf das Sofa gelegt und raucht eine Zigarette. Ein Lächeln liegt in ihren grauen Augen. Wolli steigt die Wendeltreppe zum Obergeschoss hinauf, zieht sich aus und wäscht sich im Badezimmer. Dann legt er sich ins Bett und schließt die Augen. Was will die Frau von ihm? Was will Karl von ihm? Hat er sie geschickt? Ist das eine Falle, ein Trick?

Wolli dämmert gerade ein, als er ein Geräusch vom Treppenaufgang hört. Er schreckt hoch und sieht im Dämmerlicht Lianne den Raum betreten. Langsam nähert sie sich dem Bett, sie trägt ein schwarzes durchsichtiges Nachthemd. Wolli weiß sofort, dass er keine Chance hat, dass er ihr nicht entgehen kann, dass sie, was auch immer sie will, von ihm bekommen wird. Im ersten Licht des Tages kann er in ihren Augen etwas Kaltes erkennen, das ihn ungemein anzieht. Diese Frau kennt keine Gefühle, sondern nur Gier.

Er richtet sich auf, steht vor ihr.

»Los, schlag mich. Mach schon, schlag mich ins Gesicht! Aber pass auf, dass nichts kaputtgeht!«

Wolli schlägt ihr ins Gesicht, erst mit der flachen Hand, dann auch mit der Faust, nicht allzu fest, aber so stark, dass ihr Kopf zurückfedert.

»Schlag mich weiter, überall hin. Du kannst mich auch würgen, los, sei ein Mann!«

Wolli schlägt ihr einen Haken in den Bauch, worauf sie ihm mit der Faust ins Gesicht schlägt, so stark, dass Wolli für einige Sekunden schwarz sieht. Er greift sie mit den Händen am Hals und drückt zu, fest, ihr bleibt die Luft weg, sie geht in die Knie, fasst dabei mit ihren Händen an sein Gemächt. Wolli fällt erstaunt auf, dass er erigiert ist. Er lässt ihren Hals los, sie kniet sich vor ihm hin, um ihn in den Mund zu nehmen. Sie bearbeitet ihn zielstrebig, er kann die Augen nicht von ihr abwenden, von ihrem Eisblick, der auf sein Gesicht gerichtet ist. Er zieht sich aus ihrem Mund zurück, schlägt ihr ins Gesicht, sodass sie sich wegdreht und dabei auf dem Bett zu liegen kommt. Er fällt von hinten über sie her, zerreißt das Laken und fesselt sie damit am Bettrahmen. Er lässt seine Hand über ihr Gesicht gleiten, sie beißt zu, stark, er schreit vor Schmerz, zieht die Hand zurück und sieht die blutigen Zahnabdrücke, die sich tief in seine Handfläche gebohrt haben. Dann nimmt er sie von hinten, hart und brutal, dringt auch in ihren Hintern ein, sie atmet heftig.

Wolli nimmt aus dem Augenwinkel eine Bewegung wahr, dreht den Kopf und sieht Mauli auf der obersten Treppenstufe, die das Treiben beobachtet, still, ausdruckslos. Sie scheint dort schon seit Längerem zu verharren. Er dreht sich wieder zu Lianne, zieht sich aus ihr zurück, befriedigt sich weiter mit der Hand, dabei blickt er immer wieder in Maulis Augen, die die seinen fixieren, er bringt sich zum Höhepunkt und kommt auf Liannes Rücken und Po, Mauli hat ihren Mund leicht geöffnet. Als er fertig ist, verschwindet Mauli wortlos und leise. Wolli lässt sich auf das Fußende des Bettes sinken und löst dabei das Laken, das um Lianne gewickelt ist. Sie dreht sich um und blickt ihn eiskalt an.

»Na mein Freund, hat dir das Spiel gefallen?«

Wolli kann nicht antworten. Lianne steht auf und zieht sich ihr Nachthemd über.

»Gib mir zehn Riesen, ich möchte los.«

Er blickt sie fragend an.

»Ist es dir das nicht wert, Kleiner? Gib mir zehn Telofe, zehn Scheine, los, mach schon.«

Wolli steht auf und geht zu seinem Schreibtisch, auf dem mehrere Hügel liegen. Er zählt zehn Tausender ab und reicht sie Lianne. Sie nimmt das Geld und geht die Treppe hinab. Nach kurzer Zeit kommt sie wieder nach oben, steckt aber nur den Kopf in das Zimmer.

»Ach, und das soll ich dir von Karl geben.«

Sie wirft Wolli eine Visitenkarte auf's Bett, dann verschwindet sie. Nach einiger Zeit schlägt unten die Haustür. Wolli nimmt die Visitenkarte in die Hand: *Café Moritz*, Savignyplatz 3, Berlin. Auf der Rückseite steht handschriftlich: Gruß Karl.

Wolli sinkt auf das Bett zurück, er versucht, seine betrunkenen Gedanken zu sortieren, dann schläft er ein.

Als er am nächsten Morgen erwacht, fährt ihm sofort der Schreck in die Glieder. Er hat sich gegen Karl versündigt. Das wird Karl ihm nie verzeihen, er wird es ahnden, sich rächen, vielleicht ist das sogar genau sein Plan. Wolli muss handeln, muss schnell sein, darf nicht abwarten. Er ruft Onkel an.

»Onkel, ich brauche deine Unterstützung, hast du 'ne Puste? Ich brauche eine, und zwar sofort.«

»Wolli, was is'n mit dir los? Nach so was hast du mich ja noch nie gefragt. Klingt, als wenn du Angst hättest.«

»Ja, da liegst du richtig. Ich kann dir jetzt nicht erklären, worum es geht, das hol ich dann bald nach. Und ich brauch ein Auto, mit 'nem guten Versteck für die Puste, ich muss nach Berlin, kannst du mir helfen?«

»Klar, Amigo, ich leih dir meinen Alfa, aber ich warne dich, wenn du den zerfaltest, brauchst du gar nicht erst nach Hamburg zurückzukommen. Die Puste klemm ich dir unter den Beifahrersitz. Zieh dich ordentlich an, wenn du über die Grenze willst, damit sie den Wagen nicht filzen.«

Zwei Stunden später ist Wolli unterwegs nach Berlin. Als er die Grenze passiert, hat er tatsächlich ein wenig Angst, bleibt aber ganz ruhig und wird von den Grenzbeamten durchgewunken.

Auf der Fahrt muss er die ganze Zeit darüber nachdenken, was Karl mit ihm vorhat. Er denkt an Ochsen-Harry und das Schlachtermesser. An die Registrierkasse im Gesicht des Fremden, an das spritzende Blut. Und vor allem an Karls Gesicht, an die Blutleere um seine Augen, die bebenden Nasenflügel, die steife Oberlippe, beim Ausführen der Gewalt. Wird er versuchen, Wolli ebenfalls fachgerecht zu zerlegen? Hat er sich etwas Besonderes für ihn ausgedacht, etwas extra Brutales? Wolli geht davon aus.

Am Nachmittag kommt er am Savignyplatz an und parkt den Wagen in einer Seitenstraße. Vorsichtig fummelt er die Waffe unter dem Sitz heraus und achtet darauf, dass ihn niemand dabei beobachtet, es ist eine relativ kleine Beretta, die gut in seine Hosentasche passt. Dann macht er sich auf den Weg in das Café. Wolli ist aufgeregt, immer noch halb verkatert, er versucht verzweifelt, klare Gedanken zu fassen. Er schwitzt.

Beim Betreten des Cafés kann er Karl nicht entdecken, nur ein paar ältere Damen sitzen um einen Nierentisch und trinken Kaffee. Wolli fragt die Bedienung nach Karl. Sie weist mit dem Kopf auf eine Tür am Ende des Raumes. Beklommenen Herzens klopft Wolli an der Tür, eine Männerstimme erklingt dahinter.

»Herein.«

Wolli öffnet die Tür und betritt den Raum. An einem Schreibtisch, nur ein paar Schritte entfernt, sitzt Karl, gut aussehend, perfekt gekleidet in einem dunkelblauen Anzug, in eine Abrechnung vertieft, er hebt den Kopf, ist kurz irritiert, dann steht er auf.

»Mensch! Das gibt's doch gar nicht! Wolli! Was machst du denn hier?«

Wolli versucht einzuschätzen, ob die Begrüßungsfreude echt ist oder nur gespielt. Er wischt sich mit dem Ärmel den Schweiß aus der Stirn.

»Hey, Karl. Na ja, ich wollte dich ja schon länger mal besuchen, und nun hab ich gedacht, nun mach ich's mal.«

Wolli versucht, auf alles bei Karl zu achten, auf seine Augen, seine Gesichtsfarbe, auf die Haltung seiner Hände. Was hat der vor, was ist der Plan? Aber Karl wirkt tatsächlich einfach nur überrascht und erfreut.

»Setz dich doch, mein Freund, soll ich dir einen Kaffee kommen lassen?«

Wolli bejaht und hat sofort Angst davor, Karl in seinem Rücken zu haben. Karl geht an Wolli vorbei, öffnet die Tür und bestellt zwei Tassen Kaffee. Wolli fasst mit der rechten Hand in seine Hosentasche und berührt die Waffe, der kühle Stahl beruhigt ihn. Wenn Karl etwas mit ihm vorhat, wird es brutal und hart zugehen, es wird schmerzhaft sein. Er wird Wolli nicht überleben lassen. Wolli denkt wieder an das zermatschte Gesicht von dem Spieler.

Karl tritt von hinten zu ihm und legt ihm die Hände auf

die Schultern, Wolli erstarrt innerlich, sein Daumen wandert zum Hahn der Waffe.

»Wolli, jetzt erzähl doch mal, was treibt dich hierher, was machst du in Berlin?«

Karl umrundet ihn und setzt sich gegenüber. Eine ältere Kellnerin betritt den Raum und stellt zwei Tassen Kaffee auf den Tisch.

»Du, ich habe gerade hier zu tun, muss 'n paar Sachen für Weissleder erledigen, ein paar Leute treffen, und da dachte ich, ich besuche mal den alten Karl und frische ein paar Erinnerungen auf, war ja doch 'ne längere Zeit, die wir zusammengearbeitet haben.«

»Verstehe. Du, ich habe hier einen schönen kleinen Laden, genau wie unserer damals in Hamburg, der läuft sehr gut und, Wolli, deshalb wollte ich dich sowieso sprechen, ich suche noch einen guten Geschäftsführer!«

Karl blickt Wolli erwartungsvoll an.

»Im Ernst, du könntest dabei sein!«

Wolli ist erstaunt. Ist das der wahre Grund, warum Karl ihn sprechen möchte? Gibt's keine anderen Interessen? Er muss Karl auf seine Frau ansprechen, das ist nicht zu vermeiden.

»Karl, vielen Dank für das Angebot, darüber muss ich erst mal nachdenken, du weißt ja, dass ich in Hamburg gut zu tun habe.«

Wolli trinkt einen Schluck aus seiner Kaffeetasse.

»Und, Karl, ist deine Frau schon von ihrer Reise zurück?«

Karls Augen erstarren.

»Was meinst du damit?«

Er fixiert Wolli mit einem undurchschaubaren Gesichtsausdruck. Wolli beginnt wieder zu schwitzen.

»Ich meine damit, dass deine Frau ja auf einer Reise ist. Du hattest mich darum gebeten, sie unterzubringen, wenn sie nach Hamburg kommt. Und gestern war sie dann in Hamburg.«

Karl sitzt vollkommen unbeweglich da.

»Und Karl, ich habe sie bei mir untergebracht, so wie du es wolltest. Aber dann ...«

»Was, aber dann ...?«

Eine längere Schweigepause, beide Männer mustern sich mit ausdrucksloser Miene.

»Sie ist in mein Zimmer gekommen, gestern Nacht ... wir hatten davor getrunken, es war nur ganz kurz, es war bedeutungslos.«

Wolli versucht, auf die Anzeichen zu achten, die er bei Karl vor seinen Gewaltausbrüchen beobachtet hat. In der Tasche schwitzt seine Hand an der Waffe.

»Du hast sie gefickt?«

Karl ist bleich geworden, seine blauen Augen bohren sich in Wolli hinein.

»Ja.«

Es ist vollkommen still im Raum, keiner der beiden bewegt sich, auch die Außenwelt scheint für einen Moment erstarrt zu sein. Wolli durchbricht die Stille.

»Was passiert jetzt?«

»Was jetzt passiert? Wo ist die Schlampe?«

»Ich weiß es nicht. Ich hab ihr Geld gegeben, und sie ist gegangen.«

»Du hast ihr Geld gegeben? Wie viel?«

»Zehn Telofe.«

»Zehn Telofe? Hahaha, das gibt's doch gar nicht! Wie kann man so einer Schlampe so viel Geld in die Hand geben? Das wirst du nie wiedersehen!«

Wolli ist irritiert.

»Das Geld ist mir egal. Ich hab mir eher Sorgen um uns beide gemacht.«

»Warum um uns? Das hat nichts miteinander zu tun. Die Schlampe hat mich betrogen und ist mit meinem Geld durchgebrannt. Und sie hat dich betrogen und ist mit deinem Geld durchgebrannt. Und jetzt werden wir sie beide suchen und uns unser Geld zurückholen. Und dann ist die Schlampe reif für 'ne Abreibung, oder was meinst du?«

Wolli fällt ein Stein vom Herzen, ganz langsam lässt er die Waffe los und nimmt die Hand aus der Tasche.

»Oh Mann, Karl, und ich dachte schon, wir beide hätten jetzt ein ernsthaftes Problem.«

Karl lacht laut auf. »Hast immer noch Respekt vor mir, oder? Und zu Recht, denn eigentlich hast du mich hintergangen, Wolli, aber in diesem Fall ist es mir egal. Hilf mir, diese Schlampe zu finden, und ich vergesse alles.«

»Ich tu, was ich tun kann, Karl, ich melde mich bei dir, wenn ich sie wiedersehen sollte, versprochen!«

Die Situation entspannt sich langsam, das Gespräch der beiden dreht sich ums Geschäft, bleibt aber letztendlich oberflächlich und inhaltslos. Noch einige Male versucht Karl, Wolli abzuwerben, aber der lässt sich nicht drauf ein. Nach einer weiteren Tasse Kaffee verlässt er das Café mit dem Versprechen, sich bald wieder zu melden. Draußen bleibt Wolli stehen und holt tief Luft. Langsam und entspannt schlendert er durch die Straßen. Am Landwehrkanal schmeißt er die Pistole, die er in sein Taschentuch gewickelt hat, ins Wasser. Er will sie nicht mehr bei sich tragen, er will das alles so schnell wie möglich vergessen.

Es spricht sich herum, dass Wolli in seinem Salon »erotische Lichtspiele« betreibt, Freunde sprechen ihn darauf an und möchten eingeladen werden. Wolli hat kein Problem damit, im Gegenteil, ihm gefällt es, auch größere Gruppierungen in sexuelle Erregung zu versetzen. Die Freunde bringen Freunde mit, an manchen Abenden stellt Wolli erstaunt fest, dass er nur wenige der Anwesenden persönlich kennt, es scheint ein enormes Bedürfnis nach dieser Art von Unterhaltung zu geben. Nach einer der Vorstellungen unterhält er sich mit Onkel.

»Du, ich habe gestern Abend mal wieder Nudelfilme gezeigt, es waren bestimmt fünfzehn Leute da, und ich kannte noch nicht mal die Hälfte davon persönlich.«

»Warum machst du das dann eigentlich?«

»Weil ich's lustig finde. Die machen ja auch richtig los. Mir vollkommen fremde Leute ziehen sich in meinem Wohnzimmer aus und haben hemmungslosen Sex, das ist doch wunderbar.«

»Alter Romantiker. Also ich würde dafür Geld nehmen, gnadenlos, Amigo. Du kannst denen ja trotzdem beim Vögeln zuschauen. Erst müssen sie zahlen und dann was zeigen. Hahaha.«

Onkel ist begeistert von seiner Geschäftsidee. Auch Wolli gefällt der Ansatz.

»Eigentlich hast du recht. Schließlich besorge ich die Filme für teueres Geld aus Dänemark. Und harten Sex gibt's in keinem anderen Kino in Deutschland zu sehen, nur diese öden Schmusefilme.«

»Richtig, Amigo, halt die Kralle auf!«

»Was soll ich nehmen?«

»Fünfzig Mark für drei Nudelfilme. Das dauert 'ne halbe Stunde. In der Zeit müssen die fertig werden. Dann schmeißt du sie raus und lässt die nächsten rein.«

Und genau so macht es Wolli. Es spricht sich weiter herum, Leute aus ganz Hamburg reisen an, um dieses spezielle private Kino besuchen zu dürfen, manche kommen sogar aus den Vororten. Die Zuschauer klingeln unten an Wollis privater Klingel, es gibt sowieso nur diese eine, meist um kurz vor acht, und Wolli lässt sie herein. Er weist ihnen Plätze zu, er erklärt ihnen, dass sie sich frei, aber gesittet benehmen sollen, und dass die überall bereitliegenden Papiertaschentücher umsonst seien. Schließlich verkauft er noch ein paar nicht gerade preiswerte Getränke, dann schmeißt er den Projektor an. Meist dauert es nur ein paar Minuten, bis die Paare langsam anfangen sich zu entkleiden, die anderen neben sich zu beobachten, sich zu küssen und zu befummeln. Damm für Damm bricht, und viele von ihnen treiben es schließlich hemmungslos.

Die unterschiedlichsten Menschen aus allen Bereichen und Altersstufen der Gesellschaft besuchen Wolli, die meisten aber sind ganz normale, eher kleinbürgerliche Durchschnittsmenschen. Einige wirken sexuell eher frustriert, einige von ihren Partnern gelangweilt, andere unerfahren oder verschämt. Sie alle kommen, um sich stimulieren zu lassen. Manchmal wird Wolli gebeten, ob er »aushelfen« kann. Ehemänner fragen ihn, ob er ihre Ehefrauen verwöhnen könnte, natürlich gegen eine Extrazahlung. Wolli ist dazu bereit, das erste Mal fühlt er sich Mauli ebenbürtig, er verkauft sich für Geld. Manchmal fällt es ihm schwer, denn nicht alle Frauen gefallen ihm. Dann stellt er sich Bilder vor, Szenen, die ihn erregen, um überhaupt hart zu werden. Manchmal schließt er die Augen vor der Realität auf seinem Sofa. Wenn die Frauen sich ihm hingeben, werden deren Männer auch wieder scharf.

»Das können die jetzt mit nach Hause nehmen, da haben die noch länger was davon, dadurch gibt's bestimmt 'n paar Monate wieder Druck aufm Kessel!«, behauptet Wolli vor Onkel.

Vor Mauli aber beklagt er sich manchmal über die unattraktiven Frauen, die er da vewöhnen soll.

»Jetzt siehst du mal, wie das ist, Wolli. Das ist mein Alltag. Da kommen keine Traumprinzen, da kommen vor allem triste Gesellen. Und die Männer sind in diesem Bereich noch viel schlimmer als die Frauen, versteht sich.«

Meist aber bleibt Wolli von Anfragen verschont und kümmert sich um das System und die Abläufe. Zum Beispiel um neue Filme. Alle zwei Wochen fährt er mit Onkel in dessen Alfa Giulietta nach Kopenhagen und kauft dort 8-Millimeter-Filme ein, es soll beim Publikum nicht der Eindruck entstehen, als ob er ewig die gleichen alten Filme zeige. Dänemarks Gesetzgebung erlaubt den Handel mit Sexfilmen, aber sie dürfen nicht nach Deutschland importiert werden, also muss Wolli sie ins Land schmuggeln. Er wickelt die Filme vorsichtig auf die Felgen des Reserverades und zieht den Mantel darüber, so kann er durchschnittlich bis zu hundert Filme nach Hamburg bringen.

Jeden Abend von 20 Uhr an laufen die Vorführungen, es kommen immer unterschiedlich viele Zuschauer, an manchen Tagen läuft es wirklich gut, und sein Kino ist den ganzen Abend voll, was pro Schicht durchschnittlich etwa fünfzehn Leute bedeutet. Jeder von denen zahlt fünfzig Mark, das macht pro Abend mindestens fünfhundert DM zuzüglich der Getränkeeinnahmen. Am Montag bleibt das Kino geschlossen, da macht Wolli die Abrechnung, meist kommt er auf einen Wochenschnitt von mindestens 5000 Mark nach Abzug aller Unkosten, manchmal ist es auch mehr, wenn's richtig gut läuft, liegen bis zu zehn Riesen am Montag auf seinem Tisch. Weissleder bleibt Wollis Zugeschäft nicht verborgen, aber da die Männer nach dem Kinobesuch häufig noch ins *Klein-Paris* gehen, hat er nichts einzuwenden, im Gegenteil. Eines Abends spricht Weissleder Wolli vor Beginn der ersten Vorstellung im *Klein-Paris* an.

»Wolli, du machst dich mit deinem kleinen Kino da oben, du wirst langsam ein richtiger Geschäftsmann, Respekt, mein junger Freund.«

»Danke, ich lerne dazu. Und ich könnte jetzt auch eine etwas höhere Miete zahlen, falls du mich darauf ansprichst.«

»Ach was, die Geschäfte laufen doch für alle Seiten gut, ich sehe nur Gewinner, so soll es bleiben. Übrigens, heute Abend bekommst du bei dir oben wichtigen Besuch: Der Prinz von Homburg und Wilfried Schulz wollen bei dir reinschauen. Weißt du, wer die sind?«

»Ja, der eine ist der Beatleboxer, aber den anderen Namen kenne ich nicht.«

»Da hast du deine Hausaufgaben aber nicht ordentlich gemacht, Junge. Wilfried Schulz ist 'ne ganz große Nummer in Hamburg. Zumindestens in Sankt Georg, aber er hat mittlerweile auch viele Geschäfte auf'm Kiez. Einige behaupten, er wäre der neue große Boss auf St. Pauli, aber wir beide glauben das nicht, oder?«

»Natürlich nicht, Boss.«

Wolli grinst Weissleder an, der trinkt von seiner Cola.

»Wolli, ich hoffe, du weißt immer, zu wem du gehörst. Und du weißt immer, welche Hand dir entgegengestreckt wurde, als du noch unten warst!«

»Wie könnte ich das vergessen, Boss?!«

Wolli ist beklommen zumute bei seiner Antwort. Das Gespräch erinnert ihn an sein Verhältnis zu Karl. Was wird Weissleder von ihm als Treuebeweis fordern? Und was ist Wolli bereit, ihm zu geben?

Am Abend, zur letzten Vorstellung tauchen tatsächlich die beiden Angekündigten in Wollis erster Etage auf. Von Homburg trägt einen grauen engen Anzug mit einem schwarzen Rollkragenpullover, über den sich seine hellblonden Haare wellen, dazu ein Zigarillo im Mundwinkel. Schulz sieht ebenfalls beeindruckend aus, sportlich, von mittelgroßer, aber kräftiger Statur, sein dunkles Haar streng zurückgekämmt, ein markantes männliches Gesicht mit forderndem Blick, gekleidet in einen dunkelblauen Dreiteiler, so stehen die beiden unvermittelt vor Wolli.

»Salve, Herr Standartenführer, schön, dass wir uns mal wiedersehen!«

Von Homburg spielt lässige Freude, wohl wissend, dass der Mann vor ihm Maulis Mann sein muss, der Mann also, mit dessen Frau er bereits viel Spaß hatte. Schulz steht daneben und mustert Wolli ruhig. Wolli fällt auf, woher er dessen Gesicht kennt, Schulz war einer der Schläger aus dem *Star-Club*, Wolli hat ihn dort früher öfter in Aktion gesehen, was durchaus beeindruckend war.

»Wir wollten uns heute Abend mal ein wenig erotisch stimulieren lassen, und da dachten wir, dass wir in dein Kino gehen könnten, von dem gerade so viel geredet wird. Was wird hier denn heute gegeben?«

Bei von Homburg klingt der gespielt vornehme Ton breit und brutal. Wolli hält den Duktus.

»Wir spielen heute drei Skandinavier aus der Serie *Fami-*

lienbesuch aus Amerika ein. Die Handlung ist mehr als aufreizend: Eine dänische Familie wird von ihrem amerikanischen Onkel besucht. Immer, wenn der Hausherr nicht da ist, ergeben sich pikante Situationen mit den weiblichen Mitgliedern der Familie und dem fernen Verwandten. Ein prickelndes Vergnügen, wie ich meine.«

Von Homburg nimmt den Zigarillo aus dem Mund.

»Superb, das möchten wir uns nicht entgehen lassen, würden Sie uns bitte unsere Plätze zuweisen, Maître? Wenn's geht, etwas abseits der Massen.«

Wolli führt die beiden zu einem kleinen Sofa am Rande des Geschehens, von dem man den ganzen Raum gut überschauen kann. Er bringt ihnen Getränke und weist selbstredend das Eintrittsgeld von sich.

»Aber meine Herren …«

Dann kassiert er die anderen Zuschauer ab, serviert weitere Getränke und startet den Projektor. Wie meist beginnt nach einer gewissen Weile das Gefummel. Es sitzen auch ein paar Typen ohne Partnerinnen dabei, die sich selbst befriedigen. Wolli setzt sich mit einem Glas Pernod zu den beiden hochrangigen Besuchern, die amüsiert die Szene beobachten.

»Na, alabonneur, das funktioniert ja erstklassig, die sind ja alle dabei, die spielen ja richtig mit, das sind ja Zustände wie im alten Rom hier.«

Der Beatleboxer grinst Wolli an.

Schulz beobachtet die Szene amüsiert und raunt nach einer Weile: »Wirklich beeindruckend. Damit lässt sich bestimmt viel Geld verdienen.«

Das ist keine Frage an Wolli, auch wenn er ihn dabei anblickt, sondern schlicht eine Feststellung.

»Weißt du, ich suche immer nach neuen Ideen, nach Ausbaumöglichkeiten fürs Geschäft mit der Liebe, und mit deinem Ansatz kann man bestimmt arbeiten, mein Freund.«

Wolli schweigt.

Bereits nach dem ersten Film stehen Schulz und von Homburg auf.

»Wolli, das sind gute Filme, schöne Handlung, gute Schauspieler, muss man wirklich sagen. Also, wir kommen bestimmt bald wieder, um uns inspirieren zu lassen.«

Von Homburg umarmt Wolli etwas zu lang.

»Für dich bin ich übrigens Norbert!«

Schulz reicht Wolli die Hand. Danach verschwinden sie. Wolli bleibt mit einem unguten Gefühl zurück. Jetzt, wo grade alles so gut läuft, tauchen die auf, warum nur? Kann nicht mal einen Moment alles einfach nur nett und reibungslos vor sich hin laufen?

Ein paar Tage später besucht Onkel Wolli in seinem Kino.

»Du, hast du das schon gehört von Schulz und dem Wiener Bär?«

»Nee, ich weiß nix, was ist los?«

»Na ja, der Arnold Sellner, der Wiener Bär, der ist ja ein Wiener Loddel, der hier ein paar seiner Freunde ansiedeln wollte. Und das ging dem Schulz zu weit, gestern hat er ihn auf der Talstraße erwischt, mit 'n paar Hamburger Jungs. Dann hat er dem Sellner ein Messer in den Bauch gesteckt und das immer so rumgedreht, und der Sellner hat geschrien wie eine abgestochene Sau, aber in der Talstraße hat sich keiner nach draußen gewagt. Und dann hat er den Sellner genommen und ihn zu seinen Wiener Kollegen in 'ne Kellerkneipe um die Ecke gebracht und ihn vor denen auf den Boden geschmissen, und dem hingen da wohl schon die Därme raus. Da haben alle Wiener direkt ihre Sachen gepackt und sind zurück nach Wien gefahren, zusammen mit ihrem Bären, hahaha.«

Wolli ist überhaupt nicht zum Lachen zumute.

»Wolli, Schulz ist der neue Mann hier, das ist wichtig zu wissen.«

»Ja, das habe ich auch schon bemerkt.«

Von Homburg, sprich Grupe, taucht jetzt öfter bei Wolli auf, mal allein, manchmal mit Begleiterinnen, scheinbar sucht er Anschluss in Hamburg, vielleicht versucht er, sich einen Freundeskreis aufzubauen. Auf der einen Seite wirkt er unnahbar und bedrohlich, die meisten Menschen haben spontan Angst vor ihm, vor seiner Größe, seiner schieren Kraft und seinem gnadenlosen Ruf. Am meisten vielleicht vor seinen Augen, die unendlich kalt und brutal wirken können. Auf der anderen Seite wäre es gut, diesen Mann zum Freund zu haben, denn Feinde hätte Wolli dann nicht mehr. Grupe ist unberechenbar, vor allem wenn er getrunken hat, manchmal wird er dann ganz zahm und zutraulich, regelrecht friedlich, manchmal aber ändert sich das in Sekunden, und dann dampft eine harte dunkle Energie aus ihm heraus, die nicht selten in einem Gewaltausbruch eskaliert.

Wolli beschließt, den Schritt auf Grupe zuzugehen, das erscheint ihm unter den gegebenen Umständen geboten, denn so schnell wird er ihn ohnehin nicht wieder los. Manchmal trinkt er stundenlang mit dem Boxprinzen, zieht mit ihm über den Kiez, durch diverse Bars und Spelunken. Dabei kommt es immer wieder zu gefährlichen Situationen, denn der Boxprinz ist sich für keine Schlägerei zu schade, im Gegenteil, er provoziert, wo er kann, Grupe ist die definitiv härteste Faust auf St. Pauli. Jeden Tag geht er in den Sparring in einem Boxkeller in der Simon-von-Utrecht-Straße. Auch hierhin begleitet ihn Wolli, der langsam zunehmend Gefallen an den Einblicken in die Welt des Boxers findet. Nach einem dieser Sparrings spricht Grupe Wolli an.

»Wolli, hör mal, ich könnte jemanden brauchen, der meine Zeiten beim Laufen nimmt und der mich zu den Kämpfen begleitet, jemanden, mit dem ich reden kann und der mich aufbaut, wenn ich mal unten bin. Mein Trainer is 'n guter Mann, aber, wie soll ich sagen, nicht grade die hellste Kerze auf dem Kuchen. Jemanden wie dich könnte ich gut noch in meinem Team gebrauchen.«

Wolli hätte gern Zeit zum Überlegen, aber da Grupe ungeduldig und leicht verletzbar ist, sagt er zu.

»Norbert, du weißt ja, dass ich hier viel zu tun habe, und ich kann mir nicht erlauben, ständig unterwegs zu sein, aber ab und zu geht das schon, wir können ja mal 'ne Testrunde drehen.«

Grupe mustert ihn skeptisch. Dass Wolli nicht sofort maximal begeistert reagiert, gereicht eigentlich schon zur Beleidigung, aber auf der anderen Seite hat Wolli ja auch nicht abgelehnt.

»Du weißt schon, dass sich um diesen Posten Heerscharen schlagen würden, oder?«

»Selbstredend, aber meine Filme zeigen sich nicht von selbst, und ich brauche das Geld, das wirst du doch verstehen.«

Das versteht der Boxprinz natürlich, denn auch er übt seinen Beruf nur wegen des Geldes aus, der Sport an sich interessiert ihn so gut wie gar nicht. Eigentlich möchte er viel lieber Schauspieler sein, ein Typ wie Marlon Brando, weltberühmt, von den Männern gefürchtet und von den Frauen verehrt. Er hat auch schon in einigen Produktionen in Amerika mitgespielt, zum Beispiel in der Serie *Rauchende Colts*.

»Wolli, das mit dem Boxen is 'ne schöne Sache, aber die Schauspielerei ist eigentlich viel wichtiger. Und jetzt hab ich 'nen ganz großen Fisch an der Angel: der Streifen heißt *Morituri* und ist von Bernhard Wicki, das is 'n weltbekannter Regisseur. Und nun rate mal, wer die Hauptrollen spielt!«

Wolli rät blind.

»Keine Ahnung, Clark Gable oder so?«

»Clark Gable, pah, doch nicht so 'n alter Jahrmarktsmime! Ich sage nur zwei Namen: Yul Brynner und ... Marlon Brando!«

Grupe beobachtet Wolli stolz. Der ist sichtlich beeindruckt, denn auch er ist ein großer Brando-Fan, und Yul Brynner gilt als einer der coolsten Darsteller überhaupt.

»Verstehst du? Ich spiele mit Marlon Brando! Das ist oberstes Weltniveau!«

»Alle Achtung! Wie bist du denn an den Posten gekommen?«

»Connections, wie man in den Staaten so schön sagt. Ich hab da drüben 'nen Agenten, und der bringt mich immer wieder mal in großen Produktionen unter, und langsam werden die Rollen größer, und ich kriege mehr Sätze und, Wolli, ich schwör's dir, da geht noch viel mehr! Eines Tages hänge ich die Boxhandschuh' an den Nagel, und dann kommen die großen Streifen und irgendwann der Oscar, warte mal ab, ich hab noch immer gekriegt, was ich wollte.«

»Ich würd's dir gönnen, Norbert. Und was ist deine Rolle in diesem Film?«

»Na ja, ich soll erst mal in verschiedenen Bildern im Hintergrund rumstehen. Aber manchmal trag ich auch Sachen.«

»Aha, nicht schlecht. Sachen tragen neben Marlon Brando.«

Wolli unterdrückt das Lachen. Grupe mustert ihn verärgert.

»Na ja, besser Sachen tragen neben Marlon Brando als einfach nur so Sachen tragen. Sachen einfach nur so tragen ist jämmerlich, das ist Sklaverei, aber neben Marlon Brando wird daraus Kunst!«

»Dass das so einfach ist mit der Kunst, das wusste ich gar nicht. Und wie ist es, wenn ich Sachen neben Manni Weissleder trage? Der ist doch auch sehr bekannt.«

Grupe ignoriert den Witz.

»Hör zu, am nächsten Wochenende muss ich nach Hannover, 'n gut bezahlter Kampf, gegen Bas van Duivenbode aus Holland, das is 'n Schmierlappen, den mach ich platt, wird kein großes Ding, was is, begleitest du mich?«

»Klar, Norbert, da bin ich dabei, da wird sich dann ja zeigen, ob ich dir nützlich sein kann.«

Am 29. April 1965 tritt der Prinz von Homburg gegen Bas van Duivenbode in Hannover an. Wolli ist mit Grupe und seinem Trainer Henry Davis in dessen neuem weinroten Mercedes W 110 nach Hannover gefahren. Die Messehalle, in der der Kampf stattfindet, ist mit 2800 Zuschauern ausverkauft, Grupe ist ein wirklicher Publikumsmagnet. Der Boxprinz hat in den Tagen vor dem Kampf hart trainiert und sehr zurückhaltend gelebt, aber heute, am Tag des Aufeinandertreffens, nimmt er das schon wieder lockerer, beim Betreten seiner Kabine öffnet er gleich eine Flasche Sekt, er scheint sich seiner Sache sehr sicher zu sein. Sein Kontrahent van Duivenbode bezieht die Kabine auf der anderen Seite des Flures, als er Grupe begegnet, begrüßt er ihn ruhig und freundlich. Grupe grüßt genauso freundlich zurück. Wolli ist aufgeregt, er weiß nicht genau, was seine Position von ihm verlangt und was er zum Erfolg beitragen kann, also läuft er durch die Gegend und raucht.

»Wolli, jetzt setz dich, du machst mich noch ganz nervös mit deinem Rumgerenne. Heute gibt's keinen Grund, nervös zu sein, den Tulpenfresser puste ich in den ersten vier Runden aus dem Ring, pass mal auf. Komm, leiste mir Gesellschaft.«

Grupe ist entspannt, seine Selbstsicherheit hat fast etwas Überhebliches. Wolli setzt sich zu ihm, trinkt Sekt und raucht.

»Wolli, das mit deiner Frau damals, das war nicht gegen dich gerichtet, verstehst du, ich wollte dir damit nicht zu nahe treten.«

»Meine Frau war und ist frei und kann tun, was sie will. Sie kann auch schlafen, mit wem sie will. Ich bin doch keiner von den jämmerlichen Loddeln, die ihre Frauen auf den Strich schicken, aber sie danach behandeln wie ihren Privatbesitz. Eifersucht muss man sich abtrainieren, wenn man in meinem Gewerbe arbeitet, sonst wird man da nicht alt.«

»Na ja, ich wollt's dir nur sagen. Ich war einfach scharf auf sie, und sie auch auf mich.«

»Ich weiß, deswegen bin ich ja auch gegangen. Hab mir an dem Abend jemand anderes zum Spielen gesucht, das war das Gute an der Sache.«

Kurz vor dem Kampf sprechen Grupe und sein Trainer, der des Deutschen noch nicht ganz mächtig ist, noch mal die Taktik durch. Wobei es da nicht wirklich viel zu besprechen gibt, der Holländer hat bekannte Schwächen in der Deckung und ist auch nicht gerade für seine Kondition berühmt, Grupe soll von Anfang an massiv Druck machen, dranbleiben, van Duivenbode die Luft zum Atmen nehmen und immer unter der Deckung durchschlagen.

»Und wenn er dann außer Atem ist und sich auf deine Hits von unten konzentriert, dann kommst du, ab die vierten Runden von oben, von die Seiten auf seine Kopf, you go fast, very fast – dann fliegt die Vogel aus dem Nest.«

In der Halle sitzt Wolli in Grupes Ecke, gleich hinter dem Boxprinz am Fuß des Rings neben dem Trainer. Er ist stolz auf diese Position, hier sitzen nur die Eingeweihten, die Wichtigen, Wolli spürt die Blicke des Publikums auf sich und genießt das. Grupe macht im Ring wie gewohnt den dicken Max, er springt herum, pumpt sich auf, gefällt sich in Siegergesten und provoziert so das Publikum zu Pfeifkonzerten. Viele der Hannoveraner wollen ihn auf den Brettern sehen, vielleicht weil sie ihn für einen Hamburger halten. Das stärkt ihn, daraus zieht er seine Kraft, aus genau dieser Ablehnung, sie ist sein Motor, er allein gegen alle, das ist sein Motto. Der Kampf verläuft wie erwartet wenig spektakulär, Grupe ist Duivenbode von Anfang an überlegen, und der simple Plan des Trainers geht auf.

Grupe tanzt um seinen Gegner herum, bleibt ständig in Bewegung, täuscht Schläge an, zieht sich kurz zurück, versucht unter die Deckung zu kommen, was ihm am Anfang einige Male gelingt, dann nicht mehr, Duivenbode macht vorne zu, baut auf Zeit, findet keine Methode, Grupe zuzusetzen, und verliert langsam an Kraft. Ab und zu aber landet er ein paar Treffer, und die besitzen außerordentliche Härte. Grupe weiß, dass er sich vor diesen Schlägen fürchten muss, ein Knock-out wäre jederzeit möglich, wenn ihn so ein Volltreffer am Kopf erwischt.

Am Ende der dritten Runde atmet Duivenbode bereits tief, der Schweiß rinnt ihm in Strömen von der Stirn und den Schultern.

»Jetzt kommst du von oben und über der Seiten, very fast,

schnell, die darf das gar nicht kapieren, was passiert, alright, du muss jetzt umschalten, alright?«

Grupe nickt nur, während er Duivenbode fixiert und in einen Eimer zwischen seinen Beinen spuckt. Der Kampf kostet auch ihn Kraft, er will ihn möglichst schnell hinter sich bringen. Tatsächlich versucht er nun nach dem Gong, den Kopf Duivenbodes zu treffen, setzt ein paar Schläge mit der Linken von unten ab und lässt dann unerwartet die Rechte mit einem Schwinger von rechts auf die seitliche Stirn des Holländers prallen. Der wird voll erwischt, taumelt ein paar Schritte rückwärts, Grupe setzt sofort nach, springt hinterher und schlägt nun mit der Linken zum Kopf Duivenbodes, landet zwei kurze, aber harte Schläge auf die Schläfe, die Duivenbode taumeln lassen. Erst geht er rückwärts in die Seile, dann rutscht er zu Boden, scheint die Orientierung verloren zu haben, bleibt auf dem Rücken liegen, während der Schiedsrichter ihn auszählt. Grupe zählt mit, springt dann, wie zu Beginn schon, auf die Seile und schlägt sich die Fäuste auf die Brust, ein Teil des Publikums pfeift ihn aus, der andere Teil aber jubelt ihm zu, viele sind aus ihren Sitzen gesprungen. Wolli selbst kann sich einen gutturalen Aufschrei im Moment des Knock-downs nicht verkneifen, auch der Trainer neben ihm springt in die Höhe und johlt laut und triumphierend.

Die Nacht nach dem Kampf wird in Hamburg durchgefeiert, Grupe lädt die ganze Runde und viele Freunde aus dem Milieu ins *Klein-Paris* ein. Der Champagner sprudelt, als ob es in der Großen Freiheit Nr. 11 eine Quelle dafür im Boden gäbe.

Wollis Geschäfte laufen gut, so gut, dass er Leute braucht, die ihm dabei helfen. Zwei Bardamen aus dem *Klein-Paris* unterstützen ihn regelmäßig beim Kassieren und Servieren der Getränke. Wolli hat sich zudem ein paar Tricks ausgedacht, wie er sein Kino noch voller kriegen kann: Bei den Schiffen am Hafen zeigt er den Matrosen Bilder aus seinen Filmen. Mehr über dieses interessante Thema könne man bei ihm zu Hause in seinem Erotikkino erfahren. Die Matrosen kommen umgehend. Am nächsten Tag bringen sie Freunde mit, die Pikanterien sprechen sich zügig in Seemannskreisen herum. Außerdem steckt Wolli die Koberer in der Großen Freiheit ab, sie sollen ihm Gäste schicken. Am Abend bringen die Zuschauer Wolli einen Zettel mit dem jeweiligen Namen des Koberers, von dem sie kommen, zahlen fünfzig Mark und besuchen dann sein Kino. Nach Mitternacht, um etwa zwei Uhr morgens, nach der letzten Vorstellung geht Wolli mit einem Bündel Scheine durch die Freiheit und verteilt Zehner an die Porter, die ihm Publikum zugeführt haben, einen Schein für jeden erfolgten Besuch, da kommt bei manchen einiges zusammen. Wollis Beliebtheit im Milieu wächst, sein Ruf weitet sich aus, er ist, wenn man so will, ein angesehenes Mitglied der Gemeinde.

In der Großen Freiheit, auf dem Hinterhof hinter der Beatkneipe *Gretel & Alfons* wird ein neuer Laden eröffnet, er nennt sich *Folkloreclub Salambo*. Neugierig besucht Wolli den Laden. Der Innenraum ist nicht allzu groß, aber festlich geschmückt, er macht ein wenig den Eindruck eines Südsee-Versammlungshauses – an den Wänden hängen Palmenwedel und ausgestopfte Tiere, auch ein paar Voodoomasken, die sich der Besitzer vermutlich aus Harrys Hafenbasar besorgt hat. Es gibt einen kleinen Tresen, einen Zuschauerraum mit etwa vierzig Sitzen und eine übersichtliche Bühne, auf der ab dem frühen Abend erotische Theaterperformances aufgeführt werden. Der Eintritt kostet zwanzig DM. Wolli zahlt, ohne auf sein Anrecht auf freien Eintritt als Kollege und Kiezianer zu bestehen, er möchte am liebsten gar nicht erkannt werden.

Die Performance ist wirklich merkwürdig, die beiden Darsteller, ein schwarzer Mann und eine weiße Frau, beide augenscheinlich Laien, tanzen zu einem Tropical-Soundtrack bei gedämpftem roten Licht über die Bühne, spielen, dass sie im Dschungel sind und sich vor wilden Tieren fürchten, schließlich finden sie zusammen und beginnen sich zu bearbeiten, sie streicheln und küssen sich, umtanzen einander, nähern sich erneut an, entkleiden sich völlig. Zum musikalischen Höhepunkt spielen sie eine Kopulation, die allerdings eher unecht wirkt. Dennoch ist das Publikum angetan und applaudiert ausgiebig, so auch Wolli, immerhin ist das Treiben eine Erweiterung des ansonsten relativ langweiligen Striptease-Business.

Nach der Show stellt Wolli sich an den Tresen und bestellt einen Daiquiri. Als er bezahlen will, winkt die Tresendame ab, sie zeigt mit dem Daumen links von Wolli. Dort steht ein sehr speziell aussehender Mann und mustert ihn, Wolli denkt spontan an D'Artagnan von den *Drei Musketieren*, der Mann trägt hohe lederne Stulpenstiefel, eine enge gestreifte Hose, ein weites weißes Leinenhemd, lange schwarze Haare und einen ausladenden Schnurrbart.

»Bonne nuit, mon ami, du bis also den berühmte Wolli?«

Erstaunt tritt Wolli einen Schritt zurück.

»Ja, der bin ich, und mit wem habe ich es zu tun?«

»Ische bine René Durand, Sänger, Müsiker, Theatermacher, Liebender, aber in erster Linie bin ische Maître de Plaisir!«

»Entschuldige, aber ich kann kein Französisch, ich komme aus dem Osten.«

»Entschüldigüng, ische falle immer wieder in dieser verdammten Sprach zurück, die isch überaupt nisch liebä, isch meinte, ische bin der Meister des Vergnügens!«

Wolli nimmt einen großen Schluck von seinem Getränk und zündet sich eine Zigarette an.

»Das habe ich gesehen, dass du hier mit dem Vergnügen arbeitest. Das tue ich übrigens auch, nur in filmischer Form, ein paar Meter von hier.«

Durand lässt sich ein Glas mit Rotwein füllen.

»Davon abe ische ge'ört, dass du dort rischtige Liebesfilme zeigst, mit allem drum und dranne, sogar mit 'appy End?«

»Ich zeige alles, was in den Filmen zu sehen ist, und in den Filmen ist alles zu sehen. Die Leute lieben mein kleines Kino, die kommen da richtig in Fahrt.«

»Das is ein Idee phantastique, un was is mit die Üdels?«

»Bitte?«

»Die Üdels, wie sagt man, Pölisei?«

»Bis jetzt haben die nichts davon mitbekommen.«

Wolli führt Durand in seine »erotischen Lichtspiele«, die zu diesem Zeitpunkt gut frequentiert sind. Der Raum ist zu zwei Dritteln gefüllt, und einige der Paare sind schon wieder äußerst beschäftigt, Durand ist sehr angetan.

»Ganz wunderbar, deine Lischtspielä, Wolli, da bis du uns allen eine Schritt voraus.«

Wolli lädt Durand in seine privaten Räume im zweiten Stock ein und öffnet eine Flasche Champagner.

»René, als ich in deinem Theater war, habe ich darüber nachgedacht: Das könntest du doch auch machen, live auf deiner Bühne!«

»Was?«

»Echten Sex. Live-Sex. Schauspieler, die wirklich losmachen. Das haben wir vor einiger Zeit auch schon mal hier probiert, und der Laden war immer voll!«

»Das ist eine radikale Idee. Weißt du, weil ische will wirklisch Theater machen, großen Stücken aufführen, ische will einen Spiegel der Zeit bauen, mein Theater soll ein Schlüssel sein, um verschlossenen Räume zu öffnen, verstehst du, die Tabuzonen unserer Gesellschaften, verstehst du, Wölli?«

René ist begeistert, von sich, von seinen Ideen, die ihm selbst noch nicht wirklich klar sind, von den Möglichkeiten der neuen Zeit.

»Dies sin radikalen Zeiten, Wolli, dies sin Zeiten der Revolusion, ers kommt die Revolusion un Befreiung der Sexualität, von den Frauen, der 'omos, der Transen, der Perversen. Un dann komm die Revolusion der gesammten Gesellschaft. Und ische werde sie einleiten. Und du 'as daran mitge'olfen, mit deine phantastique Idee!«

René blickt Wolli triumphierend an und ext sein Champagnerglas.

Wolli besucht von nun an immer wieder das Folkloretheater. Und tatsächlich baut Durand das Programm langsam um, es kommt zu wirklichen Sexualitäten auf der Bühne, die immer weiter gehen. Durand probt am Nachmittag mit seinen Darstellern, übt alle möglichen Positionen, spricht über Rollen und Texte, versucht, seine »Stücke« zu dramatisieren. Seine Vision: Er will ein ganz neues Theater, ein Theater des radikalen Lebens, in dem all die Randfiguren der Gesellschaft eine entscheidende Rolle zu spielen haben. Und die Randfiguren, die bei ihm spielen, die Stricher und Hänger, die Huren und Transen lassen sich von seinem Feuer anstecken, fühlen sich gesehen und gebraucht, versuchen, den Ansprüchen des großen Meisters gerecht zu werden, auch wenn einige von ihnen überhaupt nicht begreifen, worum es eigentlich geht. All das wird getragen vom großen, sich ständig verändernden Soundtrack der Tage, René lässt häufig aktuelle Musik einspielen, sein Theater soll auch die jungen Leute anlocken, man hört bei ihm Bob Dylan, die *Stones*, die *Beach Boys*, Otis Redding, die *Kinks* und natürlich die *Beatles*.

Die *Beatles* sind mittlerweile zu absoluten Weltstars geworden. Bei ihren Auftritten kennt die Hysterie der Teenager keine Grenzen. Für eine *Bravo*-Blitztournee kehren sie im Sommer '66 nach Hamburg in die Ernst-Merck-Halle zurück, und Manfred Weissleder tut alles dafür, sie noch ein Mal in seinen *Star-Club* zu locken, wenn schon nicht für den Auftritt, dann wenigstens für die Aftershow-Party. Horst Fascher, der die besten Kontakte zu den Beatles pflegt, sitzt wegen verschiedener Gewaltdelikte im Gefängnis und kann den Draht nicht herstellen. Weissleder versucht es direkt über Brian Epsteins Büro, ruft dort immer wieder an, um Epstein persönlich zu sprechen. Seine Sekretärin gibt ihm unmissverständlich zu verstehen, dass mit einem Besuch der Band nicht zu rechnen sei, sie würden streng isoliert außerhalb von Hamburg, in Schloss Tremmsbüttel untergebracht, dort wo sonst meist nur hohe Staatsgäste logieren, um der Teeniehysterie und Ausschreitungen der Fanmassen vorzubeugen. Ein paar der engsten Vertrauten dürfen sie dort besuchen, Wolli gehört leider nicht dazu, das teilt ihm Ikke mit. Das stört Wolli aber auch nicht weiter, er hält nichts von dererlei Großalarm.

Der *Star-Club* schwächelt in letzter Zeit ein wenig, es läuft unrund, seitdem Weissleder selbst nicht mehr die Zügel in der Hand hält. Die horrenden Gagen für die Amistars brauchen seine finanziellen Reserven auf. Zwar hat er nach einem endlosen Prozessmarathon irgendwann seine Konzession zurück, anstatt aber nun die frei gewordenen Kräfte auf seinen Laden zu konzentrieren, steckt er sie in eine Flut an Racheprozessen gegen seinen privaten Gegner Amtmann Falck. Natürlich kommt er damit nicht durch, die Justizkrähen hacken sich gegenseitig kein Auge aus. Ein weiterer Rückschlag kostet Weissleder Kraft: Seine *Star-Club News,* die zu einer ernst zu nehmenden Jugendzeitschrift geworden sind, müssen eingestellt werden. Er hatte sich mit dem Heinrich Bauer Verlag auf einen Deal eingelassen, um die Zeitschrift in ganz großem Maßstab herauszubringen. Nun bremste ihn der Verlag aus, um seine eigene neue Teeniegazette *OK* auf den Markt zu bringen. Weissleder begreift, dass der Bauer Verlag nur mit ihm verhandelt hat, um ihn schachmatt zu setzen. Fortan fehlt ihm sein Sprachrohr.

Am Nachmittag vor dem *Beatles*-Konzert trudelt Weissleder bei Wolli im oberen Stockwerk über dem *Klein-Paris* ein, Wolli ist gerade dabei, die gebrauchten Papiertücher der letzten Nacht einzusammeln und in den Müll zu schmeißen, es liegen auch ein paar volle Präservative herum.

»Wolli, hör mal, ich habe grade 'ne finanzielle Durststrecke und überlege, ein paar meiner Objekte zu verkaufen.«

»Oh, Boss, das tut mir leid. Kann ich dir irgendwie helfen?«

»Ich sage das nur, weil ich auch darüber nachdenke, dieses Haus zu verkaufen.«

»Wie? Und was wird dann aus dem *Klein-Paris*?«

»Du, da zieht der Durand mit seinem Salambo rein, der will das ganz groß aufziehen. Und du kannst da gleich Wirtschafter werden. Und kaufen wird das Ganze 'n großer Hamburger Geschäftsmann, mit 'nem Herz für St. Pauli, ich vertraue ihm.«

»Wer ist denn das?«

»Willi Bartels.«

Willi Bartels besitzt ein Immobilienimperium in Hamburgs ärmsten Stadtteil, hat aber einen relativ guten Ruf, selbst bei den einfachen Leuten, da er für jeden, der mit Problemen zu ihm kommt, ein offenes Ohr hat.

»Und was wird dann aus mir? Aus meiner Wohnung? Und aus meinem Kino?«

»Bartels hat mir in die Hand versprochen, dass hier alles so weiterläuft wie zuvor.«

»Und meine Zweihundert-Mark-Miete für die beiden oberen Stockwerke bleibt auch unverändert?«

»Ich sag doch: Alles bleibt unverändert. Bartels wird demnächst mal bei dir reinschneien, dann kannst du mit ihm alles festklopfen, okay?«

»Gut. Und was wird nun mit dir, Boss?«

»Was soll schon werden? Ich mache weiter, wie immer. Ist nur 'ne Durststrecke, mein Freund, is nur 'ne kleine Durststrecke, ich muss bisschen Ballast abwerfen, bisschen Luft holen, und dann geht's wieder nach oben!«

»Boss, die Musik hat sich verändert, es kommen neue Musiker, neue Stile, der Twist ist lange vorbei, vielleicht müsstest du den Laden in eine andere Richtung lenken, es gibt doch jetzt so viele neue Rockbands, mit diesem anderen, härteren Sound, die *Kinks* und solche Leute, vielleicht ist das die Richtung.«

»Ach was, ich besitze den *Star-Club*, Wolli, den berühmtesten Club der Welt, ich muss mir keine wirklichen Sorgen machen. Und ich lade auch nur Bands ein, auf die ich persönlich stehe, und die *Kinks* zum Beispiel gehören nicht dazu!«

Weissleder verabschiedet sich von Wolli, man verspricht aber, sich bald wiederzusehen.

Am Abend macht Wolli einen Spaziergang durch das Viertel, und irgendwann kommt er an der Ernst-Merck-Halle vorbei, von dort tönt das hysterische Kreischen aus Tausenden Mädchenkehlen. Er geht an der Halle vorbei und kommt zum Untersuchungsgefängnis. Dort oben in einer der Zellen sitzt Hoddel Fascher, bei offenem Fenster mit dem Kopf an den Gitterstäben, und hört die *Beatles* spielen, seine geliebte Band, die es ohne ihn in dieser Form eventuell gar nicht geben würde.

Wollis Vorführungen laufen nach wie vor gut, manchmal schickt er die letzten Gäste erst um zwei Uhr morgens aus dem Haus. Eines Abends, ein paar Wochen nach dem Konzert der *Beatles*, ist er früh im Laden, heute ist die erste Vorführung bereits nahezu ausverkauft. Er mustert das Publikum, ihm fallen zwei Männer auf, die er noch nie bei sich gesehen hat. Sie sehen eher durchschnittlich aus, fast schon zu normal, und setzen sich beide in die letzte Reihe des Vorführraumes. Wolli stellt sich neben seinen Projektor und beobachtet sie, während er die Filmspule einlegt, sie sind ihm verdächtig, vielleicht gerade, weil sie so absolut durchschnittlich aussehen, vielleicht auch, weil sie ihm zu nüchtern erscheinen. Er überlegt kurz, ob er die Vorführung unter einem fadenscheinigen Grund ausfallen lassen sollte, verwirft diese Idee aber wieder, was soll schon passieren, er zeigt ja nur Filme.

Als der Film bereits eine Weile läuft und es zu den üblichen Erregtheiten bei den Betrachtern kommt, dringt plötzlich ein großes Getrappel von der Treppe her. Etwa zehn uniformierte Polizisten betreten den Raum, einer schlägt mit der Hand auf den Lichtschalter, es wird sofort schockierend hell, eine Frau kreischt und rafft ihre Bluse zusammen, ein paar Männer schließen verschämt ihre Hosen. Die beiden Typen aus der letzten Reihe springen auf, der eine tritt in die Mitte des Raumes.

»So, meine Damen und Herren, Ende der Veranstaltung, alle Anwesenden zeigen jetzt bitte unseren Beamten ihre Ausweise vor und verlassen dann das Gebäude! Dies ist ein Einsatz der Hamburger Polizei!«

Die Anwesenden lassen sich mit gesenkten Köpfen kontrollieren und fliehen dann aus dem Etablissement. Nie wieder werden sie hierher zurückkehren, das weiß Wolli.

»Sind Sie Herr Köhler, der Mieter dieser Etage?«

»Ja, der bin ich.«

»Herr Köhler, Sie betreiben hier in einer Privatwohnung ein nicht angemeldetes Kino. Und nicht nur das, Sie zeigen pornografische Filme, Sie wissen sicherlich, dass das verboten ist, oder?«

»Aber Herr Schutzmann, das sind doch nur Erotikfilmchen. Wir sind hier immerhin auf St. Pauli und nicht in Pöseldorf.«

»Ich bin kein Schutzmann, wenn, dann nennen Sie mich Herr Kommissar. Und abgesehen davon: Pornografie ist verboten, egal wo, weder das Zeigen noch der Handel mit diesem Material ist in Deutschland erlaubt. Daran haben auch Sie sich zu halten, hier auf St.Pauli.«

»Aber Herr Kommissar ...«

»Stegmann, packen Sie den Projektor ein und die Filme, ist alles konfisziert!«

Der Beamte namens Stegmann, ein großer, willfährig wirkender Ausführer, greift sich den Projektor und die herumliegenden Filmspulen. Die anderen Polizisten stehen im Halbkreis um Wolli herum und starren ihn an. Die meisten von ihnen freuen sich darauf, dass diese Filme jetzt in ihren Besitz übergehen. Das Material muss man ja zumindest auf der Wache noch mal kontrollieren. Und dann fachgerecht vernichten. Also mit nach Hause nehmen.

»Herr Kommissar, ich bitte Sie sehr, mir meinen Projektor nicht wegzunehmen, den brauche ich doch auch privat.«

»Ich glaube, was Sie brauchen, kann ich besser beurteilen als Sie. Und seien Sie mal froh, dass ich Ihre Bude hier nicht komplett von meinen Beamten filzen lasse. Mir wurde nämlich zugetragen, dass hier geraucht wird – und Sie wissen sicherlich, dass ich nicht von Zigaretten spreche. Für heute lassen wir's gut sein, aber sehen Sie sich vor, wir haben Sie auf dem Kieker, Köhler! Abrücken!«

Die Beamten verlassen in Reih und Glied den Salon. Im Gehen dreht der Kommissar sich noch einmal zu Wolli um.

»Ach, und schöne Grüße von Amtmann Falck!«

Wolli läuft es kalt den Rücken herunter. Jetzt hat dieser Oberspießer, kaum, dass er Weissleder aus seinen Krallen lassen musste, ihn persönlich im Visier, das kann nur Stress bedeuten. Vielleicht sollte er den Stadtteil verlassen? Vielleicht gleich die ganze Stadt? Ein Privatfight mit Falck ist das Letzte, was Wolli sich wünscht.

Es kommt genau so, wie Wolli es befürchtet hat: Sieben Mal rücken die Beamten in den kommenden Monaten an. Sieben Mal stürmen sie seine Bude und räumen alles ab, was nach Film aussieht. Die Projektoren kann er zwar jederzeit nachkaufen, aber er spürt in diesen Aktionen den Hass von Amtmann Falck, seinen Willen, ihn und all das andere Gesocks von St. Pauli ein für alle Mal zu vernichten. Dieser Stress geht Wolli langsam, aber sicher an die Nerven. Auf den Magen. Ständig hat er Bauchschmerzen, manchmal kann er tagelang nur Kamillentee trinken, heimlich, keiner der Männer aus dem wirklichen Leben darf das sehen – Kamillentee! Das wäre das Ende einer Kiezkarriere!

Irgendwann verfällt Wolli auf den Trick, zwei Projektoren aufzustellen, in einem liegen die üblichen Spulen mit den Sexfilmen, dieser Projektor steht auf einem Schrank und ist mit einigen Kartons getarnt. Der andere Projektor steht frei im Raum, darin liegen Donald-Duck-Filme. Wenn Wolli eine

Meldung von seinem Porter von der Straße bekommt, dass der Polizeitrupp anrückt, lässt er sofort den Sexfilm stoppen und dafür den Disney-Film laufen. Die Beamten betreten den Raum und sehen zwanzig höchst erregte, schwitzende und nur halb bekleidete Menschen, die sich Donald Duck in einem seiner lustigen Abenteuer anschauen. Einmal fallen die Polizisten darauf rein, können sich die Situation nicht erklären. Beim nächsten Mal filzen sie die gesamte Wohnung und finden natürlich den Sexprojektor und die Filme.

Irgendwann geht Wolli dazu über, den Beamten gleich beim Betreten der Wohnung den Projektor und die Filme freiwillig auszuhändigen. Wenn sie gegangen sind, holt er den nächsten heraus und schmeißt die Filme an, die er noch im Auto versteckt hat. Er verflucht Amtmann Falck, wünscht sich, Rache ausüben zu können, träumt davon, ihn persönlich zur Strecke zu bringen. Umerziehen würde er ihn am liebsten. Zwei Monate in den Keller stecken, unten im *Klein-Paris,* und mit einer Drogen-, Alkohol- und Sexkur kurieren würde er ihn gern. Bis der verdammte Amtmann selbst Gefallen am wirklichen Leben fände.

Am Nachmittag nach der siebten Razzia hört Wolli schwere Tritte die Stufen zu seinem kleinen Kino heraufkommen. Ein untersetzter, mittelalter Mann mit Anzug, Glatze und Brille betritt den Raum und schaut sich schnaufend um.

»Köhler?«

»Ja, hier Köhler, mit wem habe ich es zu tun?«

Wolli lehnt sich auf seinen Besen und beobachtet den Dicken.

»Bartels mein Name. Ich bin Ihr neuer Vermieter. Guten Tag.«

Der Dicke nimmt ungefragt Platz an einem der kleinen

Tische. Wolli stellt einen Kaffee vor ihn hin, den Bartels dankend annimmt. Wolli trinkt Kamillentee.

»Sie haben Ärger mit Amtmann Falck, hab ich gehört, richtig?«

Bartels blickt auf den Kamillentee, lächelt Wolli an und zündet sich eine Zigarre an.

»Da is was dran. Nachdem er Weissleder nicht mehr als Boxsack benutzen kann, bin ich wohl nun der Nächste.«

»Und, wie wollen Sie damit umgehen?«

»Ich weiß es nicht. Hab schon überlegt, wegzuziehen. Der Mann nimmt einem den Spaß an der Arbeit. Mehr noch – am Leben.«

»Das glaube ich Ihnen. Für uns alle ist dieser Mann schwer zu ertragen. Und deshalb möchte ich Ihnen einen Vorschlag machen. Ich habe mich umgehört, man redet gut über Sie, die Leute halten was von Ihnen, Sie scheinen Ihren Job ernst zu nehmen und auch ein bisschen mit Geld umgehen zu können.«

Bartels schnauft und stößt eine große Rauchwolke aus.

»Ich selber möchte in diesem Jahr mit zwei sehr großen Bauprojekten in St. Pauli beginnen, die Arbeitstitel sind *Eroscenter* und *Palais d'Amour*. Das sind zwei siebenstöckige Gebäude, die ich auf der Reeperbahn und auf dem Hinterhof zwischen Reeperbahn und Große Freiheit bauen werde. Jedes Gebäude hat auf den jeweiligen Stockwerken bis zu vierzehn Zimmer und einen Salon plus Küche, Bäder und so weiter.«

Bartels lässt eine kurze Pause und mustert Wolli durchdringend.

»Ja, und was habe ich damit zu tun?«

»Na ja, Sie könnten aus der Stresszone kommen. Sie verkaufen Ihr Kino, da kriegen Sie jetzt grade viel Geld dafür. Und dann mieten Sie sich bei mir ein.«

»Was soll ich denn da? Filme zeigen?«

»Verstehen Sie nicht, was wir vorhaben? Die beiden Gebäude sind Großbordelle. Wir wollen die Frauen, die Huren von den Straßen haben, St. Pauli muss sauberer aussehen, damit die Touristen kommen. Und damit Falck nichts mehr zu meckern hat. Also bauen wir diese Gebäude, und auf dem Hinterhof gibt es überdachte Kontakthöfe, da können die Frauen die Freier ansprechen. Oder oben im Salon auf der Etage. Und dann gehen sie mit denen aufs Zimmer. Ist doch auch viel besser für die Frauen, nicht mehr draußen im Regen in der Kälte stehen zu müssen, sondern drinnen bei ihren Kolleginnen im Warmen. Außerdem sind sie geschützt, weil sich in diesen Häusern die Freier keine Übergriffigkeiten trauen werden. Wir schlagen Falck mit seinen eigenen Waffen. Was sagen Sie?«

»Eine kolossale Idee! Nur was hab ich damit zu tun?«

»Sie mieten eine Etage bei mir, zu einem festgelegten Preis, sehr günstig. Dann haben Sie vierzehn Zimmer. Die vermieten Sie wiederum an die Frauen von der Straße, jedes Zimmer pro Nacht für, sagen wir mal, fünfzig Mark. Dafür kriegen die Huren bei Ihnen ein sauberes, warmes Zimmer mit Handwaschbecken, freie Getränke, Kaffee, Präservative und so weiter, also alles in allem ein Pensionsbetrieb. Und Sie sind der Pensionschef. Andere würden sagen, Sie sind dann ein Puffboss, ich würde sagen, Sie sind ein Herbergsleiter.«

Bartels blickt Wolli erwartungsvoll ins Gesicht. Wolli weiß nicht, wie er reagieren soll.

»Herr Bartels, ich sehe mich nicht als Lude, und ich will auch keiner werden.«

»Sie werden doch dadurch kein Lude! Ihre Luden haben die Mädchen ja sowieso alle selber. Sie sind nur der Vermieter eines Mädchenpensionats, das ist der offizielle Begriff, den wir vor den Behörden verwenden werden, weil Prostitution ja nun mal verboten ist.«

Wolli überlegt, weiß nicht, was er sagen soll, möchte aber das Gespräch dennoch nicht beenden.

»Und was würde mich das bei Ihnen im Monat kosten?«

»Das sind etwas über 7000 Mark. Das mag jetzt nach viel klingen, aber rechnen Sie nur mal kurz den Verdienst durch: Bei fünfzig Mark Miete pro Raum – und Sie haben vierzehn davon – mal dreißig Tage im Monat sind wir bei 21 000 Mark! Und das ohne Getränke!«

Bartels blickt Wolli nun schon fast begeistert an.

»Verstehn wir uns?«

Wolli fühlt sich überrannt und bleibt stumm.

»Köhler, hören Sie mal, Sie brauchen mir jetzt nicht zu antworten, schlafen Sie mal drüber, trinken Sie einen drauf, und dann melden Sie sich!«

Bartels schiebt Wolli eine Visitenkarte über den Tisch.

»Köhler, ich halte Ihnen eine Etage frei, genau eine Woche, dann will ich von Ihnen gehört haben, sonst ist die weg, denn die Schlange der Anwärter ist lang, wie Sie sich vielleicht vorstellen können.«

Bartels steht auf und zieht sein Jackett gerade.

»Auf Wiedersehen, Köhler. Lassen Sie sich die Chance Ihres Lebens nicht durch die Lappen gehen, Sie Glückspilz!«

Wolli bleibt allein zurück, erstaunt, mit unklaren Gefühlen. Was heißt das für ihn? So weit wollte er eigentlich nie vordringen ins Milieu. Er denkt an Maulis Warnung, dass er sich von den Luden fernhalten soll. Er denkt an seine Eltern, vor allem an seine Mutter: Sie dürfte nie erfahren, was er hier treibt. Und er denkt an Mauli, was wird sie dazu sagen?

Am Abend, bevor sie zur Schicht geht, weiht er sie ein, erzählt ihr die ganze Geschichte mit Bartels. Mauli setzt sich mit einer Zigarette und einem Campari zu ihm auf einen Küchenstuhl und schminkt sich mit einem kleinen Spiegel die Lippen glänzend.

»Wolli, ich weiß nicht, was ich davon halten soll. Der Bartels, der is ein eiskalter Geschäftsmann. Dem gehört halb St. Pauli, der is Milliardär, wie kannst du so einem Mann vertrauen?«

»Ich sag doch gar nicht, dass ich ihm vertraue. Aber er hat einen ehrlichen Eindruck auf mich gemacht. Und dass er mir hier für meine zwei Etagen nur zweihundert Mark abnimmt, spricht auch für ihn.«

»Das kommt doch von Weissleder. Ich würde dem nicht trauen, der will dich nur abmelken. Der will, dass du ihm 'ne feste Miete zahlst, damit du das Risiko trägst, nicht er, verstehst du?«

»Dafür kann ich aber auch das Vierfache und mehr verdienen, ich mach locker dreißig Riesen im Monat, zuverlässig, jeden Monat. Das sind dreihundertfünfzig Riesen im Jahr. In zehn Jahren dreieinhalb Millionen. Wenn das läuft, bin ich nach 'n paar Jahren reich, 'n gemachter Mann, dann kann ich aufhören und kauf uns 'ne Villa im Süden, verstehst du?«

»Mach, was du willst, Wolli, du hörst doch sowieso nicht auf mich! Meine Meinung interessiert dich noch nicht mal.«

Mauli ist argwöhnisch, vielleicht hat sie das Gefühl, dass ihre eigene Situation unsicherer würde, sobald Wolli in diese neue Position käme. Puffboss, reich, ständig von jungen Frauen umgeben, ihr passt die Idee nicht. Wolli versteht Mauli nicht. Erst will sie ihn zu einem Mann aus dem wirklichen Leben machen, und dann soll er nicht weiter vordringen ins Metier. Wo bleibt da die Logik?

Onkel rät Wolli zu, er ist begeistert von der Idee und baut

darauf, selbst bald in Wollis Etage verkehren zu können. Wollis Wirtschafter zu werden.

»Wolli, auf mich kannst du bauen, ich bin dabei. Is doch 'ne super Sache, Amigo, überleg doch mal, du richtest deine Etage hübsch und gemütlich ein, du hast ja Geschmack. Und dann brauchst du die Frauen nur noch vom Straßenstrich wegzuholen, die kommen mit Kusshand zu dir.«

Wollis Bauchschmerzen nehmen weiter zu. Er verlässt kaum noch das Haus, trinkt keinen Alkohol mehr, raucht wenig. Das Kino lässt er ein paar Tage geschlossen, damit nicht sofort die nächste Razzia aufläuft. Nachts sitzt er allein auf dem alten Plüschsofa oben in seiner Wohnung, blickt die Große Freiheit hinunter und sinniert.

Will ich das wirklich sein? War das mein Lebensziel – Puffboss zu werden? Wollte ich nicht eigentlich Künstler sein, Zeichner, Maler, Poet oder Schriftsteller? Werde ich ein Menschenausbeuter? Ein Frauenschinder? Warum wird man sich an mich erinnern? Weil ich reich geworden bin durch Frauen auf dem Strich, die an mich zahlen mussten? Würden sie auch ohne mich tun, ich zwinge sie nicht dazu. Werden mich die Leute, die ich interessant finde, jemals ernst nehmen? Die Schriftsteller und die Künstler, wie könnten die einen vom Kiez ernst nehmen? Einen angeblichen Zuhälter. Einen Puffboss – wie das schon klingt. Reicht mir das aus, was mir diese Welt hier zu bieten hat? Intellektuell und emotional? Geht's hier nicht auch nur ums Geld? Eigentlich geht's nur ums Geld. Oder? Aber ich will das verdammte Geld. Geld ist Freiheit. Und ich will nicht arbeiten. Zumindest nicht in einem bürgerlichen Beruf. Ich will selbst über mich und mein Leben bestimmen können. Aufstehen, wann ich will. Zu Bett gehen, wann ich will. Schlafen, mit wem ich will. Trinken und essen, was ich will. Lesen, was ich will. Denken, was ich will. Arbeiten, was und wann und mit wem ich will.

Wolli, du bist ein sagenhafter Egoist.

Bin ich das? Ich tu doch niemandem weh. Ich nehme doch niemandem etwas weg. Ich füge nur etwas hinzu. Ein wenig Freude.

Freude? Du Zyniker. Du schlägst dein Geld aus dem Spalt zwischen Hoffnung und Realität. Andere verlieren sich darin.

Aber ich bin doch kein Zyniker, im Gegenteil, ich bin absolut unverlogen. Ich sage nur die Wahrheit. Und folge meiner innersten Stimme. Ich will frei sein.

Wolli schläft kaum noch, weil ihn diese Gedanken permanent umtreiben. Ist das der Pakt mit dem Teufel? Mit was wird er bezahlen müssen? Und was bekommt er dafür?

Er könnte ja versuchen, es anders zu machen als all die anderen vor ihm. Es besser zu machen als all die Ausbeuter. Er könnte ja versuchen, der erste gute Puffboss von St. Pauli zu werden. Kann es so etwas geben?

Am Morgen des siebten Tages schreibt Wolli ein paar Worte auf die Visitenkarte des dicken Geschäftsmannes. Er bittet Onkel die Karte zu Bartels zu bringen. Auf der Rückseite steht:

Ich bin dabei. Gezeichnet: *Köhler*

QUELLEN »Ich erlaube mir die Revolte« – Ein skandalöser Dichter, Gespräch mit Jean Genet von Hubert Fichte, *Die Zeit* Nr. 8/1976